Melissa Welliver

Soulmates and Other Ways to Die

Ein Hinweis zu Beginn

Soulmates and Other Ways to Die ist ein fiktives Werk,
doch es behandelt Themen,
die potenziell triggernd wirken können.
Eine Auflistung dieser Themen (Achtung, Spoiler!)
sowie mögliche Hilfestellen findet ihr hinten im Buch.

Euer Magellan Verlag

MELISSA WELLIVER

SOULMATES AND OTHER WAYS TO DIE

Aus dem Englischen von Maria Schmidt

magellan

Für Callum

*Dafür, dass du alle meine imaginären Freunde geduldet
und mir dabei geholfen hast, sie real werden zu lassen*

1

Zoe

Es ist irgendwie schräg, wie schnell man sich an die Leichen gewöhnt. Der Mann lag mitten auf der Straße vor unserem Haus. Er war noch nicht da, als ich am Abend zuvor die Mülltonnen rausgestellt habe, und muss wohl auf dem Weg zur Arbeit tot umgefallen sein. Der Bahnhof lag gleich den Hügel runter, war also gut möglich. Von all den Arten, auf die man heutzutage sterben kann, war diese echt am langweiligsten.

»Hey, Bari, wann gab es die letzte DearlyDeparted-Meldung in unserer Gegend?«

Auf meinem Tablet leuchtete das computergenerierte Gesicht eines Berner Sennenhundes auf. Man konnte den Avatar für Bari frei wählen, aber ich hatte schon immer einen Hund gewollt. Außerdem kackt ein digitaler Hund nicht, er muss nicht gefüttert werden und er bremst mich auch nicht aus, wenn das unvermeidliche Ende der Welt eintritt.

»Die letzte Meldung innerhalb eines Radius von acht Kilometern kam vor acht Stunden und dreiundfünfzig Minuten, Frauchen Zoe«, antwortete Bari. Seine Lippen bewegten sich nicht, wenn er sprach (denn das wäre natürlich lächerlich gewesen), aber er wiegte seinen Kopf wissend hin und her, während seine Stimme aus den Lautsprechern kam.

Und wegen der Frauchen-Sache … ich weiß, ich weiß. Ich konnte einfach nicht widerstehen, die Herrin meiner eigenen elektronischen Fellnase zu sein.

»Also wurde der Mann vor meinem Fenster wahrscheinlich noch nicht gemeldet«, folgerte ich seufzend. Ich hasste es, unnötigerweise nach draußen zu gehen, sogar an einem sonnigen Tag wie diesem.

»Greife zur Analyse auf die Kamera der Eingangstür zu«, sagte Bari. Sein Avatar drehte sich auf dem Bildschirm, als würde er ein Kunststück bei einer Hundeschau aufführen. »Zugriff erfolgreich. Da sich um die Leiche herum keine Fliegen befinden, würde ich zu einer DD-Meldung raten, Frauchen Zoe.«

»Ja, du hast ja recht. Und jetzt ab ins Körbchen, Bari.« Auf meine Anweisung hin rannte Bari zu einer Seite des Bildschirms und verschwand durch eine digitale Hundeklappe.

Ich holte mein Handy raus. Sobald ich es entsperrt hatte, wurde das rote Symbol der DearlyDeparted-App im Ordner meiner zuletzt genutzten Apps angezeigt. Ich klickte darauf.

> Danke, dass Sie sich bei DearlyDeparted.gov angemeldet haben.
> Wollen Sie einen KinTwin oder einen Verstorbenen registrieren?

Jedes Mal, wenn mir diese Frage gestellt wurde, verzog ich das Gesicht. Es wäre sicher hilfreich zu wissen, wer mein KinTwin ist, aber der Tag, an dem ich ihn bei dieser verfluchten App registriere, ist gleichzeitig der Tag, an dem ich das Survivaltraining hinschmeiße. Mit anderen Worten: Es wird nie dazu kommen.

> Danke für Ihre Wahl: VERSTORBENER.
> Haben Sie den Puls der Person überprüft?
> Im Zweifelsfall bitte hier klicken, um eine
> Videoanleitung anzuschauen.

Ich zögerte, auf JA zu klicken, und sah wieder aus dem Fenster. Der arme Mann hätte nicht toter wirken können. Es war 5.30 Uhr morgens und ich hatte ihn schon dort liegen sehen, als ich um fünf aufstand, um auf mein Laufband zu gehen. Trotzdem konnte es vorkommen, dass der eigene KinTwin ins Koma fiel oder sich eine echt üble Kopfverletzung zuzog und man selbst einfach auf der Stelle umkippte.

Ich musste nachsehen.

Vorher nahm ich mir eine Maske aus der Box in meinem Nachtschrank und befestigte sie mit der Nasenklemme, die ich in der Tasche meiner Cargohose aufbewahrte. Vermutlich war der arme Typ wegen seines KinTwins gestorben, denn es gab keine offensichtlichen Verletzungen, aber sicher ist sicher.

Ich ging nach unten und sah Mom im Vorbeigehen durch die geöffnete Küchentür.

»Guten Morgen. Warst du schon laufen?« Sie sah nicht von ihrem Tablet auf. Wahrscheinlich hielt sie akribisch fest, wie viele Packungen Instantnudeln wir noch übrig hatten, und rechnete es dann in ihrer Tabelle in Kalorien und Mahlzeiten um.

Wir behielten das zum einen im Blick, weil das Ende der Welt einem nicht ankündigte, wann es eintrat, und man daher besser vorbereitet war. Zum anderen mussten wir jeden Pence dreimal umdrehen. Die Regierung gewährt Steuersenkungen nur für diejenigen, die mit ihrem KinTwin zusammenleben. Alleinstehende Mütter, die ihren KinTwin noch nicht getroffen haben, sind ihr dabei herzlich egal.

»Ja, alles gut. Draußen liegt einer, der wahrscheinlich 'nen Abgang gemacht hat, ich gehe nur schnell seinen Puls checken, bevor ich ihn melde.«

»Maske?«, fragte sie, den Blick noch immer auf ihr Tablet gerichtet.

»Mom, bitte. Du kennst mich doch.« Ich verdrehte die Augen und ging zur Eingangstür.

Dort entriegelte ich die drei Sicherheitsschlösser und trat hinaus in unseren Vorgarten. Der Mann lag immer noch in unserer Einfahrt, als hätte er nur einen Blick auf unser Unkraut, das verrostete alte Fahrrad und die wuchernde Hecke geworfen und wäre auf der Stelle zusammengeklappt. Tja, zumindest würde Mrs Jones von nebenan felsenfest behaupten, dass das genauso passiert sei. Aber wer hat schon Zeit für Gartenarbeit, während man die langsamste Apokalypse der Welt mitmacht?

Ich ging vor an die Einfahrt und beugte mich zu der Leiche runter. Auf der Straße war noch nichts los und es war sonnig und warm, typisch für Juni. Das Haus gegenüber stand leer, seit das Paar, das dort gelebt hatte, das Zeitliche gesegnet hat, genau wie die Häuser links und rechts davon und das direkt neben unserem. Schon komisch, dass eine Immobilienkrise durch so eine einfache Maßnahme wie die massenweise Ausdünnung der Bevölkerung gelöst werden kann.

Der Mann trug einen grauen Anzug, einen passenden grauen Schlips und, um ehrlich zu sein, auch den passenden grauen Gesichtsausdruck. Seine Augen waren geschlossen, er sah müde und wettergegerbt aus und auf seiner Stirn waren tiefe Falten. Über seinem linken Auge bildete sich ein violetter Bluterguss. Vielleicht hatte er sich beim Umfallen den Kopf gestoßen, aber aufgrund der Form des Blutergusses war es wahrscheinlicher, dass er noch gelebt hatte, als er auf dem Boden aufschlug. Das war definitiv KinTwin-untypisch. In meinem Zimmer hatte ich ein Buch über Blutergüsse bei Kadavern, aber das war zu weit weg, um es jetzt holen zu gehen und den armen Kerl liegen zu lassen, sollte er wirklich tot sein. Außerdem würde uns Mrs Jones sicher schon wieder beim Vermieter melden, wenn sie eine Leiche in der Nähe des verrosteten Fahrrads finden würde.

Sanft drehte ich seinen Kopf, um die Halsschlagader freizulegen, und drückte zwei Finger fest darauf. Seine Haut war noch warm, aber es schien ja auch die Sonne. Wenn er tot war, würde er bald anfangen zu müffeln und das Letzte, das wir gebrauchen konnten, war, den verfluchten Stadtfuchs anzulocken, bevor die Müllabfuhr kam.

War das etwa sein Puls? Ich schloss die Augen und versuchte, mich darauf zu konzentrieren, ob ich einen Herzschlag spüren konnte. *Hmmm. Vielleicht?* Es ist möglich, dass sich der Herzschlag unter Einfluss von Medikamenten verlangsamt, zum Beispiel bei einer Anästhesie. Vielleicht wurde sein KinTwin gerade operiert? Aber das ergab keinen Sinn. In so einem Fall hätte er nicht die Erlaubnis erhalten, zur Arbeit zu gehen.

Ich beugte mich tiefer zu ihm, um zu prüfen, ob ich seinen Atem auf meiner Wange spüren konnte.

»Mmphilfe.« Aus dem Mund des Mannes kam eine leise, erstickte Stimme. Er lebte. Versuchte er zu atmen?

»Hilfe!«

Nope, er versuchte, nicht zu atmen. Er versuchte eindeutig, meine Trommelfelle platzen zu lassen.

Ich schreckte zurück und der Typ setzte sich auf, bei vollem Bewusstsein und definitiv nicht tot.

»Hilfe!« Diesmal schrie er es und sah sich mit wildem Blick um. Sein Schrei war so laut, dass Vögel von den Dächern flatterten und sich überall in der Straße Gardinen bewegten.

Er brauchte einen Moment, um zu bemerken, dass ich neben ihm saß. »Hey, beruhigen Sie sich. Ich dachte bloß … dass Sie tot wären«, sagte ich, rappelte mich auf, klopfte mir die Klamotten sauber und rückte meine Maske zurecht, die ich immer noch trug, die aber bei der ganzen Tortur etwas verrutscht war.

»Sorry. Oh mein Gott, das tut mir so leid«, stieß er hervor.

Er lehnte sich nach vorne und versuchte, zu Atem zu kommen, während ich die Meldung aus meiner DearlyDeparted-App löschte. Meine Hände zitterten und ich atmete langsam ein und aus. Stressbedingte Erkrankungen zählten zu den häufigsten Todesursachen. Indem ich meine Gefühle im Griff behielt, hielt ich quasi einen Killer in Schach.

»Ich war gerade dabei, Sie zu melden. Dachte, Sie wären hinüber«, erklärte ich und steckte mein Handy wieder in die Tasche meiner Cargohose.

»Heilige … na ja, um ehrlich zu sein, dachte ich auch, dass ich tot wäre. Ich bin zur Arbeit gegangen und dann bekam ich schreckliche Kopfschmerzen …« Seine Augen weiteten sich, als er zu demselben Schluss kam wie ich.

»Sind Sie verheiratet?«, fragte ich.

Er nickte. »Meine Frau ist zu Hause. Sie ist schwanger.«

»Tja, sie ist nicht tot. Noch nicht zumindest. Sie gehen wohl besser und sehen nach ihr.«

Er blinzelte mich erschrocken an. Keine Ahnung, ob es wegen seiner Kopfverletzung war oder weil ich ihm gerade gesagt hatte, dass seine Frau möglicherweise in Lebensgefahr schwebte. So oder so, ich erntete oft erschrockene Blicke.

Der Mann kam auf die Beine und rannte den Hügel hoch, in die entgegengesetzte Richtung des Bahnhofs. Ich fragte mich, was seiner Frau wohl zugestoßen war. Vielleicht war sie gestürzt und hatte sich am Kopf verletzt. Schwer zu sagen. Immerhin wusste er, dass sie noch lebte. Manche Leute hatten nicht so viel Glück.

Ich ging wieder rein, um mich für die Schule fertig zu machen. Für die meisten bedeutet das, sich mit der Bürste die Haare zu kämmen und zu testen, wie weit sie ihren Rock hochziehen können. Für mich und Mom ist es mehr eine überlebensrelevante Grundsatz-Entscheidung, überhaupt das Haus zu verlassen.

»Sollen wir den Notfallbeutel durchgehen?«, fragte Mom.

Sie kam aus der Küche und tippte mit einem ihrer kurzen Fingernägel auf ihr Tablet. Manche der Mädchen auf meiner Schule ließen sich die Nägel machen, aber ich könnte nicht über die damit zusammenhängenden Hygieneprobleme hinwegsehen. In einer Studie wurde kürzlich herausgefunden, dass unter den Fingernägeln von der Hälfte aller Krankenhauspatienten und -angestellten MRSA-Bakterien gefunden wurden. Also trug ich meine Nägel wie Mom kurz – nicht so hübsch, aber viel praktischer. Außerdem waren Nagelstudios Brutstätten für fleischfressende Bakterien. Ich würde lieber direkt abkratzen, als mir so was einzufangen.

»Kann nicht, sorry. Muss zur Schule«, antwortete ich.

»Na gut, es kann warten. Aber sei vorsichtig«, sagte Mom, als wäre vorsichtig sein nicht meine Grundeinstellung. Sie sah auf die Monitore im Flur, die die Bilder unserer Außenkameras zeigten. Sobald sie sich sicher war, dass dort keine direkten Gefahren lauerten, ließ sie mich raus. Wenn es nach ihr ginge, würde ich immer noch zu Hause unterrichtet werden. Ich hatte ihr sanft verklickern müssen, dass sie nicht wirklich gut in Mathe und Naturwissenschaften war und dass ich, wenn ich gute Noten in diesen Fächern bekommen wollte, einen richtigen Lehrer brauchte.

Mom und ich machten zum Abschied den Ellbogengruß, dann ging ich los. Das vertraute Gewicht meines Notfallbeutels, der an meiner Schultasche hing, war auf seltsame Art beruhigend. Auch ohne dass Mom ihn überprüft hatte, wusste ich, dass ich darin Ersatzbatterien, ein Solarladegerät, drei Riegel komprimierter Protein-Mahlzeiten, eine Taschenlampe und eine Packung Jodtabletten finden würde. Im Notfall würde das ausreichen, um nach Hause zu kommen, auch wenn es inzwischen Ansichtssache war, was noch als Notfall galt.

Ich schloss mich der Menschenmasse an, die den Hügel hinablief, um ihren Tag zu beginnen. Niemand unterhielt sich, aber das war normal. Man wollte kein Gespräch mit jemandem anfangen, der jeden Moment tot umfallen könnte, und außerdem müsste man ihn dann melden, wenn man zu nah dran war. Die DD-App sollte das Ganze eigentlich vereinfachen, aber in Wahrheit machte sie die Leute nur wütender über die ganze Situation.

Es war schön gewesen, in Lufian Bridge aufzuwachsen, bevor das alles anfing. Es war groß genug für ein paar anständige

Grundschulen und eine Highschool, weshalb Mom und Dad hier ein Haus kauften, aber immer noch klein genug, dass sie sich keine Sorgen machen mussten, wenn ich alleine durch die Stadt zog. Und es war nicht weit von Manchester entfernt, nur dreißig Minuten mit dem Zug – wenn er denn fuhr. Oder keinen Unfall hatte. Oder beides.

Am Ende der Straße befanden sich die ersten paar Läden. Na ja, wenn man sie noch Läden nennen konnte. Die meisten waren schon lange geschlossen, weil die Besitzer tot waren oder weil die Kunden tot waren. Oder beides. Die Rollläden waren runtergezogen und mit düsteren Graffiti besprüht.

Ich steckte mir die Kopfhörer in die Ohren. Bari war auf mein Handy gewechselt, sobald er via GPS registrierte, dass ich das Haus verlassen hatte. »Bari, achte auf Umgebungsgeräusche innerhalb von zehn Metern, okay?«

»Wird gemacht, Frauchen Zoe. Ich werde dich über Gefahren informieren. Möchtest du deinen Podcast *Zehn Arten, wie man in der ersten Welle der Apokalypse sterben kann* weiterhören?«

»Nein, vielen Dank«, gab ich zurück. Normalerweise hörte ich auf dem Schulweg immer einen Podcast. Manchmal auch auf dem Laufband, aber heute Morgen hatte ich aufgrund der Vorkommnisse keine Zeit fürs Training gehabt. Vielleicht hätte ich einen Lauf reinquetschen können, aber das wäre eine noch schlechtere Idee gewesen, als ihn einfach ausfallen zu lassen. Ohne Aufwärmen oder die richtige Kleidung zu laufen kann das Risiko eines Herzinfarkts, eines Schlaganfalls, einer Verletzung oder eines plötzlichen Todes erhöhen. Ich schalte vor der Schule also besser einen Gang runter und informiere mich darüber, was in der Welt so los ist.

Autsch. Ein dumpfer Schmerz, so schwach, dass ich ihn fast hätte ignorieren können, schoss mein Bein hinauf. Ich hatte das seit Jahren immer mal wieder, seit die KinTwin-Mutation entdeckt wurde, daher wusste ich, dass es nichts Schlimmes war. Als es anfing, war ich immerhin alt genug gewesen, um den Schmerz zu verstehen. Denn die KinTwin-Mutation hatte man von Geburt an. Es gab also Babys, die die Zahnschmerzen ihres Kleinkind-KinTwins miterlebten oder sogar ein angehauenes Knie, wenn ihr KinTwin auf dem Spielplatz von der Rutsche fiel. Mir taten alle leid, die geboren wurden, nachdem die KinTwin-Mutation die Welt erschütterte. Sie waren von Geburt an mit einem anderen Menschen verbunden, hatten nie die alleinige Kontrolle über ihr Leben gehabt. Ich hatte immerhin sechs mutationsfreie Jahre gehabt, sechs Jahre, in denen mein Leben nur mir gehörte.

Viel besorgniserregender als der Schmerz an sich war die Tatsache, dass mein KinTwin (so sehr ich es auch verleugnen wollte, aber ich hatte einen) jemand war, der nicht vorsichtig mit sich umging. Ich konnte davon ausgehen, dass es ein Junge war, weil KinTwins laut Studien auf romantische Art füreinander bestimmt waren, und ich war mir ziemlich sicher, dass ich hetero war. Ich hatte allerdings noch nie jemanden geküsst, also könnte ich auch immer noch überrascht werden. Jedenfalls nahm ich von den Schmerzen, die er, sie oder they fühlte, etwa zehn Prozent wahr und ich hatte so gut wie jeden zweiten Tag irgendwo ein Zwicken oder Zwacken.

Das verhieß nichts Gutes für seine Sicherheit und demnach auch nicht für meine eigene. Ich seufzte. Was, wenn mein KinTwin irgendwo lebte, wo es gefährlich war, zum Beispiel in einem kriegsgebeutelten Land? Es gab Fälle von KinTwins, die nicht einmal dieselbe Sprache sprachen, also war das durchaus möglich. Nicht alle KinTwins lebten im selben Land, aber es gab Berichte darüber, dass sie sich zueinander hingezogen fühlten.

»Bari, kannst du bitte die heutigen Schlagzeilen durchgehen?«

»Natürlich, Frauchen Zoe. Die Schlagzeilen des Vereinten Königreichs von heute, dem 24. Juni 2045. Die beliebtesten Nachrichten werden vom Internet-Datenverkehr bestimmt.« Bari sprach immer noch mit dem vornehmen Akzent, den ich für ihn heruntergeladen hatte. Ich wusste, dass ich ihn mit schief gelegtem Kopf und zuckender Nase auf dem Bildschirm sehen würde, wenn ich mein Handy herausholte, aber es war keine gute Idee, es auf der Hauptstraße zu benutzen. Über hundert Todesfälle aus dem letzten Jahr standen in Zusammenhang mit Fußgängern, die sich auf großen Straßen von ihren Handys hatten ablenken lassen.

Und wenn man den Tod ihrer KinTwins noch dazurechnet, ist man schon bei über zweihundert Todesfällen.

Beliebteste Schlagzeile: REGIERUNGSAUSSCHUSS ÄUSSERT BEDENKEN WEGEN DER STEIGENDEN TODESRATE, WÄHREND DIE AKTIEN DER DEARLYDEPARTED-APP IN DIE HÖHE SCHIESSEN.«

»Erzähl mir etwas, das ich noch nicht weiß«, murmelte ich.

»Jawohl, Frauchen Zoe«, erwiderte Bari, der wie immer alles wörtlich nahm. Nicht, dass es mir etwas ausmachte. Jemand, der das, was ich sagte, wörtlich nahm, ersparte mir eine Menge Zeit, in der ich mich nicht mit den feinen Nuancen der typischen menschlichen Interaktion auseinandersetzen musste. Und da wir dieser unglaublich langsamen Apokalypse vermutlich direkt ins Auge blickten, gewöhnte ich mich besser an digitale Gesellschaft.

»Die zweitbeliebteste Schlagzeile: MEIN KINTWIN IST WEGEN MORDES LEBENSLANG IN HAFT. BIN ICH EIN ARSCH, WEIL ICH IHN NICHT KENNENLERNEN MÖCHTE?«, las Bari vor.

»Das ist viel zu düster. Die nächste bitte, Bari«, sagte ich. Ich hatte einen wiederkehrenden Albtraum, in dem ich herausfand, dass mein KinTwin ein furchtbarer Mensch war, der ins Gefängnis gehörte. Das muss man sich mal vorstellen: zwangsweise mit einem Mörder gematcht zu werden. Tja, das war die dunkle Seite des Matching-Prozesses, über die fast niemand zu sprechen schien. Das Leben bestand nicht nur aus Sonnenschein und Regenbögen, genauso wenig wie die Liebe. Ich will lieber gar keinen KinTwin haben als einen bösen.

»Drittbeliebteste Schlagzeile: SCHEIDUNGSRATEN SO NIEDRIG WIE NOCH NIE, WEIL DIE STAATLICHEN ZUSCHÜSSE FÜR KINTWINS DIE EHE PROFITABLER MACHEN ALS JEMALS ZUVOR.«

»Örks, ne. Die nächste bitte, Bari«, sagte ich. Es stimmte, die Erfolgsrate der Ehen in KinTwin-Partnerschaften war wahnsinnig hoch. Doch niemand sprach darüber, was war, wenn etwas schiefging, wenn zum Beispiel dein Dad starb und deine Mom nicht und dabei das Worst-Case-Szenario ans Licht kam: Sie sind keine KinTwins. Was bin ich dann? Bemitleidenswert? Meine Uhr vibrierte, weil mein Puls sich beschleunigte, und ich atmete tief durch. Selbstmitleid bringt nichts.

»Viertbeliebteste Schlagzeile: DAS ZEHNTE JUBILÄUM DER ENTDECKUNG DER KINTWIN-MUTATION WIRFT FRAGE AUF: FEIERN ODER VERZWEIFELN?«

»Ich sehe schon, die Boulevardpresse berichtet so heiter wie immer. Und das kommt von mir«, sagte ich und ein Lächeln umspielte meine Lippen. Ich versuchte, so oft wie möglich zu lächeln, weil ich mal gelesen habe, dass beim Lächeln Endorphine freigesetzt werden, die dabei helfen, Stresshormone abzubauen. Außerdem war ich, entgegen der Annahme der meisten Leute, nicht grundsätzlich schlecht gelaunt. Ich trug meine Gefühle einfach im Stillen aus.

»Warnung. Gefahr entdeckt. Warnung«, unterbrach Bari die nächste Schlagzeile mit einer wichtigen Meldung.

Ich zog die Kopfhörer aus meinen Ohren und blieb wie erstarrt auf dem Bürgersteig stehen.

Ohne meine geräuschunterdrückenden Kopfhörer war sofort klar, was das Problem war, denn das kleine Flugzeug war extrem laut und aufgrund der geringen Flughöhe schwer zu übersehen. In einiger Entfernung flog es mit zwei überhitzten Propellern schwankend durch den Himmel und genau auf die Stelle zu, wo ich stand. Es bewegte sich unglaublich schnell und zog eine Spur aus schwarzem Rauch hinter sich her.

Zwei Frauen, die an der Bushaltestelle standen, schrien und lösten damit so was wie eine Massenpanik aus. Leute liefen auf die Straße und quetschten sich auf dem Bürgersteig aneinander vorbei. Autos, die in Richtung des Flugzeugs fuhren, wendeten mitten auf der Fahrbahn und überall hupte es, während alle versuchten, von hier wegzukommen.

Die Panik brach innerhalb weniger Sekunden aus. Dabei lautet die oberste Überlebensregel: Panik ist tödlich.

»Bari, schätze ab, wie weit das Flugzeug entfernt ist«, bat ich und richtete meine Handykamera auf den schnell herannahenden Flieger.

»Eins Komma zwei Kilometer, aber es werden immer weniger«, antwortete Bari sofort.

»Er verliert schnell an Höhe. Ich glaube nicht, dass wir getroffen werden«, sagte ich und duckte mich in den Eingang eines Zeitschriftenkiosks, während Menschen schreiend an mir vorbeirannten. Ein Mann lief auf die Straße, wo ihm ein Motorrad auswich und so gerade noch verhindern konnte, ihn umzufahren.

Heute würden vermutlich wie immer mehr Leute aufgrund von Dummheit statt aus anderen Gründen getötet werden.

»Wir bleiben hier, halten uns von der Straße fern und warten, bis das Flugzeug …«

Ich schaffte es nicht, meinen Satz zu beenden, und ich weiß auch gar nicht wirklich, mit wem ich da sprach. Bari hatte keine Gefühle, ihm war seine (oder meine) Sterblichkeit egal. Eine Explosion, die so laut war, dass Leute vor mir auf der Straße umfielen, schnitt mir das Wort ab und ich hatte gerade noch Zeit, mir die Ohren zuzuhalten. Das Flugzeug war abgestürzt.

Ich wünschte, ich könnte sagen, dass das mein erster Flugzeugabsturz war, aber aufgrund des DearlyDeparted-Syndroms waren diese nicht gerade ungewöhnlich. Klar, die Regierung versuchte, Piloten, so gut es ging, zu überwachen, sicherzustellen, dass ihr KinTwin registriert war und sich während des Fluges in Sicherheit befand und dass der Autopilot eingeschaltet war. Trotzdem kam es zu Unfällen, und auch wenn die Regierung auf diese Weise kommerzielle Flüge kontrollieren konnte, fielen doch längst nicht alle Flüge unter diese Kategorie. Kleine Flugzeuge hatten nur einen Piloten und keinen Autopiloten. Herzinfarkte, Hirnaneurysmen. Pech. Das waren die Gefahren, denen wir alle jeden Tag ausgesetzt waren. Wir konnten ja nicht aufhören zu leben, bloß weil manchmal, was weiß ich, einfach ein Flugzeug vom Himmel fiel.

Das war mein Versuch, sarkastisch zu sein. Hat es geklappt? Ich hab mal gelesen, dass Sarkasmus helfen kann, Sorgen und Panik zu entschärfen. Meine Ohren klingelten, aber ich hatte keine Schmerzen, also war der Schaden hoffentlich nicht permanent. Außerdem übertönten die Schreie um mich herum meinen Tinnitus. Es war eine riesige Explosion für so einen kleinen Flieger, vielleicht waren die Kraftstoffbehälter noch voll gewesen und er war gerade erst losgeflogen.

Ich lugte hinter dem Türrahmen des Zeitschriftenkiosks hervor und sah in der Ferne das orangefarbene Leuchten eines wütenden Feuers. Ganz sicher hatte niemand im direkten Umkreis der Absturzstelle überlebt.

Was bedeutete, dass gleichzeitig auch Dutzende KinTwins gestorben waren.

»Warnung. Direkte Gefahr entdeckt. Warnung«, bellte mir Bari aus meinem Handy zu.

»Bari, ich habe das Flugzeug gesehen. Alles gut. Wir müssen nur warten, bis sich die Leute beruhigt haben, bevor wir weitergehen können«, sagte ich. Mir kam in den Sinn, dass Mom die Explosion gehört haben musste, aber deshalb würde sie nicht das Haus verlassen. Sie hatte mir auch nicht geschrieben, aber sie war mit meiner Smartwatch verbunden, die meinen Puls erfasste. Sie wusste also, dass ich am Leben war. Wahre Mutterliebe, wie sie im Buche steht.

»Warnung. Warnung. Warnung.« Bari winselte immer noch, also wandte ich mich von dem Leuchten in der Ferne ab und versuchte herauszufinden, wovon er sprach.

Ich hörte das Quietschen der Reifen, bevor ich den Bus sah.

Das Letzte, an das ich mich erinnere, ist, wie der Bus um die Kurve gefegt kam, eine Gruppe Menschen, die sich immer noch auf der Straße befand, überfuhr und direkt auf den Zeitschriftenkiosk zuraste. Er war elektrisch wie die meisten Autos, weshalb er keine Geräusche von sich gab und ich ihn nicht hatte kommen hören, bis das Quietschen ertönte. Der Bus überwand die Distanz zwischen uns mit rasender Geschwindigkeit, so schnell, dass ich den vornübergekippten Körper des Fahrers sehen konnte, der frisch verstorben war.

Mein Gehirn arbeitete schneller, als alles um mich herum passierte. Ich sah einen Spalt, in den ich hätte rennen können, doch ich wusste, dass ich es nicht rechtzeitig schaffen würde. Es würde wahrscheinlich sogar alles nur noch schlimmer machen und ich an der Ladenfront zerquetscht werden. Die Tür würde den Bus vielleicht wenigstens etwas abfedern.

Keine. Panik.

Ich tat das Einzige, was ich tun konnte. Ich bereitete mich auf den Aufprall vor.

2

Milo

Ich aktualisierte die Benachrichtigungen, aber nichts änderte sich.

Social Media: 104 neue Benachrichtigungen.
Textnachrichten: 5 neue Benachrichtigungen.
DearlyDeparted-App: keine neuen Benachrichtigungen.

Ich schaltete mein Handy in den Nicht-stören-Modus.

Mein Daumen schwebte über den Social-Media-Apps. Inzwischen hatte sicher jeder gehört, dass Eden mit mir Schluss gemacht hat, was die Benachrichtigungsexplosion erklärte.

Nö, das packte ich gerade noch nicht.

Ich meine, nicht alles am Dating war schlecht, auch wenn meine Seelenverwandte irgendwo da draußen war und ich keine Ahnung hatte, wer sie ist. Aisha fand es dreist von mir, davon auszugehen, dass es ein Mädchen ist, aber … ich weiß auch nicht, ich hab einfach das Gefühl, dass es so ist, versteht ihr? Manchmal sagten Leute, die bereits ein Match hatten, dass ich mich glücklich schätzen konnte, weil ich immer noch Optionen hatte. Obwohl es sich nicht so anfühlte, als hätte ich noch viele Optionen, weil Eden bereits die Vierte war, die mich in diesem Schuljahr abserviert hatte. Vor allem, weil sie, genau wie die drei Mädchen vor ihr, mit mir Schluss machte, weil sie *endlich* die Benachrichtigung über ihren KinTwin bekam. Anscheinend irgendein netter Typ aus der Stufe über uns.

Glückspilze.

Ich scrollte durch meine Kontakte und drückte auf Aishas Nummer.

»Milo. Ich hab dir ungefähr eine Million Mal geschrieben«, sagte Aisha, die ohne Begrüßung nach dem ersten Klingeln abgehoben hatte.

»Sorry. Ich war noch nicht bereit, mir das alles anzuschauen«, erklärte ich.

»Aber ich wette, dass du in die DD-App geschaut hast«, antwortete Aisha.

Wie kann es sein, dass sie immer genau weiß, was in meinem Kopf abgeht? Als wir noch Kinder waren und die KinTwin-Mutation entdeckt wurde, dachte ich, dass wir safe für immer zusammen sein würden. Natürlich nur, bis Aisha mir erzählte, dass sie auf Mädchen steht.

»Ne, hab dir doch gesagt, dass ich die Benachrichtigungen dafür ausgestellt habe«, log ich.

Aisha lachte. »Alles klar. Wenn du das sagst. Wo bist du? Ich dachte, wir treffen uns vor der Schule zum Tauchen?«

»Bin … fast da«, log ich wieder. Vor mir lag der Strand unterhalb der Felsen, von denen wir immer sprangen. Wir wussten genau, wo sich Steine im Wasser befanden und welche Stellen sicher zum Tauchen waren. In den Sommerferien war der Steinbruch ein beliebter Ort für Partys, aber vor der Schule kam niemand hierher. Ich war vor zwanzig Minuten dort angekommen und versteckte mich hinter einem Busch, während Aisha ihren leuchtend pinken VW-Käfer auf dem ansonsten leeren Besucherparkplatz abstellte. Als die ganze *Die Todesrate hat sich verdoppelt und die Bevölkerung leidet, daher lernt ihr lebenswichtige Skills lieber schnell*-Sache passierte, wurde das Alter, ab dem man fahren durfte, auf sechzehn herabgesenkt.

»Ha, diesmal hab ich dich.« Aishas Stimme hallte. Erst, als ihre Hände auf meinen Schultern lagen, wurde mir klar, dass sie genau hinter mir stand. »Erwischt!«

»Jaja. Du hast mich, wie immer.« In gespielter Ergebung hob ich die Arme. Sie gab mir ein High Five, dabei wirbelten ihre glatten dunklen Haare um ihr Gesicht.

»Ich vergebe dir. Los, wir haben noch Zeit vor der Schule.«

Das hier war mal unser Ort gewesen, bevor Aisha mit ihrer Freundin zusammenkam.

Klar, ich hatte auch schon mal Mädchen mit hierhergenommen, aber die meiste Zeit gehörte die Stelle nur Aisha und mir. Die Felsen, der ruhige Strand, der schier endlose See dahinter. Der Rausch beim Springen. Es gab mir einen Kick, den ich nicht beschreiben konnte.

Wenn Mum und Dad davon gewusst hätten, hätten sie mir so was von verboten hierherzukommen. Klar, es war ein bisschen leichtsinnig, aber ich wusste, was ich tat, und es war der einzige Ort, an dem ich diesen Nervenkitzel bekommen konnte. Die Regierung schloss bereits Freizeitparks und die französischen Behörden hatten letztes Jahr alle Ski-Gebiete dichtgemacht, weil es

Unfälle und Todesfälle gab, die in Zusammenhang mit KinTwins standen.

Es gab immer weniger Möglichkeiten, Spaß zu haben, so als würden sie uns nicht vertrauen. Na gut, das war unfair, denn offensichtlich gab es da draußen einen KinTwin, für den ich mitverantwortlich war. Aber KinTwins waren unsere Seelenverwandten, daher war meiner doch sicher genauso ein Adrenalinjunkie wie ich? Auf keinen Fall würde ich mit einer Couch-Potato matchen. Wir wären beide risikofreudig … oder? Und warum sollte ich mein ganzes Leben wegen einer Fremden ändern? Mum und Dad waren besessen von meinem KinTwin. Als hätten sie vergessen, dass ich eine eigenständige Person war.

All das sagte ich mir zumindest, wenn das Adrenalin kickte.

»Echt blöd, das mit Eden«, sagte Aisha, während wir Arm in Arm über den Parkplatz in Richtung Strand gingen.

Das ließ mich mein schlechtes Gewissen vergessen. »Sag mir lieber, wer das mit Eden noch nicht gehört hat«, antwortete ich. Ich trat gegen einen kleinen Stein, der davonhüpfte.

»Tja, ihr Pech.« Genau dasselbe hat Aisha damals auch gesagt, als Belle mit mir Schluss gemacht hat. Und Gracie. Und Seema. »Außerdem musst du jetzt nicht mehr so tun, als würdest du diese furchtbare Band mögen.«

»Hey«, protestierte ich und knuffte sie sanft, »ich mochte manche Songs von Pussy Brigade.«

»Noch mehr Lügen und deine Nase wird ganz lang, Pinocchio.«

Okay, das entlockte mir ein Lächeln. Das Leben als Single war gar nicht so schlimm. Immerhin hatte Aisha Mitleid mit mir. »Yep, die waren … gilt Rumschreien eigentlich noch als Musik?«

»Weißt du, es ist ein ziemlich schräger Gedanke, aber …«, fing Aisha an. Wir erreichten das Gatter, das zum Strand führte, und sie ließ mich los, um es zu öffnen. »… vielleicht, möglicherweise könntest du mal ein Mädchen fragen, ob sie mit dir ausgehen möchte, wegen dem, was hier drin ist …«, sie tippte sich an den Kopf, »… statt wegen allem, was hier los ist.« Sie zeigte auf ihr Gesicht und auf ihre Brust, dann streckte sie den Hintern raus und machte einen Schmollmund.

»Das verletzt mich«, sagte ich, versuchte dabei aber, nicht über ihren Gesichtsausdruck zu lachen. »Das verletzt mich wirklich sehr.«

»Jaja. Also wenn ich das richtig verstehe, findet jede Durchschnitts-Hetero-Frau dich attraktiv. Keine Ahnung, warum, aber ich mache die Regeln ja nicht.« Aisha hielt mir das Gatter auf und wir ließen es hinter uns zufallen. »Ich kapier's schon, du hast die freie Auswahl. Glaub mir, ich liebe Bri von ganzem Herzen, aber seien wir mal ehrlich, es war nicht gerade so, als hätte ich mir von Hunderten Mädchen eine aussuchen können. Und ich meine, selbst an 'nem schlechten Tag bin ich eine Zehn.«

Aisha setzte sich auf einen Felsen in der Nähe und zog sich ihre Gummikletterschuhe an, die mit den einzelnen Zehen, die ich so gruselig fand. Ich ließ mich neben sie plumpsen. Aisha liebte den Adrenalinkick genauso sehr wie ich und ihr KinTwin Bri unterstützte sie dabei. Sie kannte die Risiken, aber sie wollte nicht, dass sich Aisha eingeschränkt fühlte. Man kann Leute nicht in Luftpolsterfolie packen. Ehrlich gesagt war ich aber froh, dass es Aisha war, die schon hundertmal mit mir von der Klippe gesprungen war, und nicht ihr KinTwin. Ich vertraute Aisha. Sie wusste, was sie tat – von wegen kalkuliertes Risiko und so.

»Aber immerhin weißt du, dass Bri die Eine ist. Das erspart dir eine Menge Zeit«, erwiderte ich seufzend.

Aisha hatte bis zur Benachrichtigung von der DD-App nicht mal Bris Namen gekannt, weil sie im Jahrgang unter uns und in keinem der Sportteams war. Aisha war ein paar Tage lang krank gewesen und dachte, dass sie eine Lebensmittelvergiftung hätte, bis ihre Mum sie eines Morgens bewusstlos in ihrem Zimmer fand.

Sie wurde mit Blaulicht ins Krankenhaus gebracht, wo noch ein anderes Mädchen mit einem Blinddarmdurchbruch eingeliefert worden war, deren Schmerzen am selben Tag angefangen hatten wie die Bauchschmerzen von Aisha. Sie machten den Test und Ta-da! – es war ein Match. Ihr erstes Date fand im Krankenhauscafé statt und seitdem sind sie zusammen.

»Hey, du wirst die Benachrichtigung auch noch kriegen«, sagte Aisha und schloss den Gummiverschluss an ihrem Knöchel.

»Vielleicht lebt mein KinTwin irgendwo auf einer einsamen Insel. Oder spricht nicht dieselbe Sprache wie ich. Oder hasst Hunde«, murmelte ich. Ich strich mit einem Finger über meinen Sperrbildschirm, auf dem mein Berner Sennenhund Bernie den ganzen Hintergrund einnahm.

»Na ja, das würde niemals passieren, weil du nicht mit einem Katzenmenschen matchen würdest«, entgegnete Aisha. Sie griff nach ihren Zehen, um ihre Oberschenkel zu dehnen. Beim Klettern ohne Sicherung einen Krampf zu kriegen, war nicht so prickelnd.

»Ich wünschte, man könnte einfach einen Bluttest machen und es sofort wissen. Hast du Bris Dad mal gefragt, ob sie darüber bei KinTwin-Discoveries schon nachgedacht haben?«, fragte ich.

Aisha verdrehte die Augen. »Ich denke schon, dass ein Team

aus Wissenschaftlern wie Bris Dad das versucht hat, Milo. Sogar dieser Milliardär, wie heißt der noch gleich, der das alles entdeckt hatte …«

»Argo Duff?«, fragte ich.

Der Typ war der reichste Mann der Welt, es war nicht schwer, sich seinen Namen zu merken. Er war gerade erst in den Nachrichten, weil er offenbar sein gesamtes Krisenmanagement-Team zu einem Abendessen in einem Sternerestaurant einberufen hatte. Das war bereits das dritte Mal dieses Jahr, dass er alle Angestellten seiner Social-Media-Firma ausgetauscht hat. Immer bei Champagner und Häppchen. Der Kerl war total gaga, aber immerhin reich genug, um dein Abendessen zu bezahlen, bevor er dich ohne Abfindung entließ.

»Genau der. Sogar er weiß nicht, warum es so seltsam abläuft, es ist halt einfach so. Das weißt du doch. Die Mutation zeigt sich, wenn du dich in nächster Nähe zu deinem KinTwin befindest, deshalb können sie nicht einfach alle gleichzeitig testen. Es ist immer noch Glück im Spiel. Die Menschheit hat es doch vorher auch schon geschafft, ihre Seelenverwandten zu finden. Wir brauchen keine App dafür. Du wirst die Richtige noch treffen.«

»Du hast leicht reden.«

Aisha zuckte mit den Schultern. »Als die Mutation entdeckt wurde, gab es zahlreiche verheiratete Paare, die feststellten, dass sie KinTwins waren. Sie hatten die App nicht benutzt.«

»Und es gab zahlreiche Leute, die sich scheiden ließen, als sie herausfanden, dass sie *keine* KinTwins waren«, konterte ich. Ich nahm eine Handvoll Sand und ließ ihn durch meine Finger rieseln wie Wasser. »Manchmal denke ich, dass Daten einfacher war, bevor es eine eindeutig richtige und falsche Antwort gab.«

»Eindeutig? Wow, ein dreisilbiges Wort. Habt ihr Klopapier mit Wörtern drauf gekauft?«, fragte Aisha grinsend.

Ich wollte sie knuffen, aber sie rannte davon, über den Strand und auf die Klippen zu.

»Yallah. Komm schon, du Nerd. Wärm dich auf, damit ich dich ehrenhaft beim Klettern zur ersten Sprungstelle schlagen kann«, rief sie mir im Laufen zu.

Bevor ich aufstand, um ihr nachzulaufen, entsperrte ich mein Handy und warf einen kurzen Blick auf Social Media. Ich ignorierte die privaten Nachrichten und öffnete die Startseite. Mein Profilbild zeigte immer noch mich und Eden, die ich huckepack trug. Bri hatte das Foto letztes Wochenende im Steinbruch gemacht. Mein Lachen war der Beweis, dass es sich gelohnt hatte, zwei Jahre lang eine feste Zahnspange zu tragen, und auf meinem Kinn waren Bartstoppeln zu sehen. Ich betrachtete mich eigentlich nie lange im Spiegel (wer machte das bitte?), aber ich hielt mich nicht für furchtbar hässlich. Eden schien glücklich zu sein, aber jetzt, da Aisha es angesprochen hatte … wir haben uns nie wirklich … unterhalten. Die meiste Zeit haben wir rumgeknutscht oder waren in einer Gruppe unterwegs gewesen. Nichts Weltbewegendes.

Und zum Thema, wer auch immer mein KinTwin war … tja, ich glaube, sie war ziemlich vorsichtig. Ich bin nie einfach so ohnmächtig geworden oder habe den typischen, stechenden Schmerz gespürt, der bedeutet, dass sie sich ein Bein gebrochen hat oder Schlimmeres. Tatsächlich war ich normalerweise der, der sich etwas brach, bei all dem Klippenspringen und Mountainbikefahren und den anderen Sachen, die wir am Wochenende so machten. Ich ließ das Handy fallen und es knallte gegen das

Knie, das ich bei einem BMX-Unfall im Jahr zuvor ziemlich übel aufgeschürft hatte. Ich verzog das Gesicht vor Schmerz. Hab's doch gesagt. Irgendwie tat mir mein KinTwin leid.

Ich verließ mein Profil und sah ein Foto auf der Startseite, das Mum gerade gepostet hatte. Sie und Dad mit Mehl bestäubt, beim Backen zu Hause in unserer Küche. Ich sah die dunklen Augen, die ich von Mum hatte, und das schwarze Haar, das ich von Dad hatte. Die beiden haben sich in der Highschool kennengelernt und natürlich fanden sie heraus, dass sie KinTwins waren, als die Mutation entdeckt wurde und Mum im Garten stürzte, sich den Arm brach und sowohl sie als auch Dad vor Schmerzen ohnmächtig wurden. Ich scrollte weiter und das nächste Foto zeigte Bri und Aisha bei einer Strandparty. Bri hatte ihre Arme um Aishas Hals gelegt, ihr rotes Haar wehte um sie herum wie eine Wolke. Sie blickten nicht mal in die Kamera, sondern lachten über einen Insider-Witz.

»Okay, das wird langsam traurig, sogar für deine Verhältnisse«, sagte ich laut, obwohl Aisha unterhalb der Felsen auf der Stelle joggte und zu weit weg war, um mich bei dem kalten Wind hören zu können. »Hey, Aisha, warte.«

Klippenspringen half mir, wenn ich traurig war. Es hatte etwas mit dem Absprung zu tun, damit, sich in der Luft zu befinden, und dem dann einsetzenden Adrenalinkick, wenn das Wasser auf einen zuraste. Wir konnten das nur im Sommer machen, weil wir sonst nicht rechtzeitig trocknen würden, um uns im Auto die Schuluniformen anzuziehen. Als wir den Felsen zum dritten Mal hochkletterten, lachte ich über Aishas schlechte Witze und sie beschwerte sich darüber, dass ich geschummelt und die ersten Minuten am Handy herumgescrollt hatte.

»Ernsthaft, du wärst … auch so fertig, wenn du … nicht geschummelt hättest«, keuchte Aisha. Sie machte extragroße Schritte, als sie aus dem Wasser marschierte, um möglichst nicht in die Algen zu treten.

Wir ließen uns auf einen Steinhaufen bei den Felsen fallen und machten eine Verschnaufpause.

»Ich bin froh, dass ich hier bin, um dein gebrochenes Herz zu flicken«, sagte Aisha, sobald sie wieder Luft bekam.

Ich schnaubte. »Ich finde, gebrochenes Herz ist ein bisschen übertrieben. Ehrlich gesagt hat Eden echt nett mit mir Schluss gemacht. Sie *alle* haben nett mit mir Schluss gemacht. Und bevor du fragst: Ja, sie hat gesagt: ›Es liegt nicht an dir, sondern an mir.‹« Ich lehnte mich zurück, stützte mich auf meine Ellenbogen und starrte aufs Wasser. »Ich weiß es doch auch nicht. Ich möchte einfach auch das haben, was du hast und was meine Eltern haben, verstehst du?«

»Du meinst, du würdest gerne deinen KinTwin kennenlernen, vorzugsweise, bevor sie dich aus Versehen tötet, indem sie, na ja … stirbt?«, fragte Aisha.

»Wäre schön, kann ich nicht anders sagen«, antwortete ich. »Mann, du sagst manchmal echt düstere Sachen.«

»Moi? Sir, ich bin hier, um die Wahrheit auszusprechen, nicht, um sie zu beschönigen. Aus diesem Grund werde ich dir auch sagen, dass deine Ansätze mit deinem neuen Haarwachs fettig aussehen.«

Ich verdrehte die Augen.

»Aber mal ernsthaft, M. Ich verstehe dich. Ich schätze, wenn wir schon alle durch diese KinTwin-Sache langsam ausgelöscht werden, dann wäre es nett, wenigstens noch irgendwas davon zu haben. Sobald man Bescheid weiß, ist es echt schön. Wusstest du, dass mein Dad immer noch dachte, ich würde ›nur eine Phase durchmachen‹, bevor ich ein Match hatte? Jetzt kann ich endlich sagen: ›Dad, ich mag einfach keine stinkenden, schrecklichen Jungs. Ist das so schwer zu verstehen?‹«

»Yep, ich erinnere mich«, sagte ich. Aishas Dad war immer etwas komisch gewesen, seit er mal ein Gespräch zwischen Aisha und ihrer Mutter mitbekommen hatte, als sie sich wegen ihrer sexuellen Orientierung noch nicht sicher gewesen war. Sie hatte recht damit, dass das Matchen der queeren Community viel gebracht hatte. Sogar die örtliche Pride-Demo fühlte sich anders an, seitdem es wissenschaftliche Beweise dafür gab, dass Liebe sich wirklich immer durchsetzte.

Bis, na ja, der Tod euch scheidet, schätze ich.

»Ich denke, dass es zwei Betrachtungsweisen dafür gibt. Das Glas ist halb leer und das Glas ist halb voll«, begann Aisha. Sie stützte sich auf die Ellbogen, ihre beiden Unterarme waren voll Sand. »Ja, die Sterberate hat sich verdoppelt, sie ist vielleicht sogar noch höher, wenn man die ganzen Unfälle bedenkt, die passieren, und vielleicht ist sie höher als die globalen Geburtsraten und wir leben bald alle in einem postapokalyptischen Brachland, wenn wir zu wenig Menschen für eine funktionierende Gesellschaft sind …«

»Nicht sehr hilfreich, A.«

»Aber – ich wollte gerade zum Aber kommen – wir kriegen es in den Griff. Es werden mehr Vorsichtsmaßnahmen ergriffen. Erinnerst du dich an die Zeit, als auf den Straßen keine Autos erlaubt waren? Außerdem ist es ziemlich cool zu wissen, wer deine Seelenverwandte ist, die Person, mit der du den Rest deines Lebens verbringen wirst. Was ich sagen will: Nicht alles ist schlecht. Die Liebe gewinnt immer und so.«

»Vielleicht«, erwiderte ich und lehnte mich im Gras zurück. Ich wollte es nicht gern laut sagen, aber ich stimmte Aisha zu. Alles, was ich wollte, war eine Liebe wie ihre, wie die meiner Eltern. Die KinTwin-Sache würde mir eine Menge Zeit ersparen, solange sich meiner beeilte und sich mir offenbarte. Irgendwo da draußen gab es ein Mädchen, das Sport und Felsenspringen und BMX fahren und Gitarrenmusik genauso sehr liebte wie ich, da war ich mir sicher. Ich musste sie nur finden. »Weißt du, wie ich mich fühle, Aisha?«

»Viel besser, weil deine beste Freundin gerade wahnsinnig tiefgründige Sachen gesagt hat?«

»Ganz genau. Und das heißt, ich bin bereit, dir beim Klettern in den Arsch zu treten«, antwortete ich grinsend und sprang auf.

»Ah verstehe. Das Spiel ist eröffnet. Der Letzte an der höchsten Sprungstelle bezahlt das Mittagessen«, sagte Aisha. Sie sprang ebenfalls auf und fing an, ihre Arme zu dehnen.

Das war es, was ich am meisten liebte: Wenn das Adrenalin einsetzte und das Herz in meiner Brust schneller schlug. Zeit mit Aisha zu verbringen. Das Leben nicht zu ernst zu nehmen, was in den letzten Jahren schwer gewesen war.

»Okay, brauchen wir einen Countdown oder legen wir einfach los?«, fragte ich.

Aber Aisha antwortete nicht. Sie war abgelenkt, weil Hunderte Möwen von den Felsen aufflogen, kreischten und schrien und … welches Geräusch diese Vögel auch immer machten, wenn sie … verängstigt waren? Konnten Vögel Angst haben?

»Seltsam«, murmelte Aisha.

Ein paar Sekunden lang standen wir schweigend da und hörten nichts als die verdammten Vögel in der Ferne.

Etwas fühlte sich falsch an. Es war, als wäre die Luft kurzzeitig dünner geworden und die Lautstärke der Welt heruntergedreht.

Dann erfasste uns die Explosion.

Nicht wie die Explosion einer Bombe, so wie man sie im Fernsehen sieht, mit Feuer und Zerstörung und allem. Das hier war Lärm wie ein Feuerwerk, das genau neben meinen Ohren hochging. Aisha und ich warfen uns auf den Boden und ich legte meine Arme über ihren Rücken, als könnte ich sie so vor dem Krach beschützen.

»Was war das?«, rief Aisha, obwohl der Lärm aufgehört hatte. Ihre Ohren mussten genauso rauschen wie meine.

Ich sah auf und bemerkte in der Ferne aufsteigenden Rauch. Ich meinte, auch das Leuchten eines Feuers zu sehen, aber es wurde von den Felsen verdeckt.

»Ich nehme an, es ist das da«, sagte ich und nickte in Richtung des Rauches.

Aisha hob den Kopf. »Shit. Das ist groß.«

»Ich habe schon lange keinen so schlimmen Unfall mehr gesehen. Glaubst du, dass es sich nur um Autos handelt?« Ich entsperrte mein Handy, um zu checken, ob es in den sozialen Medien Infos gab.

»Vielleicht ein Tanklaster? Das Ding war echt laut. Ich glaube, ich bin taub. Wenn ich jetzt meine Musical-Soundtracks nicht mehr anhören kann, werd ich sauer.«

Es war ein passabler Versuch, es mit Humor zu nehmen. So reagierten wir immer, wenn solche Dinge passierten. Aber es stand Aisha ins Gesicht geschrieben, dass sie Angst hatte. Und warum sollte sie auch keine haben? Wir hatten alle Angst. Es ging jetzt seit Jahren so, und obwohl natürlich jeder alle möglichen Vorkehrungen getroffen hatte, geschahen trotzdem Unfälle. Und dann trat der Dominoeffekt ein: Erst starb eine Person, dann ihr KinTwin. Bei schweren Unfällen war dieser Dominoeffekt noch größer. Es traf dann immer noch mehr KinTwins und … nope. Darüber wollte ich nicht nachdenken.

Ich scrollte durch meinen Feed. Es gab ein paar Videos, die als »in der Nähe« markiert waren und die die Folgen einer Massenkarambolage zeigten. Im Hintergrund eines der Videos sah man ein Flugzeug, das gefährlich tief zu fliegen schien.

»Verdammt! Aisha, sieh dir das an.« Ihr Blick huschte hin und her, als sie die Videos auf meinem Handy anschaute.

»I… ich muss meine Eltern anrufen«, stotterte sie. »Mir geht es gut, also ist Bri okay, aber es ist mitten in der Stadt. Meine Mum ist heute auf der Arbeit. Ich muss wissen, ob ihr was passiert ist.«

»Klar. Ich muss auch checken, ob bei meinen Eltern alles gut ist.«

Mein Herz schlug schneller, als ich unsere Family360-App aufrief. Mein Dad hatte letztes Jahr darauf bestanden, dass wir uns alle Smartwatches besorgten, um aufeinander aufpassen zu können. Sie zeichneten den Puls, den Aufenthaltsort und so weiter auf. Ich hätte natürlich eine Warnmeldung bekommen, wenn ihnen etwas passiert wäre, aber das hielt meine Gedanken nicht davon ab, sich zu überschlagen, während ich die Daten von jedem Einzelnen checkte. Bei mir wurde basierend auf dem VPN, den Aisha und ich uns teilten, angezeigt, dass ich in der Schule war, weil meine Eltern nicht *jeden Ort* kennen mussten, an dem ich mich aufhielt. Aber ich konnte sehen, wo sich alle anderen befanden.

Leon Spencer: Puls 68 bpm. Aufenthaltsort: Zu Hause.

Jackie Spencer: Puls 72 bpm. Aufenthaltsort: Arbeit.

Milo Spencer: Puls 101 bpm. Aufenthaltsort: Schule.

Stella Spencer: Puls 80 bpm. Aufenthaltsort: Schule.

Mein Puls war so hoch, dass er vielleicht bald eine Warnmeldung auslösen würde. Ich war panischer, als ich dachte. Ich nahm mir einen Moment, um meine Atmung zu beruhigen, aber wie erwartet bekam ich zwei Nachrichten.

Mum
Milo, wir haben einen Unfall gehört. Geht es dir gut? Ruf mich an.

Dad
Ich glaube, dein Handy ist im »Nicht stören«-Modus. Deine Uhr sagt, dass es dir gut geht. Bist du mit Aisha zusammen? Ruf mich an, wenn du kannst.

Aisha hatte gerade aufgelegt. »Alles in Ordnung?«, fragte ich.

»Ja, Gott sei Dank. Meinen Eltern geht es gut und mein Bruder ist … Milo? Was ist los?«

Ich wollte antworten, aber es war, als würde man versuchen, etwas unter Wasser zu sehen und zu sprechen. Aishas Gesicht flimmerte, die Sorge darauf ließ es verzerrt erscheinen wie bei einer Pfütze, deren Oberfläche sich kräuselt.

»Ich … fühle mich komisch«, lallte ich. Ich fiel auf die Knie und mein Handy rutschte mir aus der schlaffen Hand, die Nachrichten von Mum und Dad blieben unbeantwortet. »Aisha, ich … ich kann nicht atmen.«

Panik überkam mich und meine Uhr fing an zu piepsen. Das Warnsignal für einen zu hohen Puls.

»Halte durch. Bitte. Ich rufe einen Krankenwagen. Alles wird gut. Halte durch.« Aisha redete ohne Unterlass, doch ihre Stimme klang immer gedämpfter.

Dann wurde alles schwarz.

3

Zoe

Ich wachte im Krankenhaus auf. Schätze, es gibt schlimmere Orte, an denen man aufwachen kann, auch wenn ich einen mit einem geringeren Infektionsrisiko bevorzugt hätte.

Das letzte Mal bin ich in einem Krankenhaus gewesen, um Dad zu besuchen.

Ich versuchte, mich daran zu erinnern, was passiert war. Schreie, quietschende Reifen … ein Flugzeug? Genau deshalb wollte Mom mich gern zu Hause unterrichten. Damit es weniger Gründe gab, das Haus zu verlassen.

Ich sah zu dem blinkenden Monitor neben meinem Bett, der meine Vitalwerte überwachte. Blutdruck von 115 zu 75, völlig okay. Als ich aufgewacht war, war mein Puls leicht erhöht gewesen, aber er hatte sich wieder beruhigt. *Gut.* Sich an Dad zu erinnern, war bestimmt nicht hilfreich gewesen, daher war es wohl besser, an etwas anderes zu denken. An Flucht zum Beispiel.

Ich wusste nicht, wie lange ich schon hier war, weil es keine Uhr im Zimmer gab. Links und rechts neben meinem Bett waren zugezogene Vorhänge, die mich von den anderen Betten abschirmten. Mir war klar, dass Mom mich nicht besuchen würde, selbst wenn sie sie angerufen hätten, es sei denn, es ginge um Leben und Tod. Das war okay für mich.

»Bari?«, krächzte ich. Mein Hals fühlte sich an, als hätte ich Kies geschluckt. »Bist du da?«

»Sei gegrüßt, Frauchen Zoe«, antwortete Bari. Ich konnte ihn gerade so verstehen, aber seine Stimme klang gedämpft. Ich verfolgte ihren Klang bis zu einem Nachttisch und zog mit einer Hand die Schublade auf. Darin lagen in einer durchsichtigen Plastiktüte mein Handy und ein paar Bankkarten. Baris braunschwarzes Fellgesicht leuchtete auf dem Bildschirm auf.

Ich streckte die andere Hand aus, um mein Handy herauszunehmen, bemerkte ein Stechen in meinem Rücken und führte erst mal einen kurzen Gesundheitscheck durch. Um den Kopf hatte ich einen Verband, darunter ertastete ich vier Nähte direkt am Haaransatz. Die Rippen waren geprellt, aber nicht gebrochen. Diesen Schmerz konnte ich aushalten. Durchs Laufbandtraining verschiebt sich die Schmerzgrenze ziemlich schnell. Auch mein Schlüsselbein tat weh, aber ich konnte keine Verletzung oder Blutergüsse fühlen. Seltsam, aber ich konnte mein Kinn nicht weit genug runterbeugen, um mehr zu erkennen. Ich würde wohl meine Handykamera zu Hilfe nehmen müssen.

Beruhigt, weil ich keine bleibenden Schäden davongetragen hatte, holte ich mein Handy nun aus der Schublade, damit ich mit Bari reden konnte. Die Zeitanzeige im oberen Bereich verriet mir, dass es 11.30 Uhr war, was bedeutete, dass ein paar Stunden vergangen waren, seit ich mich auf den Weg zur Schule gemacht hatte. Es wurden auch Benachrichtigungen von der DD-App angezeigt, doch ich stellte sie stumm. Waren wahrscheinlich nur

Umgebungsmeldungen für den Unfall, an den ich mich nur halb erinnern konnte.

»Weißt du, was passiert ist, nachdem wir das Haus verlassen hatten, Bari? Warum bin ich im Krankenhaus?«, fragte ich.

Bari neigte den Kopf zur Seite und fror für den Bruchteil einer Sekunde ein.

»Internetsuche abgeschlossen. Diese Artikel über Geschehnisse im Umkreis von acht Kilometern deines Zuhauses wurden innerhalb der letzten drei Stunden veröffentlicht, Frauchen Zoe.«

Bari verschwand durch die Hundeklappe an der Seite des Bildschirms und an seiner Stelle erschienen mehrere sich überlappende Artikel. Ich überflog ein paar Überschriften, die alle in etwa so lauteten: SECHS TOTE, UNZÄHLIGE VERLETZTE IN DEARLYDEPARTED-SYNDROM-MASSENKARAMBOLAGE, und entdeckte ein Foto von einem Flugzeugpropeller, der in der Seite eines Busses steckte.

Ich gab es wirklich ungern zu, aber ich hatte Glück, dass ich noch am Leben war. Pech war zwar nicht der Killer Nummer eins auf meiner Liste, aber es war etwas, das immer über einem schwebte, eine Oberkategorie für Dinge wie unheilbare Krankheiten, Meteoriteneinschläge und jetzt auch noch herabstürzende Flugzeugteile. Ich sagte immer, dass ich auf alles vorbereitet war, aber so richtig stimmte das nicht, weil das DearlyDeparted-Syndrom einem permanent im Nacken saß. Und bis ich herausgefunden hatte, wer mein KinTwin war, würde ich mich niemals richtig entspannen können. Zu wissen, wer er war, würde die Pechkategorie immerhin etwas verkleinern. Vielleicht könnte ich ihm oder ihr sogar einen Notfallbeutel packen.

»Bari, ich sollte rausfinden, was Mom macht. Hast du Zugriff auf …«

»Mit wem redest du?«

Die Stimme kam von hinter dem Vorhang, der mein Bett vom Nachbarbett trennte. Bevor ich reagierte, wischte ich Bari von meinem Startbildschirm, dann beugte ich mich vor, um den Raumteiler zurückzuziehen.

»Woah. Privatsphäre?« Der Junge im Nachbarbett hob die Hände vors Gesicht, als würden Paparazzi versuchen, ihn in seinem Auto zu fotografieren.

Ich verdrehte die Augen. »Klingt ein bisschen absurd aus dem Mund von jemandem, der gerade mein Gespräch belauscht hat«, sagte ich. Ich schob mich in eine sitzende Haltung und biss die Zähne zusammen, um den kurzen Schmerzanfall auszuhalten.

»Ha. Punkt für dich.« Der Junge ließ die Hände sinken und sah mich an. »Sorry, mein Kopf tut immer noch weh.« Sein Kopf sah in meinen Augen in Ordnung aus, aber vielleicht war meine Schmerzgrenze höher als seine.

Ich kannte ihn. Wir gingen zusammen zur Schule, wobei ich eigentlich wenig mehr tat, als in derselben Umgebung wie meine Mitschüler und Mitschülerinnen zu existieren, die angeblich auf derselben Entwicklungsstufe standen wie ich. Ich sah gerade Milo Spencer an, zweifellos der beliebteste Junge unserer Stufe. Alle wollten entweder *er* oder mit ihm zusammen sein. Soweit ich wusste, wurde ihm bislang noch kein KinTwin zugewiesen, sehr zum Leidwesen eines jeden Mädchens, mit dem er je ausgegangen war. Er blinzelte mich mit seinen langen Wimpern an, die die Spitzen seiner perfekt gestylten schwarzen Haare berührten.

Mein Herzmonitor piepte etwas schneller.

»Hi, ich bin Milo. Und du?«, fragte er und schien komplett aus weißen Zähnen und weicher Haut zu bestehen.

Natürlich wusste er nicht, wer ich war. Milo Spencer registrierte keine unbekannten Objekte außerhalb seiner winzigen Umlaufbahn.

»Zoe Quinn. Du bist in meiner Stufe. Wir haben Mathe, Englisch und Französisch zusammen«, erklärte ich.

Milo starrte mich verständnislos an. Da war wieder dieser Blick.

»Ahhh. Klar. Mathe und Französisch, jetzt fällt's mir ein«, sagte er, einen Sekundenbruchteil zu spät.

»Und Englisch.«

»Und Englisch. Yep, natürlich.«

Zwischen uns breitete sich die wahrscheinlich peinlichste Stille aller Zeiten aus, bis Milo wieder etwas sagte.

»Äh, weißt du, was passiert ist? Warum sind wir hier?«

»Schau auf dein Handy. Du musst in denselben Unfall verwickelt worden sein wie ich«, erwiderte ich. Ich würde Milo Spencer ganz sicher nicht mehr helfen als nötig. Davon hatte er schon genug in seinem echten, funkelnden Leben.

»Guter Punkt. Ab ins Internet«, sagte Milo.

Ich wollte den Vorhang wieder zuziehen, hauptsächlich, um nicht mehr mit ihm sprechen zu müssen, doch er streckte die Hand aus, um mich davon abzuhalten.

»Warte. Ich habe eine DD-Benachrichtigung.« Mit einem Mal saß er aufrecht im Bett, der Verband um sein Schlüsselbein bereitete ihm offensichtlich keine Probleme.

Wenn überhaupt, sah er … aufgeregt aus?

»Mach dir keinen Kopf deshalb. Sind wahrscheinlich nur Umgebungsmeldungen von dem Unfall«, entgegnete ich und wandte mich meinem eigenen Handy zu. Ich wischte Bari wieder auf den Bildschirm, stellte ihn auf stumm und kraulte ihm den Bauch.

»Nein … oh mein Gott, das kann nicht sein … ich habe eine KinTwin-Benachrichtigung. Ich habe einen KinTwin! Endlich. Ich habe einen, ich habe einen – AU! Verdammt, tut das weh.« Milo hatte so aufgeregt im Bett herumgezappelt, dass er sich die Rippen verdreht hatte und beinahe sein Handy fallen lassen hätte.

»Schön für dich. Ich werde die offizielle Verkündung sicher auf der Social-Media-Plattform deiner Wahl für die Zurschaustellung deines Lebens sehen«, sagte ich. Ich hatte Social Media nie so richtig verstanden. Ich war dort zwar auch unterwegs, aber nur, um mitzukriegen, was so abging, nicht, um etwas zu posten oder mich mit anderen auszutauschen. Leute wie Milo posteten immerzu Selfies oder Fotos von irgendwelchen verwegenen Partys, zu denen ich nicht eingeladen war. Ich sah sie nur, weil sie auf meinem Feed angezeigt wurden, nicht, weil ich nach ihnen suchte oder so. Seine unzähligen Selfies waren halt kaum zu übersehen. Meinen Recherchen zufolge löste Social Media vor allem Angstzustände aus und Angstzustände konnten einen töten, wenn man sie nicht behandelte.

Was jedoch keine Angstzustände auslöste, war, den Bauch gekrault zu bekommen. Es konnte sie laut einiger Studien sogar vermindern. Ich konzentrierte mich wieder auf Bari, der auf dem Rücken lag, mit in die Luft gestreckten Beinen und heraushängender Zunge.

»Hier steht, mein Match ist … das kann nicht stimmen«, kam es von Milo.

»Ernsthaft, Milo, und ich meine das nicht böse, aber es ist mir echt egal.«

»Ich mach keine Witze, Zoe. Schau in deine App.«

»Hab ich schon. Ich weiß, was passiert ist, und wenn es dir nichts ausmachen würde …«

»Ich meine es *ernst*. Du wirst das hier sehen wollen.«

Ich seufzte. »Sorry, Bari«, murmelte ich, bevor ich ihn wieder durch seine Hundeklappe schubste.

Ich klickte auf die rote DD-App, auf der ein ebenfalls roter Punkt anzeigte, dass ich drei neue Benachrichtigungen hatte.

> 9.45 Uhr: Glückwunsch! Wir erhielten die Nachricht über Ihr Match mit einem KinTwin. Bitte haben Sie etwas Geduld, während wir diese Meldung verifizieren.

Die Härchen in meinem Nacken stellten sich auf. Der Monitor neben meinem Bett piepte schneller.

> 10.03: Es ist offiziell! Ihr Testcenter, das Derbyshire Country Hospital, hat Ihren KinTwin bestätigt. Bitte warten Sie auf seinen Aufenthaltsort.

> 10.35: Sie befinden sich in einem 10-Meter-Radius Ihres KinTwins, der als MILO SPENCER registriert ist. Bitte bestätigen Sie, dass Sie diese Nachricht gelesen haben. Wir hoffen, Sie beide werden glücklich bis an Ihr Lebensende!

Milo Spencer. *Milo Spencer.* Kapitän der Fußballmannschaft. Der Junge, der mit mehr Gipsverbänden an mehr Körperteilen, als ich jemals zählen könnte, in die Schule gekommen ist. Der Junge mit der Todessehnsucht war mein KinTwin.

Das musste ein Fehler sein.

»Ähm, das glaube ich nicht«, widersprach Milo. Ich hatte nicht bemerkt, dass ich den letzten Satz laut gesagt hatte. »Um einen KinTwin zu bestätigen, braucht man einen Bluttest und wir sind in einem Krankenhaus. Sie müssen uns getestet haben, während wir bewusstlos waren.« Milo gab sich sichtlich Mühe, nicht allzu enttäuscht auszusehen. Auf seinem lächerlich hübschen Gesicht lag ein schiefes Lächeln.

Ich war nicht so gut darin, nicht enttäuscht auszusehen.

»Nein. Nein, das stimmt nicht. Pfleger?«, rief ich dem Mann zu, der sich um einen Patienten gegenüber von uns kümmerte.

Er drehte sich um und lächelte, bevor er zu uns kam. »Super, Sie sind wach. Haben Sie schon die guten Nachrichten bekommen? Ich sagte gerade zu …«

»Wenn Sie mit gute Nachrichten die offensichtlich inkorrekte Benachrichtigung auf meinem Handy über meinen offensichtlich inkorrekten KinTwin meinen, dann ja, die hab ich gekriegt.« Der Monitor piepte jetzt so schnell, dass der Krankenpfleger einen besorgten Blick darauf warf. »Ich weiß nicht … ich kann nicht … wie ist das passiert?«

Ich atmete mehrmals tief ein und aus, während das Lächeln in seinem Gesicht einem Stirnrunzeln wich.

»Oh, die meisten Leute freuen sich, wenn sie … Okay, ja,klar. Sie beide kamen von verschiedenen Orten. Miss Quinn, Sie waren am Schauplatz einer DDS-Massenkarambolage, und Mister

Spencer, wir erhielten einen Anruf von einer Mitschülerin, die sagte, dass Sie kollabiert seien. Als Sie hier eintrafen, zeigten Sie beide trotz Ihrer Bewusstlosigkeit Reaktionen auf alle Verletzungen, obwohl Sie nicht beide von allen betroffen waren. Als wir Ihren Kopf genäht haben, Miss Quinn, verzog Mister Spencer permanent das Gesicht. Also machten wir einen Bluttest bei Ihnen beiden und hey ho, es war ein Match. Natürlich mussten wir es der DD-Abteilung melden, damit wir unsere Lizenz nicht verlieren. Bis zu diesem Zeitpunkt war uns nicht klar, dass es sich um ein neues Match handelte.«

Jetzt machte ich ein erstauntes Gesicht. Die Kopfverletzung, die Milo gespürt hatte, als ich den Vorhang zurückzog. Das häufig auftretende Stechen, das ich mir nicht erklären konnte. Milo brach sich ständig die Knochen und jeder wusste, dass man die Schmerzen seines KinTwins in abgeschwächter Form wahrnahm.

Aber nein. KinTwins waren Seelenverwandte. Als das Ganze losging, waren es vor allem verheiratete Paare oder zumindest Verliebte. KinTwins sollten heiraten, sich umeinander kümmern.

Es wäre mir lieber, Milo würde mich bei einem dummen Stunt umbringen, als ihn heiraten zu müssen. Allein bei dem Gedanken daran wurde mir ein wenig schlecht.

»Uhh. Mir ist übel. Habe ich eine Gehirnerschütterung?«, wollte Milo wissen.

Natürlich. Er reagierte auf meine Übelkeit.

»Okay super, danke«, sagte ich, bevor der Pfleger antworten konnte. Ich beugte mich vor und zog den Vorhang zu, sodass Milo und ich allein waren.

»Das passiert gerade nicht wirklich«, murmelte ich, öffnete die DD-App und klickte den Bericht an.

100 % Match! Ihre KinTwin-Blutmarker stimmen komplett mit denen von MILO SPENCER überein. Das heißt, Sie beide sind so was von füreinander bestimmt. Wir hoffen, dass Sie sehr glücklich zusammen werden, bis Sie entleiben und entleben!

»Yep. Ich meine, du hast völlig recht. Da muss es einen Glitch oder so gegeben haben«, sagte Milo, der auf seinem Handy herumscrollte. »Auf keinen Fall sind wir ein Match. Haben wir überhaupt irgendwas gemeinsam? Sollte dein KinTwin nicht, du weißt schon, deine *Person* sein?«

Seltsamerweise beruhigte es mich, dass Milo genauso Panik schob wie ich. Sogar mein Puls schien laut dem Monitor langsamer zu werden und ich kam nicht umhin zu bemerken, dass auf Milos Monitor genau dasselbe passierte, bis unser Herzschlag im Einklang war.

»Komisch. Ich fühl mich besser«, stellte Milo fest. »Aber das kann einfach nicht stimmen. Wir müssen das klären.« Immerhin waren wir uns in einem einig: Das hier war ein Fehler und wir mussten ihn beheben.

Jemand zog den Vorhang zurück und ich wollte dem Pfleger gerade schon raten, einen sehr langen Spaziergang von einer sehr kurzen Planke zu machen, als ein Mädchen ihr Gesicht durch die Lücke steckte.

»Wie geht's dem Patienten? So ein netter Typ meinte, du wärst wach und würdest dich über Gesellschaft freuen?«

Es war nicht irgendein Mädchen. Man sah Milo nie ohne Aisha, die in jeder Hinsicht die weibliche Version von ihm war.

Er war Kapitän der Fußballmannschaft, sie war Kapitänin der Hockeymannschaft. Er sprang von Felsen, sie sprang von Felsen. Beide drehten Slow-Motion-Videos für Social Media. Ja, ich schaue sie mir ab und zu an.

»Sieht so aus, als hättest du eine neue Freundin gefunden?«, fragte Aisha und sah mich an. Sie hatte alles, was ich nicht hatte: lange Haare, Piercings und sie war groß. Wenn jemand Milos KinTwin war, dann sie.

»Wir sind keine Freunde«, erwiderte ich. Mit einer Hand fuhr ich durch mein kurzes straßenköterblondes Haar und war mir schmerzlich bewusst, wie wirr es aussehen musste, nachdem ich stundenlang im Bett gelegen hatte. »Wir … versuchen nur, etwas zu klären.«

»Aisha, laut der App sind wir KinTwins. Zoe und ich, meine ich. Hier«, sagte Milo.

Ich hob eine Augenbraue, zum einen überrascht darüber, dass er sich meinen Namen gemerkt hatte, und zum anderen, weil er diese Info direkt mit Aisha teilen wollte. Jemand wie sie wollte doch sicher jemanden wie Milo als KinTwin?

»Oh mein Gott! Bri, das wirst du nicht glauben! Unser Kleiner hat einen KinTwin«, rief Aisha einer Person zu, die ich nicht sehen konnte. Innerhalb weniger Sekunden kam Bri dazu, noch eins von den hübschen Mädchen, mit denen Milo rumhing und die auf seinen Social-Media-Profilen zu sehen waren. Nicht, dass ich sie mir sonderlich oft anschaute.

»Ohhhh, jetzt wird er richtig erwachsen«, freute sich Bri, deren rotes Haar aus ihrem Haargummi herausquoll, als versuchte es zu entkommen. Sie rubbelte Milo über den Kopf wie eine große Schwester bei ihrem kleinen Bruder.

»Nein, das stimmt nicht. Ich meine, er hat keinen KinTwin. Da gab es offensichtlich einen Fehler«, sagte ich.

Alle drei schauten zu mir, als hätten sie vergessen, dass ich da war. War ja klar.

Aisha und Bri musterten mich auf dieselbe Art, wie ich die Sicherheitskameras zu Hause studierte, bevor ich rausging: mit Neugier, aber auch mit einem gewissen Maß an Gefahrenanalyse.

»Hey, ich kenne dich. Du bist in unserem Mathekurs. Das Mädchen mit dem coolen Haarschnitt, erinnerst du dich, Bri? Ich sagte, dass ich mir die Haare schneiden wollte und dass eine Frisur wie die von Zoe nice wäre.« Aisha zog an ihren dunklen Haaren, als schnürten sie ihr die Luft ab.

»Ich merke, wenn sich jemand über mich lustig macht«, seufzte ich. »Nicht, dass es mir was ausmacht, ich habe nur keine Zeit dafür. Das hier ist ein Notfall.« Ich meinte es ernst. Mir drohten Hals- und Beinbruch wegen herabstürzender Flugzeugteile und gefährlicher KinTwins. Ich brauchte keine Freunde. Ich hatte Bari.

Aisha machte große Augen. »Aber es ist wahr. Oder, B? Sag es ihr.«

»Ja, sie hat wirklich gesagt, dass dein Haarschnitt süß ist. Quasi gestern erst«, erklärte Bri.

»Also behauptest du das nicht aus irgendeiner komischen Eifersucht heraus, weil ich angeblich Milos KinTwin bin?«, fragte ich.

Milos Wangen färbten sich rosa und beide Mädchen brachen in Gelächter aus.

»Ich und *Milo*? Wie soll ich es formulieren … er ist nicht mein Typ«, presste Aisha zwischen Lachanfällen hervor.

»Schon gut, es ist nicht *so* lustig«, beschwerte sich Milo.

Ich runzelte die Stirn, dann sah ich, wie Bri ihre Finger mit Aishas verschränkte. Oh. *Oh.*

Ich war noch nie sonderlich gut darin, Menschen zu lesen. Digitale Hunde waren eher mein Ding.

»Ernsthaft, was haben Heteros nur mit diesem verdammten KinTwin-Ding? Ihr macht mich fertig«, sagte Bri.

»Ah. Entschuldigt. Ich weiß nicht viel über … die Hierarchie in der Schule«, erwiderte ich, als wüsste ich mehr über irgendwelche anderen sozialen Rangordnungen. Oder über soziale Gefüge generell.

»Leute, wir müssen uns konzentrieren«, sagte Milo, den Aishas Versuch, ihn zu necken, eindeutig kaltließ. »Zoe stimmt mir zu und … äh, ich meine, du bist echt … nett und so, aber, äh … na ja …«

»Keine Sorge, Milo. Deine Gefühle beruhen auf Gegenseitigkeit«, unterbrach ich ihn.

Aisha versuchte, nicht wieder zu lachen.

»Wow. M, ist sie das erste Mädchen, das dich abblitzen lässt? Yep, ihr habt vollkommen recht, da muss ein Glitch in der Matrix vorliegen«, stellte sie fest.

Milo starrte bloß auf sein Handy. Ich warf einen Blick auf seinen Monitor, sein Puls war etwas zu niedrig. Wenn er nicht aufpasste, würde er einen Schock kriegen, und das konnte einen umbringen.

Und wenn er starb, starb ich auch.

»Lasst uns mal logisch denken«, sagte ich. Wenn ich am Leben bleiben wollte, musste ich dafür sorgen, dass Milo am Leben blieb, was bedeutete, ihn ruhig zu halten. »Als Erstes müssen wir herausfinden, wie dieser Fehler entstanden ist. Auf keinen Fall sind Milo und ich kompatibel. Wir müssen sozusagen mit dem Verantwortlichen sprechen.«

»Du meinst, mit dem Leiter von KinTwin-Discoveries? Ich glaube nicht, dass Argo Duff rangeht, wenn eine unbekannte Nummer anruft«, gab Bri zu bedenken.

Ich stellte erfreut fest, dass zumindest eine von Milos Freundinnen einigermaßen intelligent war.

»Vermutlich nicht. Aber wir könnten wenigstens mit einem seiner Vertreter Kontakt aufnehmen. Es muss doch irgendwo irgendjemanden geben, mit dem wir sprechen können. Es muss eine Beschwerdestelle geben.«

»Eine Beschwerdestelle? Bei der glücklichsten Firma der Welt?« Aisha verdrehte die Augen und wandte sich an Bri. »Irgendwelche Ideen, B?«

»Ich dachte, dass wir eine gepfefferte Mail schreiben könnten. Ich war gerade dabei, eine E-Mail-Adresse zu suchen«, sagte ich und holte mein Handy raus.

»Warum fragen wir nicht einfach Bris Dad? Er arbeitet doch immer noch dort, oder, A?«, erkundigte sich Milo.

»Hört ihr das? So klingt es, wenn der Groschen endlich fällt. Keine Sorge, du gewöhnst dich dran«, stichelte Aisha und grinste mich an.

Bri seufzte. »Na gut, ich rufe ihn an. Aber ich kann nichts versprechen.«

Ein Plan. Ein Plan war besser als kein Plan und ein Plan war unendlich viel besser, als akzeptieren zu müssen, dass Milo Spencer mein Seelenverwandter war. Mit diesem Klotz am Bein wäre ich bis morgen früh tot.

»Na, dann los«, sagte ich.

4

Milo

Das erste Zusammentreffen mit meinem KinTwin hatte ich mir immer etwas anders vorgestellt.

Gut, ein witzig romantisches Kennenlernen wie in einem Disneyfilm oder so habe ich mir nicht ausgemalt. Aber zumindest dachte ich, sie würde mich so ansehen, als würde sie mich mögen. Zoe sah mich an, als wäre ich ein entlaufener Schwerverbrecher.

Wir entließen uns selbst aus dem Krankenhaus. Es war voll einfach, niemand hielt uns auf. Man hatte dort genug mit der Registrierung der Todesfälle der Massenkarambolage und den zugehörigen KinTwins zu tun. Außerdem wussten die Schule und meine Eltern schon von dem Unfall, weil Aisha ihnen Bescheid gegeben hatte. Dad wollte wohl unbedingt vorbeikommen, aber die Hälfte der Straßen war nach dem Unfall noch gesperrt, deshalb rief ich ihn an, um ihm zu sagen, dass es mir gut ging und ich bald nach Hause kommen würde.

Und so kam es, dass wir zu Fuß über Schleichwege zu unserem örtlichen KinTwin-Discoveries-Center gingen, wo Bris Dad in der App-Abteilung arbeitete.

Immerhin würde man uns in dem ganzen Chaos nicht bemerken. Wir mussten herausfinden, wie der DearlyDeparted-App so ein fataler Fehler unterlaufen konnte.

Ich verzog das Gesicht. Nicht nur wegen dem dumpfen Schmerz, der von meinen neuesten Verletzungen ausging, sondern weil ich sogar in meinem eigenen Kopf wie ein Arsch klang. Dabei ging es nicht ums Äußere oder so was. Unter ihren kurzen Haaren war Zoe sogar ziemlich hübsch. Sie hatte genau die richtige Anzahl von Sommersprossen, große blaue Augen und diese Porzellanhaut, die man sonst nur in Zeichentrickfilmen sah.

Wir schienen bloß … na ja, ziemlich verschieden zu sein. Ich konnte mich nicht mal daran erinnern, sie in der Schule gesehen zu haben, aber Aisha behauptete felsenfest, dass wir einige Kurse zusammen hatten. Schule ist halt Schule. Normalerweise zähle ich dort nur die Minuten runter, bis ich raus auf den Sportplatz gehen oder zum Steinbruch fahren kann, um mir riskanten Freizeitspaß zu gönnen. Mir fällt da echt nicht jedes kleinste Detail auf.

»Zoe, was ist denn dadrin?«, unterbrach Aisha meine Gedanken. Wir waren eine Weile in der Hitze der Mittagssonne unterwegs gewesen und ich blinzelte einen Schweißtropfen weg, der mir in die Augen gelaufen war.

»Mein Zeug für die Schule. Ich bin auf dem Weg dorthin gewesen«, antwortete Zoe. Sie sah uns nicht an, sondern starrte weiterhin auf ihr Handy wie auch schon die ganze Zeit davor.

»Nein, ich meine in dem *Beutel*. Der an deiner Schultasche hängt«, hakte Aisha nach.

Zoe blieb stehen und drehte sich zu uns um. Bri und ich tauschten einen Blick aus. Aisha meinte es immer gut, aber sie konnte manchmal etwas zu neugierig sein.

»Um Zeit zu sparen und weil du offensichtlich die Art von Person bist, die immer alles genau wissen will: Das ist mein Notfallbeutel. Wenn du nicht weißt, was das ist, google es«, erwiderte sie. Dann wandte sie sich an Bri. »Wie weit noch?«

»Äh, das kann ich dir sagen, wenn ich die Straßenabzweigung sehe«, sagte Bri.

Zoe drehte sich auf dem Absatz um und setzte sich wieder in Bewegung, also folgten wir ihr. Aishas Finger flogen über ihren Handybildschirm. »Oh mein Gott. Das ist ein Beutel für die Apokalypse und so was. Hier steht, es ist ein Überlebensset für jede Eventualität. Dadrin sind Sachen wie Trockennahrung, Jod-Tabletten, Wechselbatterien … hm. Ziemlich nützlich für die Post-KinTwin-Welt.«

»Wirklich? Es ist auch etwas … weiß nicht, pessimistisch, oder?«, widersprach ich.

»Ich bin nicht pessimistisch. Ich bin pragmatisch. Dazwischen besteht ein Unterschied.« Diesmal blieb Zoe nicht mal stehen. Mir war es irgendwie peinlich, dass sie uns gehört hatte.

Aisha und Bri zogen eine Grimasse, die sagte: *Tja, da hast du's.*

»Können wir bitte ins Protokoll aufnehmen, dass ich es cool fand, zukünftige Misses Spencer?«, rief Aisha Zoes Hinterkopf zu. Bri presste die Lippen zusammen und versuchte, nicht zu lachen.

»Es ist auch nicht cool. Es ist praktisch. Ich kümmere mich nicht um … es ist mir egal, wie ich auf andere Leute wirke. Für mich ist nur wichtig, dass ich am Leben bleibe.« Zoe straffte die Träger ihres Rucksacks und lief schneller. »Und außerdem: Selbst wenn ich jemals dazu gezwungen wäre, mich Geschlechternormen und der Institution Ehe zu unterwerfen, würde ich niemals meinen Nachnamen ändern. Bri, sind wir jetzt bald an der Straßenabzweigung?«

Aisha grinste. Ich merkte, dass sie Zoe bereits mochte, aber wir sollten uns besser nicht zu sehr an sie gewöhnen. Das alles würde bald vorbei sein.

»Äh, ja. Kommt gleich links«, gab Bri zurück und zuckte mit den Schultern.

Großartig. Ich hatte nicht nur einen KinTwin an der Backe, der mich nicht ansehen wollte, Zoe wollte auch nicht mit mir reden. Perfekt. Ich trat gegen ein paar Steinchen und wir legten den Rest des Weges schweigend zurück.

Ich holte mein Handy raus und las die Nachrichten-Überschriften. Da stand viel deprimierendes Zeug über die Todesrate, die der Unfall mit sich brachte, und ich wischte weiter. Im Unterhaltungsteil gab es einen Artikel über Argo Duff. Anscheinend hatte er das Popsternchen, das er letzten Sommer geschwängert hatte, schon wieder abserviert und dachte jetzt darüber nach, ein buddhistischer Mönch zu werden.

Komisch, dass nie jemand nach seinem KinTwin fragte, obwohl er das weltweit führende System erfunden hatte, das KinTwins zusammenbringt. Er war nicht mal Arzt, sondern hatte einfach ein Team aus Wissenschaftlern wie Bris Dad zur Hand, die jeden seiner Einfälle umsetzten. So ein richtig exzentrischer Milliardär, der Typ. Vielleicht würde er mehr Gegenwind bekommen, wenn er eine Frau wäre. Das würde zumindest Aisha sagen. Aber ich schätze mal, dass man sich einfach nicht an dieselben Regeln halten muss wie der Rest von uns, wenn man so dermaßen reich ist. Ich wischte sein grinsendes Gesicht und seine kalten grauen Augen weg und steckte mein Handy wieder ein.

Es war unmöglich, das Gebäude am Ende der Straße zu übersehen, in die Bri uns führte. Es stand auf einem Hügel, komplett aus Glas und Beton wie das Hauptquartier eines Bösewichts. Ganz oben an dem Gebäude stand in derselben roten Schrift wie in der App: »KinTwin-Discoveries. Heimat der DearlyDeparted-App«.

Am Eingangstor trafen wir auf einen Wachmann.

»Hi. Ich bin Bri Smythe. Ich würde gerne meinen Dad besuchen. Er arbeitet in der IT-Abteilung als Gentechniker. Dr. Aaron Smythe.« Bri stand mit in die Hüfte gestemmter Hand da, als wäre sie diejenige mit dem Elektroschocker, nicht der Wachmann.

Sein Blick huschte über uns andere.

»Und ihr müsst alle mitkommen, was? Warum?«

»Äh … sein Mittagessen. Ja genau. Dad hat sein Mittagessen vergessen. Mum bat mich, es ihm zu bringen.« Bri setzte ihr breitestes Lächeln auf.

»Und wo soll es sein?«

»Verzeihung?«

»Das Mittagessen, Mädel. Du hast nicht mal eine Tasche dabei. Also, wo ist Daddys Mittagessen?« Der Wachmann grinste und Bri stotterte:

»Äh, also …«

»Spar's dir. Selbst wenn du es dabeihättest, könntest du nicht rein. Der ganze Komplex ist abgeriegelt wegen diesem Flugzeugabsturz heute Morgen.«

»Warum sollte alles wegen eines Flugzeugabsturzes fünf Kilometer von hier entfernt abgeriegelt werden?«, wollte Zoe wissen.

»Weil Menschen manchmal, wenn so was passiert, jemanden

dafür verantwortlich machen wollen. Und normalerweise steht KinTwin-Discoveries dann ganz weit oben auf der Liste. Schwachsinn, wenn ihr mich fragt. Sie haben die ganze Sache doch einfach nur entdeckt, eine Möglichkeit gefunden, sie nachzuverfolgen, und dabei ein paar Jobs geschaffen. Aber versucht mal, das jemandem klarzumachen. Die Leute denken scheinbar, dass KinTwin die Mutation erfunden hat. So ein Quatsch.«

»Wir wollten nicht Ihre ganze Lebensgeschichte hören«, kam es von Zoe.

Meine Augen weiteten sich. Hatte sie den Elektroschocker, der an seiner Hüfte hing, nicht gesehen? Und nicht bemerkt, wie er beim Reden vor lauter Wut spuckte? Für jemanden, der unbedingt am Leben bleiben wollte, war sie scheinbar nicht so gut darin, Menschen zu lesen.

»Alles klar, Kleine. Bleib mal locker. Weiß gar nicht, warum ich überhaupt meine Zeit mit euch verschwende«, murmelte er. Er ging zurück in sein Wachhaus und knallte die Tür zu.

»Super. Und jetzt?«, fragte ich und funkelte Zoe böse an.

»Jetzt gehen wir zu Bris Dad«, antwortete Zoe und wischte sich die kurzen Haarsträhnen aus den Augen.

»Ähm, hast du den Kerl nicht gehört? Keine Besucher erlaubt«, warf Bri ein.

»Wir besuchen auch nicht. Wir brechen ein. Ein paar Meter die Straße runter war ein Loch in der Hecke. Ich habe es gesehen, als wir hochgelaufen sind«, sagte Zoe. Sie marschierte bereits los.

»Hey – warte, Zoe. Warte mal«, rief ich. Wir rannten ihr hinterher, um sie einzuholen. »Wir können nicht einfach einbrechen.«

»Warum nicht?«, gab Zoe zurück. Sie blieb vor dem Loch stehen, von dem sie gesprochen hatte und das sich gerade so außer Sichtweite des Wachhauses befand. Sie sah mir immer noch nicht in die Augen. »Willst du, dass diese Sache in deiner Krankenakte landet? Wer weiß, wie lange es dauert, das zu ändern, wenn es wirklich ein Fehler ist und wir jetzt nichts unternehmen? Wie viel Absperrband wir dann durchschneiden müssten, damit du deinen wahren KinTwin finden kannst?«

Mir fiel auf, dass sie nur von meinem KinTwin sprach, nicht von ihrem. Wollte sie wirklich nicht wissen, wer ihr Seelenverwandter war?

Zoe sah sich nach beiden Seiten um (die Straße war ruhig, bestimmt wegen der Abriegelung und des Unfalls, genau wie der Wachmann gesagt hatte) und kramte in diesem Beutel herum, über den sie und Aisha gesprochen hatten. Nach ein paar Sekunden holte sie ein kleines rotes Multifunktionswerkzeug raus und klappte einen Bolzenschneider daraus hervor.

»Ha, Notfallbeutel for the win«, sagte Aisha und nickte.

»Äh, wofür ist der?«, fragte Bri. Sie trat von einem Bein aufs andere. »Hör mal, Zoe, ich will nicht, dass mein Dad Ärger kriegt.«

»Den brauche ich für den Maschendrahtzaun hinter der Hecke«, erklärte Zoe. Sie zeigte auf das Loch und wir alle warfen einen Blick hindurch und sahen das Rautenmuster des Maschendrahtzauns dahinter. »Du musst nicht mitkommen, Bri. Du kannst hier Schmiere stehen. Ich habe dich nur gebraucht, um reinzukommen. Sobald ich drin bin, finde ich schon allein raus, was ich wissen muss.«

»Sehr charmant, echt, was für ein Fang«, zischte Bri mich und Aisha an. »Also gut. Zoe, du bist auf dich allein gestellt. Aisha und ich werden hierbleiben und aufpassen.«

»Ohhh, ich hatte gehofft, dass ich beim Rumschleichen dabei …« Mit einem Blick auf Bris Gesichtsausdruck wechselte Aisha den Kurs. »… äh, ne, klar, hast völlig recht. Wir passen auf.« Sie setzte sich neben Bri auf den Bordstein.

»Das heißt, ich gehe mit Zoe. Super«, sagte ich durch zusammengebissene Zähne zu niemand Bestimmtem.

»Du musst auch nicht mitkommen. Ich mache normalerweise Dinge lieber allein«, erwiderte Zoe. Ihre Stimme klang gedämpft, weil sie bereits tief in der Hecke hing und an dem Zaun herumfummelte.

Alter, hatte sie ein krass gutes Gehör oder so? Ich warf einen letzten, flehenden Blick zu Aisha, die nur mit den Schultern zuckte und ihre Finger mit Bris verschränkte. Ich seufzte und kletterte Zoe hinterher in die Hecke.

»Nein, schon gut. Wir müssen es herausfinden. Ich bin manchmal auch nützlich, weißt du?«, behauptete ich. In der Hecke war es so eng, dass ich mich gegen Zoe lehnen musste, um den Ästen auszuweichen. Sie roch nach Zitronen und frisch gemähtem Gras. Vielleicht war das aber auch nur die Hecke.

»Das bezweifle ich, aber wenn einer von uns geschnappt wird, kann der andere weitermachen, schätze ich«, sagte Zoe.

»Mehr krieg ich von dir nicht, oder?«

»Richtig.« Sie schnitt das letzte Stück Draht durch und klappte den unteren Teil des Zauns nach oben wie eine Katzenklappe. »Komm.«

Der Parkplatz hinter der Hecke war genauso ruhig wie die Straße. Er war natürlich voller Autos, aber es waren keine Menschen zu sehen. Wahrscheinlich wegen der Abriegelung. Zoe und ich schlichen uns am Gebäude entlang und versuchten, uns an die Betonwände zu halten und die Fenster zu vermeiden, was schwierig war, da das ganze Ding aus Glas zu bestehen schien. Wir bogen um eine Ecke und blieben stehen. Direkt vor uns lag der Eingang, aber zwei Techniker in Laborkitteln gingen gerade darauf zu, deshalb warteten wir ab.

»Zoe, kann ich dich was fragen?«, flüsterte ich. Ich kauerte hinter ihr und meine Beine fingen langsam an wehzutun.

»Hast du doch gerade.«

»Du weißt, was ich meine.«

Sie seufzte. »Ja. Na los, die scheinen eh noch nicht reinzugehen. Arbeitet hier überhaupt jemand?«

Ich ignorierte ihre Bemerkung und fuhr fort: »Warum bist du so zu mir? Ich meine … Ich kenne dich erst seit einer Stunde oder so, aber du scheinst kein großes Interesse daran zu haben zu wissen, wer dein Seelenverwandter ist. Warum bist du dann so sauer darüber, dass ich es bin?«

Ihr Kopf zuckte leicht zur Seite und ich war froh, dass ich ihr Gesicht nicht sehen konnte.

»Weil du, Milo Spencer, eine wandelnde Katastrophe bist, die nur darauf wartet einzutreten. Und ich mag keine Katastrophen.«

»Weil du einfach nur am Leben bleiben willst, richtig?«, fragte ich.

Ihre Schultern entspannten sich etwas. »Richtig erinnert. Und dieses ganze Seelenverwandte-Ding? Du musst aufhören, da so viel Vertrauen reinzustecken. Die KinTwin-Mutation ist vor allen Dingen eine Erkrankung. Darauf konzentriere ich mich.«

»Aber … findest du es nicht abgefahren, dass die meisten Leute mit ihrem Mann oder ihrer Frau matchen? Oder dass so gut wie jeder irgendwann mit seinem oder ihrem KinTwin zusammenzieht? Hast du die Studien dazu gelesen?«, fragte ich weiter. Ich hatte nicht mehr als deren Überschriften gelesen, aber das musste Zoe ja nicht wissen.

»Wenn meine Mom und mein Dad ein Match gewesen wären, wäre sie im selben Moment tot umgefallen, als er einen Autounfall hatte. Stattdessen starben nur er und seine Affäre, die sein echter KinTwin war, und ich wurde nicht zu einer Waise. Alles in allem halte ich also nicht so viel von Liebe.«

Ich verlagerte das Gewicht auf meine Fußsohlen. *Schöne Scheiße. Was soll ich dazu denn sagen?*

»Tut mir echt leid«, sagte ich und drückte ihr kurz die Schulter.

»Muss es nicht. Mir tut es auch nicht leid«, gab sie zurück.

Ich ließ den Arm sinken. Verdammt, dieses Mädchen hatte echt Probleme.

»Schau mal, sie sind endlich reingegangen. Komm.« Zoe stand auf und ging zu den Schiebetüren, zwischen denen die Wissenschaftstypen gestanden hatten.

Ich folgte ihr. Zum Glück war der Stuhl hinter dem Empfangstresen leer. Ein Blick die langen Flure hinunter verriet, dass das halbe Gebäude verwaist war.

Zoe ging hinter den Schreibtisch und bewegte die Maus.

»Nicht gesperrt. Ihr Fehler, unsere Chance«, stellte sie fest, während ihre Finger bereits über die Tastatur flogen.

Ich sah mich um und trat dann näher an sie heran. Während Zoe tippte, betrachtete ich den Schreibtisch und entdeckte einen Zettel:

DONNERSTAG
TEAMSITZUNG
12.30–14.00 UHR

»Das erklärt, wo alle sind.« Ich zeigte auf den Zettel.

Zoe hob eine Augenbraue. »Gut gesehen, Milo. Ich habe eine Karte des Gebäudes auf dem Zentralserver gefunden. Dr. Smythes Büro ist eingezeichnet. Das muss Bris Dad sein, richtig?«

Ich blinzelte. »Wow. Ja, das wird er sein.«

Ich beugte mich runter, um die Karte besser sehen zu können. Unsere Wangen berührten sich fast. Zoe verzog keine Miene, ihre blauen Augen reflektierten den weichen Schein des Bildschirms.

»Es scheint gleich hier zu sein«, sagte ich und tippte auf den Bildschirm, während ich mit der anderen Hand auf den Flur zeigte, der sich in der Nähe des Eingangs befand.

»Sieht so aus«, bestätigte Zoe. Sie hievte sich ihre Tasche über die Schulter und sprang hinter dem Tisch hervor. »Los. Hier drin gibt es mindestens sechs Kameras, daher haben wir nur ein paar Minuten, bis wir entdeckt werden.«

»Warte, was?«, zischte ich, während ich ihr durch den Empfangsbereich folgte. Zoe war schon wieder halb am Rennen, deshalb war ich es auch. Bei jedem Schritt suchte ich die Decke ab und entdeckte ständig eine neue Überwachungskamera. Warum hatte ich daran nicht gedacht? »Hast du keine Angst, erwischt zu werden?«

»Die Devise meiner Familie lautet, am Leben zu bleiben. Es ist meiner Mom ziemlich egal, wenn ich in Gewahrsam genommen werde. Tatsächlich haben Gefängnisinsassen, die einen Herzinfarkt erleiden, eine doppelt so hohe Überlebenschance wie normale Bürger und Bürgerinnen.«

»Meine Mum würde dafür sorgen, dass ich einen Herzinfarkt kriege, wenn ich verhaftet werde«, murmelte ich. Am Ende des Flurs bogen wir um die Ecke. Vor uns befand sich eine geschlossene Tür mit einem Plastikschild: DR. A. SMYTHE. GENTECHNIKER.

»Er ist nicht da«, sagte Zoe.

Sie hatte recht. Hinter dem kleinen Fenster in der Tür brannte kein Licht. Er musste auch in der Sitzung sein. Ich prüfte, ob die Tür offen war und wir drinnen auf ihn warten konnten, um ihn um sein Erbarmen anzuflehen, aber sie war verschlossen.

»Was machen wir jetzt? Wenn wir hier draußen bleiben, werden wir …«

»Psssst«, zischte ich. Wir lauschten und hörten Schritte, die immer näher kamen.

Ich packte Zoe am Arm und führte sie zu der Tür neben dem Büro von Bris Dad, an der ABSTELLKAMMER stand. Zum Glück war sie offen. Ich zog Zoe hinein und schloss genau in dem Augenblick, in dem die Schritte uns erreicht hatten, leise die Tür.

Erst, als wir im Flur eine Tür auf- und zugehen hörten, wurde mir bewusst, dass ich meine Hand auf Zoes Mund gelegt hatte. Sie stand mit dem Rücken gegen die Tür und ich ihr genau gegenüber, mit meiner verdammten Hand auf ihrem Mund. Ich war nur ein paar Zentimeter von diesen blauen Augen entfernt, auch wenn sie viel kleiner war als ich. Sie roch immer noch nach frisch gemähtem Gras.

Unter meinen Fingern murmelte sie etwas.

»Oh Mann, sorry, ich weiß nicht, warum … tut mir echt leid. Es war ein Reflex, ich wollte bloß, dass wir ruhig sind«, stotterte ich. Ich zog meine Hand weg und trat einen Schritt zurück, genau gegen einen Eimer, der zusammen mit dem Mopp darin klappernd zu Boden fiel. Glühten meine Wangen? Yep, definitiv.

»Tja, das hast du wohl versaut«, stellte Zoe fest und sah zu dem Mopp. »Und Memo für die Zukunft: Ich mag es nicht, gegen meinen Willen so grob angefasst zu werden.«

»Klar. Sorry, echt. Ich bin Feminist, weißt du?«

Zoe hob eine Augenbraue. *Habe ich das gerade ernsthaft gesagt? Wenn Aisha hier wäre, würde sie mir eine riesige Ansage machen.*

»Wenn's dich tröstet, ich habe das Gefühl, dass ich gerade jeden Moment vor Scham tot umfallen könnte.« Ich lachte gezwungen.

Selbstironie war schon immer meine letzte Rettung.

»Nur über meine Leiche«, entgegnete Zoe. Ihr Mundwinkel zuckte.

»War das … sollte das gerade ein Witz sein?«, fragte ich. Erleichterung verdrängte die Hitze der Scham aus meinem Körper.

»Ich bin nicht immer nur schlecht gelaunt. Ich kann auch Witze reißen«, sagte sie.

»Ich bin echt …«

Ich konnte den Satz nicht beenden, denn in diesem Moment riss jemand die Tür der Abstellkammer auf und wir wurden von den Neonlampen dahinter geblendet.

5

Zoe

Milo war möglicherweise der eigenartigste Junge, dem ich je begegnet war. Allerdings war ich noch nicht so vielen Jungs begegnet, daher konnte es auch sein, dass sie einfach alle so merkwürdig waren.

Milo redete außerdem *sehr viel.* Er laberte und laberte, bis er einem eine Antwort entlockt hatte. Für mich war es wichtig, mich sprachlich so präzise wie möglich auszudrücken, um Zeit zu sparen und mein Anliegen so effizient wie möglich zu kommunizieren. Ich hatte garantiert keine Zeit für Verlegenheit. Verlegenheit war verwirrend und Verwirrung konnte einen im falschen Moment das Leben kosten.

Als sich hinter mir die Tür öffnete und ich gegen Milo gedrückt wurde, befand ich mich definitiv in einem gefährlichen Stadium der Verwirrung.

»Was macht ihr hier drin?«

Der Mann im Türrahmen wurde von den Lampen im Flur hinter ihm angestrahlt und es dauerte einen Moment, bis sich unsere Augen an das Licht gewöhnt hatten. Er redete weiter auf uns ein und ich suchte an seinem Laborkittel nach irgendetwas, das uns aus dieser zugegebenermaßen sehr verkorksten Situation helfen könnte. Schließlich sah ich es: ein Plastikschild mit einem Foto, das an seiner Brusttasche steckte.

»Dr. Smythe? Wir sind Freunde von Bri. Sie meinte, dass Sie uns vielleicht helfen können«, sagte ich, nachdem ich das Namensschild gelesen und versucht hatte, mein bestes Lächeln aufzusetzen. Wie hoch war die Wahrscheinlichkeit, dass uns genau die Person gefunden hatte, mit der wir sprechen wollten?

»Wie seid ihr überhaupt hier reingekommen, wo doch alles abgeriegelt ist?«, fragte Bris Dad.

»Sie haben ein paar Sicherheitslücken. Wir erzählen Ihnen alles darüber, wenn wir Ihnen erst ein paar Fragen stellen dürfen«, antwortete ich.

Ich lächelte wieder, aber Dr. Smythe bewegte sich nicht von der Tür weg. Seine Finger zuckten zu dem Walkie-Talkie, das an seinem Gürtel hing.

»Oder … na ja, wir könnten auch gleich gehen und Ihrem Vorgesetzten sagen, dass Sie uns trotz der Abriegelung hereingelassen haben.«

»Du kleine … ich habe euch nicht reingelassen. Ihr seid hier einfach reingeplatzt«, protestierte Dr. Smythe. Aber er ließ die Hand sinken.

»Wir können ja herausfinden, wem Ihr Chef eher glaubt, wenn Sie wollen. Wir haben allerdings keine Karriere, die auf dem Spiel steht, daher wäre es für Sie wirklich einfacher, wenn Sie mit uns reden würden, und danach machen wir uns aus dem Staub.«

Dr. Smythe verengte die Augen zu Schlitzen. »Na schön, aber

beeilt euch. Geht in mein Büro, und wenn ihr beim Abhauen erwischt werdet, habe ich nie mit euch gesprochen.«

»Versteht sich von selbst«, sagte ich.

Dr. Smythe ging zu seinem Büro.

»Sehr gut«, flüsterte Milo hinter mir. Er war so nah, dass mich sein Atem im Nacken kitzelte und ich Gänsehaut bekam. Die Uhr an meinem Handgelenk vibrierte, weil sich mein Puls beschleunigte.

Nein. Auf keinen Fall. Ich würde mich nicht wie jedes andere Mädchen in der Schule in ein markantes Kinn und hübsche Augen verlieben. Das hier musste im Keim erstickt werden.

Dr. Smythes Büro war klein und unpersönlich bis auf ein Foto seiner Tochter auf seinem Schreibtisch. Bri war darauf viel jünger, aber es handelte sich eindeutig um sie, gut zu erkennen an ihrem schiefen Grinsen und den roten Haaren. Milo und ich setzten uns auf ein Sofa und Dr. Smythe nahm hinter seinem Schreibtisch Platz.

»Ihr habt fünf Minuten und ich werde später mit Bri ein ernstes Wörtchen reden. Was wollt ihr?«

»Sir, wir wollten Sie darüber informieren, dass Ihre Software einen Fehler gemacht hat«, sagte ich. Milo sah mich an und nickte langsam.

»Unmöglich«, erwiderte Dr. Smythe.

»Doch, es stimmt. Zoe und ich wurden heute von der App als KinTwins markiert, nachdem wir ins Krankenhaus gekommen waren. Laut der DD-App haben wir ein Match, aber das kann nicht sein. Wir haben nichts gemeinsam, wir wollen nichts voneinander, ich konnte mich nicht mal dran erinnern, dass wir auf dieselbe Schule gehen, geschweige denn, dieselben Kurse besuchen …«

»Das reicht, Milo, ich denke, Dr. Smythe versteht, was du sagen willst«, unterbrach ich ihn. Ich merkte, wie mir die Hitze in die Wangen stieg, und versuchte, es zu unterdrücken. Milo stand nicht auf mich, was okay war, weil ich auch nicht auf ihn stand, abgesehen von der offensichtlichen Attraktivität seines Gesichts. Aber soweit ich wusste, war ein schöner Kiefer noch lange kein Grund für ein Match.

Dr. Smythe seufzte. »Zeig mir deine App und ich rufe eure Daten ab.«

Milo reichte ihm sein Handy und Dr. Smythe gab alle Informationen in seinen Computer ein. Als ich Milos Handy sah, wurde mir bewusst, dass ich mich seit dem Krankenhaus nicht mehr um Bari gekümmert hatte. Sobald dieser Murks hier geklärt war, würde ich ein paar virtuelle Münzen ausgeben, um mit ihm eine Gassirunde über die Mondoberfläche zu drehen. Es schien ihm dort beim letzten Mal gefallen zu haben. Ja, mir war klar, dass Baris Freude an besagter Gassirunde im All nur darauf beruhte, dass die Programmierer wollten, dass ich mehr Geld ausgab. Was soll ich sagen, es funktionierte. Bari war meine einzige Schwäche, ich brauchte nicht noch Milo obendrauf. Bald würde wieder alles beim Alten sein.

»Alles scheint so zu sein, wie es sein soll«, sagte Dr. Smythe und gab Milo sein Handy zurück.

Ich musste ihn falsch verstanden haben. Dr. Smythe sah in unsere Gesichter, seufzte erneut und drehte seinen Computerbildschirm in unsere Richtung.

»Seht ihr diese Zahlenreihen hier? Das ist eure DNA vermischt mit der DNA der KinTwin-Mutation.« Dr. Smythe zeigte mit einem Stift auf den Bildschirm und umkreiste die zusammenpassenden Zahlenpaare, die dort zu sehen waren. Am oberen Rand standen fein säuberlich unsere Namen, damit uns die Informationen zugeordnet werden konnten. »Es ist ein Match. Die KinTwin-Mutation ist die einzige Sache, die so treffsicher ist wie der Tod. Du – Zoe, richtig? – bist Milos Match und umgekehrt. Wissenschaftlich gesehen stimmt hier alles.«

Mein Magen rutschte mir bis in die Füße. Wenn meine Uhr noch mehr Warnungen gab, würde sie vor lauter Vibration von meinem Handgelenk fallen. Ich warf Milo einen Blick zu, der den Kopf in die Hände gelegt hatte.

»Das ist … da muss es doch noch einen anderen Weg geben? Noch einen Test, den Sie durchführen können?«, fragte ich.

Dr. Smythe schien Mitleid mit uns zu haben. Er lehnte sich auf seinem Schreibtisch vor, die Hände ineinander verschränkt. »Hör mal, Zoe. Ihr seid nicht das erste Pärchen, das hier aufschlägt und ihr werdet auch nicht das letzte sein. Warum, glaubst du, haben wir nach dem Unfall alles abgeriegelt? Wir hatten hier bei KinTwin-Discoveries schon viele unzufriedene Kunden und Kundinnen, aber alle beruhigen sich irgendwann. Immerhin lautet unser Motto: ›Glücklich bis ans Lebensende‹. Aber wir sind nicht nur hier, um euch glücklich zu machen, wir sind auch hier, um euch die Wahrheit zu sagen. Und die Wahrheit lautet: Milo hier ist dein Seelenverwandter.«

»Bitte benutzen Sie nicht dieses Wort«, sagte ich.

»Na gut. KinTwins *müssen* nicht zusammen sein, wisst ihr? Wir haben zum Beispiel viele asexuelle Kunden, die ein Match mit ihrem besten Freund oder ihrer besten Freundin haben, dem oder der sie komplett vertrauen können. Am Ende funktioniert es immer.«

»Das hier nicht«, murmelte Milo.

Dr. Smythe besaß tatsächlich die Frechheit, darüber zu schmunzeln. Ein Blick auf mein Gesicht allerdings und er hustete und riss sich wieder am Riemen. »Tut mir leid, ihr beiden. Vielleicht müsst ihr Madame Scissor einen Besuch abstatten. Sie scheint ein magisches Händchen für unglückliche Matches zu haben.« Dr. Smythe lachte wieder und drehte seinen Computerbildschirm zurück. »Ihr solltet jetzt wirklich gehen, bevor wir alle in Schwierigkeiten geraten. Die Verwaltungssitzung endet bald, aber ihr solltet es noch schaffen, vorher durch die Rezeption …«

»Wer ist Madame Scissor?«, fragte ich.

Milo hob den Kopf. Wir beide warteten auf eine Antwort von Dr. Smythe.

Er schnaubte verächtlich. »Das ist bloß eine urbane Legende. Madame Scissor kann angeblich das Band zwischen KinTwins durchtrennen.«

»Das bedeutet, wir würden nicht sterben, wenn der andere stirbt? Und würden nicht mehr die Schmerzen des anderen spüren?«, wollte Milo wissen. Er lehnte sich jetzt nach vorne und mein Puls beschleunigte sich diesmal aus einem besseren Grund: weil es einen Hoffnungsschimmer gab.

»In der Theorie ja, aber es ist nur eine Geschichte. Man kann ein KinTwin-Match nicht auflösen. Denkt ihr nicht, wir hätten das schon längst getan, wenn es möglich wäre, angesichts der außer Kontrolle geratenen Todesrate und Endzeitstimmung da draußen? Wenn es einen Weg gäbe, um die Mutation zu beenden, würden wir es tun, Seelenverwandte hin oder her. Aber es gibt keinen.«

»Aber jemand hat das Gerücht in die Welt gesetzt. Und irgendwas ist da doch immer dran«, wandte ich ein.

Ich weiß nicht, warum ich mich an diese Geschichte klammerte, als würde mein Leben davon abhängen. Vielleicht, weil mein Leben wirklich davon abhing. Und wie Dr. Smythe gesagt hatte, konnten wir möglicherweise die gesamte Menschheit retten, wenn es uns irgendwie gelänge, die KinTwin-Matches aufzulösen.

Mag sein, dass ich zu voreilig war, aber wir mussten es wenigstens versuchen.

Dr. Smythe stand auf. »Hört mal, es war okay für mich, mit euch über die wissenschaftlichen Aspekte zu reden, aber jetzt sind wir bei Märchen gelandet und ich muss wirklich darauf bestehen, dass ihr jetzt geht. Bitte.«

Dr. Smythe deutete auf die Tür und Milo und ich erhoben uns. Wir hatten mehr erfahren, als wir uns erhofft hatten, und es war eindeutig, dass wir keine weiteren Antworten kriegen würden. Wir verabschiedeten uns von Dr. Smythe und verließen das Gebäude zügig durch dieselben Türen, durch die wir hineingekommen waren.

Als wir wieder beim Loch im Zaun waren, überraschte es mich etwas, dass Aisha und Bri dort immer noch auf uns warteten. *Oh.* War das etwa Freundschaft? Deine Freunde warteten auf dich, während du etwas total Leichtsinniges machst, obwohl sie eigentlich gar nicht wollten, dass du es machst?

Freundschaft war etwas Seltsames.

»Ihr seid wieder da.« Aisha stand auf und schlang ihre Arme um Milos Hals.

Bri nahm dieselbe Körperhaltung ein wie ich, verschränkte die Arme vor der Brust und wartete die nächsten Schritte ab. Wenn ich mich hätte entscheiden müssen, wen der beiden ich lieber mochte, hätte ich Bri gewählt.

»Was, dachtet ihr, wir wären jetzt schon abgekratzt?«, fragte Milo, sobald Aisha sich von ihm gelöst hatte.

»Nein, du hast ja jetzt Zoe. Sie ist ein Ein-Frau-Kampfteam«, sagte Aisha. Sie nickte mir zu. »Ich war nur überrascht, dass ihr es so schnell rein- und wieder rausgeschafft habt.«

Ein Lächeln umspielte meine Mundwinkel. Mom war mit Lob sehr sparsam, selbst wenn wir zusammen trainierten oder für den Ernstfall übten. Es tat gut, welches von Aisha zu bekommen, auch wenn sie keine Überlebensexpertin war.

»Tja, die schlechte Nachricht ist, dass es keinen Fehler gab. Es scheint so, als wären Milo und ich aufgrund eines kolossalen Irrtums der Natur tatsächlich KinTwins.« Ich blickte zu Boden, auf einmal zu verlegen, um Milo in die Augen zu sehen. Ich weiß nicht mal, warum. Er wollte genauso dringend wie ich das Band zwischen uns kappen und normalerweise war es mir egal, was Leute von dem hielten, was ich sagte. Aber ich hatte ihn jetzt für die nächste Zeit am Hals und, so wie es aussah, auch seine Freundinnen. Ich musste zumindest einen höflichen Umgang wahren.

»Vielleicht sind das nicht nur schlechte Nachrichten, was, M?« Aisha stupste Milo an, der lediglich mit den Schultern zuckte.

»Die gute Nachricht ist«, sagte ich und überging Aishas Bemerkung, »dass es vielleicht eine Lösung gibt. Hat eine von euch schon mal von Madame Scissor gehört?«

Bri und Aisha warfen sich einen Blick zu und schüttelten die Köpfe.

»Anscheinend besagt eine urbane Legende, dass diese Frau, die, schätze ich, auch für eine ganze Organisation stehen könnte, die Seelenverwandtschaft von KinTwins beenden kann. Wenn das stimmt, würden nicht nur Milo und ich von ihrer Dienstleistung profitieren.«

»Yep. Wir könnten, weiß auch nicht, vielleicht das Todesband von allen KinTwins durchtrennen und quasi die Welt retten. Oder so was. Vielleicht.«

Ich würde ja sagen, dass Milo meinen Satz beendet hat, aber die Wahrscheinlichkeit, dass ich so herumgestammelt hätte, ist sehr gering. Die wichtigen Punkte hatte er allerdings genannt, deshalb verschwendete ich keine Zeit damit, ihn zu korrigieren.

»Wie schreibt man Madame, mit einem e am Ende?«, fragte Bri. Sie holte ihr Handy raus und begann zu tippen. »Ich wette, dass auf SoulBait was dazu steht. Wenn irgendwas Wahres dran ist, dann findet man es dort.«

»Ohhhh, gute Idee. Du checkst die Foren und ich scrolle mich durch die archivierten Themen«, sagte Aisha. Beide verstummten und tippten auf ihren Handybildschirmen herum.

»Ist SoulBait nicht diese Website mit den ganzen Verschwörungstheorien?«, fragte ich Milo. Ich hatte schon ein- oder zweimal aus Versehen einen Link angeklickt, der auf die Seite führte, hatte sie aber nie absichtlich besucht. Jeder wusste, dass alles, was dort stand, Unsinn war.

»Oh, schaust du da nie rein?« Milo schien überrascht. »Das ist diese riesige Online-Community, wo Zeug über Matches und KinTwins geteilt wird. Es wird nicht moderiert, daher geht's da manchmal wild zu und einige Theorien sind echt schräg, aber wenn man sich durch den ganzen Mist gräbt, findet man normalerweise immer nützliche Infos. Wir könnten uns doch alle mal umsehen und uns gegenseitig Links zu hilfreichen Themen schicken? Du könntest mir auch eigentlich deine Nummer geben, wo wir schon per DNA in alle Ewigkeit miteinander verbunden sind und so.«

»Klar«, gab ich zurück. Vielleicht hatte ich SoulBait zu schnell abgeschrieben, auch wenn ich erst noch davon überzeugt werden musste.

Während Milo und ich unsere Handynummern austauschten, wurde mir klar, dass ich noch nie jemandem in meinem Alter meine Nummer gegeben hatte. Die anderen Nummern, die in meinem Handy eingespeichert waren, waren die meiner Ärztin, die meines Zahnarztes, die der Schule und die von Mom, die auch nur eine der Nummern war, die ich nie wählte. Milos Name fügte sich ordentlich über ihrem ein.

Wir saßen in einer Reihe auf dem Bordstein und tippten schweigend auf unseren Handys herum. Ich nutzte die Gelegenheit, um nach Bari zu sehen.

Er streckte den Kopf aus seiner Hundehütte, sobald ich zum Startbildschirm zurückgekehrt war. Ich stellte ihn auf lautlos und bedeutete ihm mit einer Geste, sich auf den Rücken zu drehen, damit ich ihm den Bauch kraulen konnte.

Tut mir leid, dass ich dich so lang ignoriert habe, mein Lieber. Wir sind ganz bald wieder unter uns, versprochen.

Dann öffnete ich versuchsweise die SoulBait-Homepage. Auf einem riesigen grünen Banner, der sich über den oberen Teil der Seite zog, stand:

Soulbait: Für Seelenverwandte und falsch Verbundene. Das größte Community-geführte KinTwin-und-Matches-Archiv des Internets

Das erfüllte mich nicht gerade mit Vertrauen, aber ich scrollte trotzdem weiter.

Die erste Seite war voller Verschwörungstheorien über Argo Duff. Er nahm wöchentlich so viel Platz in sämtlichen digitalen Artikeln ein, dass er auch gut und gerne die Weltherrschaft hätte innehaben können, und mit der Leitung von KinTwin-Discoveries tat er das ja gewissermaßen auch. Ich wischte mich durch die ersten paar Theorien:

Argo Duff gibt Falschinformationen über die zusätzliche Steuersenkung seiner KinTwin-Discoveries-Mitarbeitenden an die Presse weiter

Eine Frau und ihre drei Schwestern behaupten, alle Argo Duffs KinTwin zu sein – Kann man mehr als einen haben?

Argo Duffs gemeinsames Kind mit dem Popsternchen – Wird er einen Vaterschaftstest machen? Ist das Baby wirklich immun gegen das KinTwin-Gen, wie Esoteriker vermuten?

Jedem Post war ein Paparazzi-Foto von Argo Duff beigefügt, das ihn entweder dabei zeigte, wie er in ein Restaurant hinein- oder zurück zu seinem Auto ging. Was ich am gruseligsten fand, war, dass er immer in die Kamera schaute, selbst wenn er vermeintlich ohne sein Wissen fotografiert worden war. Immer dieselben toten Augen und dasselbe Grinsen, das seine Lippen umspielte. Er war ein echtes Rätsel.

Bri hatte recht: Wenn es außerhalb der KinTwin-Discoveries-Büros Informationen zu Madame Scissor gab, dann hier. Auf der Startseite waren beliebte Threads und Seiten zu Themen aufgelistet, die mir bisher nicht mal in den Sinn gekommen waren.

Ein Forum war für Leute, die ihren KinTwin finden wollten, indem sie sich selbst physische Verletzungen zufügten, um so die Schmerzreaktion ihres KinTwins zu provozieren. Alle Beteiligten sollten sich verstümmeln und dann ins Forum posten, was ihnen wann wehtat, um eingrenzen zu können, wer ihr KinTwin sein könnte. Ich wusste jedoch, dass abgesehen vom Tod nur wirklich starke Schmerzen die KinTwin-Reaktion hervorrief … schnell schloss ich die Seite wieder.

Die nächste Seite gab Männern Tipps, wie sie Periodenschmerzen aushalten konnten. Auch darüber hatte ich noch nie nachgedacht. Ich hatte immer Krämpfe, aber nicht zu stark, und Milo würde sie sowieso nur abgeschwächt wahrnehmen. Außerdem konnte ich sie eh nicht vermeiden.

»Oh ja, das hatte ich auch schon gesehen«, sagte Aisha, die über meine Schulter spähte. »Männer halten echt nichts aus. Was ist mit lesbischen Paaren? Bri und ich haben quasi jeden Monat zweimal unsere Tage, richtig scheiße.«

»Ich hoffe, dass wir uns mit der Zeit synchronisieren«, ergänzte Bri, ohne von ihrem Bildschirm aufzublicken.

»Aber dann haben wir vielleicht jeden Monat eine Monsterperiode.« Aisha zuckte mit den Schultern und wendete sich wieder ihrem Handy zu.

Milo sah auf und blieb kurz an meinem Blick hängen, bevor er schnell wieder wegschaute. »Nur damit du's weißt, es ist jeden Monat ein paar Tage lang ein bisschen unangenehm, aber ich nehme es nie wirklich wahr. Ich bin froh, dass … äh … also, dass deine Krämpfe nicht … na ja, äh, du weißt schon, was ich meine.«

Er starrte auf sein Handy und die Spitzen seiner Ohren liefen rot an. Aisha lachte und zwinkerte mir zu, bevor sie weiterscrollte, und ich tat es ihr nach. Milo hatte schon genug gelitten.

Der nächste Post trug die Überschrift KINTWIN-SWINGER-PARTY. Ich hatte eine Vorstellung davon, worum es dabei ging. Es gab auch einen mit der Überschrift POLYAMORIE UND MEIN KINTWIN: WIE MAN IN EINER ERZWUNGEN MONOGAMEN WELT ÜBERLEBT.

Nichts, das etwas mit Madame Scissor zu tun hatte.

Ich wischte wieder ganz nach oben, entdeckte die Suchleiste, gab »Madame Scissor« ein und drückte auf Enter.

»Oh mein Gott!«, schrie ich und ließ mein Handy auf den Bürgersteig fallen. Glücklicherweise saßen wir und mein Handy hatte eine Sicherheitshülle. Milo grinste, als wüsste er auch ohne nachzusehen, auf was ich gestoßen war.

»Ah, hast du die Pornos gefunden?«, fragte Aisha, ohne von ihrem Handy aufzublicken. »Schätze mal, dass ein Name wie Madame Scissor, vor allem in Verbindung mit einer urbanen Legende, unweigerlich die Fantasie des ein oder anderen widerlichen alten Lustmolchs beflügelt. Wie geht noch mal das alte Sprichwort: Die Sexindustrie wird immer abliefern.«

»Ich glaube nicht, dass das Sprichwort existiert«, entgegnete ich und rieb mein Handy an meinem Hosenbein sauber. Zum Glück war es auf lautlos gestellt. Ich glaube, die Geräusche zu den Videos hätte ich nicht verkraftet.

Aisha zuckte mit den Schultern. »Jemand hat es gesagt, also

ist es ein Sprichwort. Hey, B, schreib das auf meinen Grabstein, okay?«

»Das Sprichwort oder das, was du dir grad über Sprichwörter ausgedacht hast?«

Aisha überlegte einen Moment. »Beides, glaube ich.«

Ich wischte die Videos, die jetzt meinen Bildschirm fluteten, so schnell ich konnte weiter, bis ich wieder zu Posts gelangte, die aus Texten bestanden.

»Es gibt Tausende Suchergebnisse. Wie sollen wir da irgendwas finden?«, fragte ich.

Milo schielte auf mein Handy. »Hey, du suchst nicht richtig. Du musst Anführungszeichen benutzen – schau mal, so –, damit du nichts angezeigt kriegst, das nicht genau zu deinen Suchbegriffen passt. Versuch's mal mit Schlagworten wie Seelenverwandter, Seelenband, durchtrennen, so was. Dann sollte es gehen.«

Ich starrte den neuen Suchbefehl an, den Milo in mein Handy getippt hatte: MADAME SCISSOR + SEELEN + VERWANDT + DURCHTRENNEN. Ich drückte auf Enter und die Anzahl der Suchergebnisse reduzierte sich von mehreren Tausend auf knapp über hundert.

»Danke«, sagte ich.

Er lächelte und ich spürte das vertraute Vibrieren meiner Uhr, das mich auf eine erhöhte Herzfrequenz hinwies. Ich sah wieder auf mein Handy. Natürlich brauchten wir im täglichen Leben Computer, aber mir gefiel es nicht, auf sie angewiesen zu sein. Ich ging davon aus, dass Computer als Erstes verschwinden würden, wenn das Ende der Welt eintrat, deshalb lernte ich lieber das Dezimalsystem und nahm den Großteil meiner Recherchen mithilfe von Büchern in der Bibliothek vor.

Als ich gerade die neuen Suchergebnisse durchsah (unter denen diesmal keine Pornografie war), stupste mich Milo an.

»Jackpot. Hör dir das an: ›MADAME SCISSOR IN NACHTCLUB GESICHTET.‹ Darunter stehen über dreihundert Kommentare und ein Haufen Fotos, aber die sind alle verschwommen. Die Kommentare haben es aber in sich. Ich glaube, einige dieser Leute haben sie tatsächlich gesehen.«

»Kannst du mir das schicken?«, bat Aisha.

Zwei Sekunden später schickte Milo uns allen den Link. Er führte zu einer Forenseite, die voller Antworten auf den ursprünglichen Post war.

»Seht euch das an. Der Nachtclub ist mitten in der Stadt. Wir müssen hingehen und fragen, ob sie wirklich jemand gesehen hat. Er macht aber erst Freitagabend um acht auf.«

»Klingt so, als würden wir feiern gehen. Bin dabei«, quietschte Aisha, als wäre sie gerade zu einer Party eingeladen worden und nicht auf eine Informationsbeschaffungsmission, um Milliarden von Leben zu retten. »Die große Frage ist nur: Was ziehen wir an?«

6

Milo

Als ich nach Hause kam, fielen Mum und Dad regelrecht über mich her. Es war ja schön, dass sie sich Sorgen um mich machten, aber als Mum mich die restliche Woche besser nicht mehr zur Schule schicken wollte, musste ich sie daran erinnern, dass ich erstens nicht derjenige war, der verletzt worden war, sondern Zoe, und dass ich zweitens am Samstag ein großes Fußballspiel hatte, bei dem ich nicht antreten dürfte, wenn ich die ganze Woche über nicht in der Schule auftauchte. Und drittens mussten wir Freitagabend eine geheime Mission durchführen, aber das sagte ich ihr nicht.

Meine Schwester Stella schmollte, weil ich keinen Gips hatte, auf dem sie unterschreiben konnte. Ich versuchte, ihr zu verklickern, dass mein KinTwin von einem Bus angefahren worden war und nicht ich, aber mit sechs war sie vermutlich einfach noch ein bisschen zu jung, um ihr dieses düstere Zeug erklären zu wollen.

Ich ließ mich neben ihr aufs Sofa fallen. Sie klebte an ihrem Tablet, auf dem sie irgendein Seelenverwandte-Kartenspiel für Kinder spielte. Ich drehte den Fernseher lauter, um Mum und

Dads Geflüster aus dem Nebenzimmer zu übertönen. Es lief ein Beitrag über Argo Duff und das Jubiläum des KinTwin-Discoveries-Patents, das er vor zehn Jahren angemeldet hatte.

»Ich gründete KinTwin-Discoveries mit einem klaren Ziel: Menschen mit der Liebe ihres Lebens zu vereinen«, sagte er. Sein Bart war grün gefärbt, was darauf hindeutete, dass das Videomaterial ziemlich alt war, denn heutzutage war er stets glatt rasiert.

»Und wie haben Sie die Technologie zur Erkennung von KinTwins so schnell entwickeln können?«, fragte der Journalist mit einem Haifischgrinsen. »Der erste bestätigte Todesfall, der im Zusammenhang mit KinTwins steht, liegt gerade mal sechs Monate zurück. Dass nächsten Monat bereits die DearlyDeparted-App an den Start geht, ist bemerkenswert.«

Argo Duff lächelte zurück, doch es erreichte seine Augen nicht ganz. »Diese neue Entdeckung ist ein Geschenk. Die Menschheit hat sich weiterentwickelt und diese Entwicklung birgt eine große Chance. Bald schon wird jeder mit seinem oder seiner Seelenverwandten matchen und sich gegenseitig vor Gefahren schützen können. Bis der Tod sie schließlich scheidet. Es gab in den letzten paar Monaten nichts, das meine Investitionen mehr verdient hätte. Nichts.«

Er zwinkerte in die Kamera. Mir kam in den Sinn, dass ich nicht mal wusste, ob Argo Duff jemals verheiratet gewesen war. Der Erfinder der Erkennungsmethode für das KinTwin-Gen hatte doch sicher selbst ein Match, oder? Eine schnelle Internetrecherche brachte jedoch nichts weiter als eine Reihe von unehelichen Kindern und armseligen Trennungen in weiteren überteuerten Restaurants hervor. *Merkwürdig.*

Der nächste Beitrag begann und Stella spielte immer noch auf ihrem Tablet, deshalb gab ich mir einen Ruck und ging zurück zu Mum und Dad in die Küche.

Sie hatten sich kein bisschen beruhigt, seit ich sie allein gelassen hatte. Mum wollte unbedingt Zoe kennenlernen. Ich versuchte, es einfach abzutun und wegzulächeln, aber Mann, war sie vielleicht hartnäckig.

»Soll ich mir einen Hut kaufen?«, fragte Mum.

Ich verdrehte die Augen. »Man muss seinen KinTwin nicht heiraten, Mum. Vor allem nicht, wenn man erst sechzehn ist. Ich gebe ihr gerade einfach etwas Freiraum.«

»Aber denk doch mal an die Vorteile! Du kriegst eine Steuerkürzung von fünfundzwanzig Prozent, zehntausend Pfund für eure Hochzeit, niedrigere Schulgebühren für eure Kinder … als du eingeschult wurdest, gab es diese Dinge noch nicht, Milo. Du weißt gar nicht, wie viel Glück du hast.«

»Wie könnte ich das mit euch als Eltern vergessen?«, murmelte ich.

»Wie lautet ihr Nachname? Ich suche sie auf Social Media«, sagte Dad.

»Oh, tolle Idee. Ich will wissen, wie meine zukünftigen Enkelkinder aussehen könnten«, rief Mum und holte ihr Handy raus.

Ich hatte Zoe online schon gesucht, um herauszufinden, ob wir irgendwas gemeinsam hatten. Offenbar waren wir ja biologisch gesehen füreinander bestimmt. Es wäre schön, wenn uns noch mehr verbände. Doch sie war online ein Geist. Nicht mal Bri konnte irgendetwas über sie herausfinden.

»Tja, sie ist nicht auf Social Media und ich werde die Privatsphäre der Ärmsten respektieren und euch ihren Nachnamen nicht verraten, bis ihr euch etwas beruhigt habt, okay?«, verkündete ich.

»Na gut, na gut. Ich weiß, dass du dich für ein bisschen zu jung hältst, um zu matchen und dich fest zu binden, aber wenn es das alles schon gegeben hätte, als dein Dad und ich so alt waren wie du, wäre es einfach magisch gewesen. Und genau das wünschen wir uns für dich, Milo«, erklärte Mum.

»Weiß ich. Ich … irgendwann freue ich mich bestimmt auch darüber. Es ist einfach viel auf einmal und ich brauche etwas Zeit, um alles zu verarbeiten«, antwortete ich. Ehrlich gesagt hatte ich keine Ahnung, was sie sagen würden, wenn sie die Wahrheit wüssten. Wenn sie wüssten, dass mein KinTwin nichts mit mir zu tun haben wollte.

Daraufhin ließen sie mich erst mal in Ruhe, auch wenn Mum mich das ganze Abendessen über anstrahlte. Es war ziemlich befremdlich.

Am nächsten Tag verließ ich zum ersten Mal in meinem Leben frühzeitig das Haus, um zur Schule zu gehen. Ich floh geradezu, bevor Mum und Dad aufstanden, um sich für die Arbeit fertig zu machen, weil ich um jeden Preis ein weiteres Gespräch über KinTwins vermeiden wollte. Das war eigentlich echt beknackt, weil ich mein ganzes Leben darauf gewartet hatte, genau diese Gespräche führen zu können, und dann BOOM – war Zoe mein Match. Für immer. Bis der Tod uns scheidet.

Hammer.

Aisha sammelte mich früher als sonst vor meinem Haus ein, damit ich von hier verschwinden konnte. Sie besaß einen elektrischen Dreitürer und Bri musste den Beifahrersitz räumen, damit ich auf die Rückbank klettern konnte. Ich war so groß, dass es bequemer für mich war, mich seitlich über die Rückbank auszustrecken, als mich hinter Bris Sitz zusammenzufalten, sobald sie wieder eingestiegen war.

Autos waren ein sensibles Thema, weil damit zu fahren riskant war. Aber ich liebte Autofahren, den Nervenkitzel, wenn der Wind durch meine Finger rauschte, während ich die Straße zum Steinbruch entlangfuhr. Vielleicht ging es Zoe da anders. Vielleicht könnten wir aber auch eine Fahrgemeinschaft zur Schule bilden, sobald sie nicht mehr schon bei meinem bloßen Anblick angewidert war.

»Wow, warum ziehst du denn so einen Flunsch?«, fragte Aisha, die mir beim Losfahren einen Blick im Rückspiegel zuwarf.

»Was? Alles gut«, gab ich zurück und sah aus dem Fenster, um ihrem Blick auszuweichen.

»Ne, dir ist definitiv eine Laus über die Leber gelaufen«, stellte Bri fest.

»Ist deine Insta-Romanze etwa nicht das, was du dir erträumt hattest?« Aisha machte einen Kussmund im Spiegel und ich verdrehte die Augen.

»Mal ernsthaft, A. Zoe kann mich nicht ausstehen. Du weißt, wie sie mich angeschaut hat«, seufzte ich.

»Aisha und ich kamen auch nicht von Anfang an super miteinander aus«, entgegnete Bri. »A, erinnerst du dich daran, wie du mir gesagt hast, dass du Manchester-United-Fan bist?«

»Stimmt. Das war fast ein Trennungsgrund«, antwortete Aisha lachend. »Aber dann hast du mir Gummibärchen vom Snackautomaten geholt, weil ich dir gesagt hatte, dass ich diesen Wackelpudding eklig fand, den sie uns vorgesetzt hatten, und tja, der Rest ist Geschichte.«

»Ich fürchte, in meinem Fall braucht es mehr als eine Tüte Gummibärchen, Leute«, sagte ich.

»Zwei Tüten Gummibärchen?«, schlug Aisha vor.

»Hör auf, mich zum Lachen zu bringen. Ich versuche, mich in meiner schlechten Laune zu suhlen«, protestierte ich, konnte ein Lächeln aber nicht unterdrücken.

»Es kann einfach eine Weile dauern, bis man miteinander warm wird«, sagte Bri. »Gib dem Ganzen etwas Zeit.«

So wie die Dinge liefen, reichte ein ganzes Jahrhundert wohl nicht aus, um Eiskönigin Zoe auftauen zu lassen.

Obwohl wir früher losgefahren waren, kamen wir erst zu unserer üblichen Zeit an der Schule an, weil um die Stelle des Flugzeugabsturzes herumgeleitet wurde. Als wir durch die Eingangstür gingen, traf mich die Erkenntnis, dass ich Zoe heute wahrscheinlich sehen würde, wie eine Ladung Backsteine. Also, wenn es ihr gut genug ging, aber das Krankenhaus hatte sie für gesund erklärt und ich schätzte sie nicht als Schulschwänzerin ein. Ich hielt den Blick gesenkt, als wir die Treppe zum Hauptflur hinaufeilten.

»Hi, Milo«, ertönte eine Stimme und ich musste aufschauen.

Es war Emma, ein Mädchen aus der Stufe unter uns, die mich angeschrieben hatte, nachdem Eden das mit ihrem KinTwin öffentlich verkündet hatte. Sie lächelte mich an, die Wangen gerötet. Hinter ihr standen Bri und Aisha und taten, als müssten sie sich übergeben. Ich warf ihnen einen finsteren Blick zu.

»Das mit dir und Eden tut mir echt leid. Ihr wart ein süßes Paar«, sagte Emma.

Ich sah ihr in die Augen und sie lief noch röter an. Bis jetzt war ich noch gar nicht darauf gekommen, dass niemand wusste, dass ich seit gestern ein Match hatte. Während alle anderen noch im Dunkeln tappten, könnte ich Emma jetzt einfach die schlimme Nachricht überbringen, dass ich nicht mehr zu haben war, bevor dieses Gespräch noch unangenehmer wurde, aber ich zögerte. Zoe wollte bestimmt nicht, dass jemand davon erfuhr, zumindest noch nicht. Sie hatte ja nicht mal Social Media, um es zu posten.

»Ähm, danke, Emma. Aber ich freu mich echt krass für Eden und so«, antwortete ich.

Über Emmas Schulter sah mich Aisha mit hochgezogener Augenbraue an.

»Ich bin sicher, dass du bald ein Match kriegst«, sagte Emma. Sie umklammerte die Träger ihres Rucksacks so fest, dass ihre Knöchel weiß anliefen. »Aber wenn du in der Zwischenzeit mit mir abhängen willst oder so, lass es mich wissen.«

Ich lächelte und hoffte, dass es glaubhafter wirkte, als es sich anfühlte. Emma war superhübsch, groß und gebräunt, ihre Haare reichten ihr bis zur Hüfte. Aber selbst, wenn ich in der richtigen Verfassung gewesen wäre, um mich mit einem Mädchen zu treffen, hätte ich es nicht mehr gekonnt. Ich wusste jetzt, wer mein KinTwin war, was hätte es mir noch gebracht? Es war ja nicht so, dass ich mir eine andere aussuchen konnte.

»Voll nett von dir Emma, danke. Du bist echt süß, aber … ich bin noch nicht bereit, wieder zu daten, weißt du?«, wich ich aus.

Emma nickte so heftig, dass ich dachte, ihr Kopf würde gleich abfallen. »Klar, versteh ich. Ähm, du folgst mir ja online, also … weißt du, wo du mich findest.«

Sie war weg, bevor ich etwas erwidern konnte.

»Der Herzensbrecher vom Dienst ist wieder zurück«, sagte Bri und Aisha lachte gackernd.

»Welch Ironie, Bri, wenn man bedenkt, dass ich dieses Halbjahr schon öfter abserviert wurde, als ich zählen kann«, brummte ich.

Aisha hakte sich bei mir unter. »Kopf hoch. Nach Geografie haben wir zwei Freistunden. Wenn du nett zu mir bist, nehme ich dich mit zum Steinbruch.«

Wir durften die Schule in Freistunden nicht verlassen, aber solange wir rechtzeitig wieder zurück waren, würde es niemand bemerken. Außerdem hätte ich zumindest heute wahrscheinlich einen Freifahrtschein von Mum und Dad, wenn sie sie anriefen. Ich musste den Wind spüren, der um mich rauschte, wenn ich absprang, und das Adrenalin, das durch meine Adern strömte, wenn ich zwischen den Felsen ins Wasser eintauchte. Nichts würde meinen Kopf so freibekommen wie das.

Vorher mussten wir aber noch zur Anwesenheitsmeldung gehen. Aisha und ich waren in derselben Klasse, Bri aber in einer anderen, also trennten wir uns und gingen in unsere jeweiligen Klassenzimmer. Es war wie ausgestorben heute, nur die Hälfte der Tische war besetzt. Möglich, dass einige wegen der Straßensperrungen zu spät kamen, aber ich hatte das schlechte Bauchgefühl, dass das nicht der wahre Grund war. Die Todesrate von gestern lag laut der Abendnachrichten aktuell bei achtundfünzig. Das muss nicht heißen, dass die anderen tot waren, aber vielleicht ihre Eltern oder andere nahe Verwandte. Es war nicht das erste Mal, dass so etwas passierte.

Es war zu deprimierend, um darüber nachzudenken, deshalb ließ ich mich an meinem Tisch nieder. Aisha startete ihre Playlist, einer ihrer Kopfhörer steckte in meinem Ohr, der andere in ihrem. Während sie noch schnell ihre Hausaufgaben machte, holte ich mein Handy raus.

Ich kam mir ziemlich doof vor, als ich ZOE QUINN + LUFIAN BRIDGE in das Suchfeld eingab. Es gab nicht viele Treffer, obwohl es kein wirklich ungewöhnlicher Name war. Das erste Suchergebnis war von unserer Schulhomepage.

Ich klickte auf den Link. Er führte auf die Seite mit den Auszeichnungen. Ich überflog den Text auf der Suche nach Zoes Namen und scrollte runter, bis Fotos auf meinem Bildschirm erschienen. Fast ganz unten fand ich ihn, unter einem Gruppenfoto von Schülern und Schülerinnen bei den Beeten hinter unserer Schule. Die Bildunterschrift lautete: GUT-SAAT-CLUB.

Darunter war eine Namensliste, auf der auch Zoe stand. *Schräg.* Zoe baute ihr eigenes Gemüse an? Der einzige Grund, aus dem ich auch nur darüber nachdenken würde, mein eigenes Zeug anzubauen, wäre eine Zombieapokalypse, wegen der die Supermärkte schlossen. Aber selbst dann würde ich wohl warten, bis uns die Dosenspaghetti ausgingen.

Moment. Ich stand auf dem Schlauch. Sie hatte uns doch von ihrem Notfallbeutel erzählt. Zoe erwartete *wirklich* eine Zombieapokalypse. Ich hatte mal wieder das große Ganze nicht gesehen. Natürlich wusste sie, wie man sein eigenes Essen anbaute. Ich hingegen hatte es sogar geschafft, den Kaktus, den Aisha mir letztes Jahr aus ihrem Ägyptenurlaub mitgebracht hatte, umzubringen.

Noch etwas, das uns wirken ließ wie die zwei grundverschiedensten Menschen der Welt.

Ich zoomte in das Foto rein, bis ich Zoe fand. Sie stand links und etwas abseits der Gruppe, als würde sie fotobomben oder so. Da sie aber einen riesigen Bund Karotten in der Hand hielt, gehörte sie eindeutig dazu.

Ich zoomte ihr Gesicht noch näher heran. Sie hatte denselben unordentlichen Haarschnitt und ein paar Strähnen hingen ihr in die großen blauen Augen. Einige der anderen Mädchen hatten sich leicht nach links gedreht, mit den Händen auf den Hüften und nach vorne geneigtem Kinn. Anders als Zoe. Sie starrte direkt in die Kamera, lächelte nicht, schaute aber auch nicht böse. Sie sah tatsächlich eher stolz aus.

Woah, ich könnte mir diese Augen den ganzen Tag lang anschauen. Sie erinnerten mich an das Wasser im See des Steinbruchs, direkt vor dem Absprung. Je länger ich sie anschaute, desto mehr hatte ich das Gefühl, in sie hineinzufallen.

»Was guckst du dir an?«, fragte Aisha, während sie den Kopfhörer aus meinem Ohr zog und den Hals reckte, um einen Blick auf meinen Bildschirm zu erhaschen.

Ich sperrte mein Handy und legte es so schnell umgedreht auf den Tisch, dass ich meine Finger zwischen dem Gerät und der Tischplatte einklemmte. »Pornos. Ich hab Hardcorepornos in der Schule gestreamt.«

Aisha zuckte mit den Schultern. »Sehr witzig. Aber gut, erzähl's mir halt nicht. Ich kriege es schon noch aus dir raus.«

Zum Glück erschien in diesem Moment Miss Fairfield in der Klasse und begann, das Klassenbuch durchzugehen. Nur sechzehn von insgesamt dreißig Schülern und Schülerinnen waren anwesend. Miss Fairfield ließ das unkommentiert.

Als Nächstes hatten wir Geo, wie Aisha gesagt hatte. Das fand in einem Gebäude auf der anderen Seite der Sportplätze statt. Für den Weg dorthin hatten wir nicht viel Zeit. Wir mussten uns also beeilen, wenn wir in den Freistunden nicht nachsitzen und dadurch unsere Steinbruchpläne aufs Spiel setzen wollten. Als die

Schulglocke ertönte, sprang ich auf und schoss als Erster durch die Tür des Klassenzimmers in den Schulflur. Ich passte nicht auf, wo ich hinlief, weil ich so in Eile war, und rannte volle Kanne in jemanden hinein.

Wir prallten voneinander ab, aber während ich bloß einen Schritt zurücktaumelte, gegen Aisha stieß und ihr dabei auf die Zehen trat, fiel die andere Person auf ihren Arsch und der Inhalt ihrer Tasche verteilte sich auf dem Boden. Der Flur war ziemlich voll und ein paar Leute, die in der Nähe standen, brachen in Gelächter aus.

Ich sah nach unten und mir klappte die Kinnlade herunter. Ich entschuldigte mich nicht, wie ich es eigentlich vorgehabt hatte. Ich half ihr auch nicht auf. Denn, wie ihr bestimmt schon erraten habt, lag niemand anderes als Zoe vor mir auf dem Boden ausgestreckt, ihr Zeug über den ganzen Flur verteilt.

Na ja, wenigstens schien nichts weiter verletzt als ihr Stolz, denn ich spürte nichts.

»Alter, pass auf, wo du langläufst. Du hast uns fast die Chance versaut, es ins Halbfinale zu schaffen«, rief mir Rob, ein Junge aus meinem Fußballteam, über den Flur zu.

»Milo, kannst du bitte … Zoe, es tut mir so leid. Mein Kumpel ist echt ein Arschloch. Ich helfe dir hoch.«

Aisha ging um mich herum, warf mir einen Todesblick zu und beugte sich dann runter, um Zoes lose Blätter einzusammeln. Zoe hatte nicht mal zu mir aufgeschaut, so beschäftigt war sie damit, alles wieder in ihre Tasche zu stopfen. Sie hatte auch den Notfallbeutel von gestern dabei, aber der war fest verschlossen, sodass nichts herausgefallen war.

Ich wünschte, dass sich unter mir ein Loch auftun und mich im

Ganzen verschlingen würde. Es war schlimm genug, dass ich ihren Namen nicht gekannt hatte, aber jetzt hatte ich sie regelrecht angegriffen. *Ich bin der mieseste KinTwin ever.*

Endlich schaltete sich mein Hirn wieder ein. »Verdammt, Zoe, ich hab dich nicht gesehen. Kann ich irgendwas tun?«, fragte ich und ging in die Hocke, um nach ein paar Blättern zu greifen, die Aisha im selben Moment aufhob.

»Nichts. Du kannst nichts tun. Gib das her«, blaffte Zoe und rupfte Aisha den Stapel Papier aus der Hand.

»Okay, sorry, hier.« Aisha gab Zoe auch die Brotdose, die ebenfalls auf den Boden geflogen war.

Zoe nahm sie, stopfte sie in ihre Tasche und sah dann mich an, ihre großen blauen Augen dunkel wie ein Gewitter. »Es gibt tatsächlich etwas, das du für mich tun kannst. Pass auf, wo du hinläufst, hör auf, dich zu verletzen, und bleib am Leben. Sei einfach vorsichtig.« Sie drängte sich an uns vorbei und ging in das Klassenzimmer, aus dem wir gerade gekommen waren.

»Oooooh«, intonierte eine Gruppe Mädchen einstimmig, bevor sie anfingen zu kichern.

»Jaja, echt witzig. Lass uns verdammt noch mal weitergehen, okay?«, sagte ich. Langsam setzten sich die anderen wieder in Bewegung und Aisha und ich steuerten über das Schulgelände auf die mobilen Klassenzimmer zu.

»Alles klar, ich ziehe meine Aussage von heute Morgen zurück«, teilte mir Aisha im Gehen mit. »Ich glaube nicht, dass Gummibärchen es regeln werden. Nicht mal zwei Tüten. Sie kann dich nicht ausstehen.«

»Yep, das hab ich mitgekriegt, danke«, zischte ich.

Ich konnte nicht aufhören, über Zoes Worte nachzudenken,

während wir über den ausgetrockneten Rasen zu unserem Geografieraum liefen. Sie hatte mich gebeten, vorsichtig zu sein, mich nicht zu verletzen. Ich war schon immer ungeschickt. Als Kind fiel ich ständig von Bäumen oder von meinem Fahrrad. Meinen Eltern zufolge lag das daran, dass ich abenteuerlustig war, keine Angst vor irgendetwas hatte. Ich hielt das immer für etwas Gutes.

Dann begann die KinTwin-Sache. Wie alt waren wir da gewesen? Sechs oder sieben? Ich hatte gerade erst mein BMX-Rad gekriegt und fuhr jedes Wochenende damit herum. In den Nachrichten wurde berichtet, dass man eine schlimme Verletzung seines KinTwins fühlen könne, allerdings nur ungefähr fünfundzwanzig Prozent des eigentlichen Schmerzes. Ich hatte nie aus dem Nichts ein Stechen gespürt und auch keine plötzlichen oder komischen Schmerzen. Ich fuhr weiter mit meinem Fahrrad. Meine ganze Teenagerzeit über habe ich mir bestimmt jedes Jahr mindestens einmal einen Knochen gebrochen.

Letztes Jahr brach ich mir beide Arme, als ich auf der BMX-Strecke von meinem Rad stürzte, und obwohl es nur Haarrisse waren, taten sie weh wie Hölle. Die schlimmsten Schmerzen, die ich jemals hatte. Dad geriet vor ein paar Jahren mal in eine dieser Massenkarambolagen, die durch den Dominoeffekt beim Sterben entstanden, und erlitt ein starkes Schleudertrauma, weil er im Auto ruckartig herumgewirbelt wurde. Ich war zu dem Zeitpunkt mit Mum zu Hause. Es war nicht so unerträglich, dass sie aufschrie oder so, aber es war schlimm genug, dass sie ihre Lieblingstasse auf den Boden fallen ließ. Sie wusste genau, dass etwas nicht stimmte, und rief sofort Dad an.

Es ist nicht so, dass mir nie in den Sinn gekommen war, dass mein KinTwin denselben Schmerz fühlte wie ich. Das wusste ich natürlich. Aber weil sie so vorsichtig war und ich deswegen nie etwas mitbekam, dachte ich nie darüber nach, dass jemand, der gar nichts dafürkonnte, wegen mir Schmerzen hatte, ganz egal, wie schwach sie sein mochten.

Ein Blick in Zoes Gesicht hatte mir alles gesagt. Sie war nicht einfach nur stinksauer auf mich. Sie hatte Angst vor mir, vor meiner Leichtsinnigkeit. Ich hatte ihr jahrelang Schmerzen bereitet, und dass sie jetzt wusste, wer ich war, machte es noch schlimmer.

Scheiße. Ich würde mich auch hassen.

»Hey, Aisha?«, fragte ich. Wir hatten den Georaum erreicht, aber ich hielt sie zurück. Es war mir inzwischen egal, ob wir zu spät kamen. »Hör mal, ich hab keinen Bock mehr, zum Steinbruch zu fahren. Können wir nicht einfach hierbleiben?«

Aishas Stirn kräuselte sich besorgt, aber sie verlangte keine Erklärung. »Klar, M. Was immer du willst.«

Adrenalinjunkies, so nannten uns Aishas Hockeyfreundinnen. Und es stimmte, ich liebte den Rausch beim Springen. Ich wusste, dass es gefährlich war, und Mum würde es mir niemals erlauben, wenn sie davon wüsste. Aisha und ich scherten uns nicht um Sicherheitsvorkehrungen. Doch ab jetzt musste ich es besser machen. Denn ab jetzt musste ich an mehr als nur an mich selbst denken.

Vor Frust kribbelte meine Kopfhaut. Es war nicht fair. Ich wurde nicht in diesen blöden KinTwin-Mist hineingeboren. Bevor alle Pisten geschlossen wurden, ging ich als Kind im Urlaub snowboarden und ich fuhr BMX und kletterte auf Bäume. In der Theorie klang diese ganze KinTwin-Sache ziemlich gut, bis ich herausfand, wer Zoe war, und sich meine Eltern und Aisha und der Rest des Planeten Erde so verflucht selbstzufrieden gaben. Jetzt hatte die Sache Konsequenzen im richtigen Leben. Ich wollte frei sein, um mein Ding zu machen, aber ich wollte niemandem dabei wehtun. Ich hatte so einfach versucht, ein Gefühl von Kontrolle zu behalten in einer Welt, in der das Leben vorbestimmt war … oder das Sterben, so wie Zoe es sah.

Ich schloss die Augen und atmete tief durch. Ich musste darauf hoffen, dass das hier nicht für immer war, dass ich eines Tages wieder mit meinen Freundinnen im Steinbruch von den Felsen springen konnte. Vielleicht gab es ja einen Weg, Zoe davon zu überzeugen, dass sie mir vertrauen konnte, so wie es Aisha bei Bri gelungen war. Ich konnte ihr schließlich nicht übel nehmen, dass sie sich Sorgen machte. Ich würde mich einfach an den Gedanken gewöhnen müssen, dass mein Handeln Folgen für andere Leute hatte.

Tschüss, waghalsiges Verhalten.

Hallo, Training und Sicherheitsausrüstung.

Mach's gut, Spaß.

7

Zoe

Als wäre es nicht schon demütigend genug gewesen, dass mein KinTwin keinerlei Selbsterhaltungstrieb besaß, versuchte er jetzt auch noch, mich umzubringen.

Es war einfach nicht fair.

Und es war nicht schon immer so. Mom und ich hatten nicht schon immer Notfallbeutel und Regale eigens für gedörrte Nahrung und wir unternahmen nicht schon immer Wochenendausflüge zum Lebensmittelgroßhandel. Wir waren mal normal, bevor die Welt vor die Hunde ging. Bevor Dad gestorben ist.

Obwohl ich die Schuld daran nicht nur der Existenz der KinTwins geben konnte.

Jetzt waren wir nicht mehr normal und deshalb musste ich, als ich gestern nach Hause kam, darum betteln, dass Mom mich heute in die Schule gehen ließ. Sie hatte der Meinung von Ärzten und Ärztinnen noch nie vertraut, deshalb untersuchte sie mich selbst noch mal auf eine Gehirnerschütterung.

»Sie haben ein vollständiges MRT gemacht?«, fragte Mom, während sie ihren Finger vor meinem Gesicht hin- und herbewegte.

»So stand es in meinen Entlassungspapieren, Mom«, antwortete ich und folgte ihrem Finger mit den Augen.

Ich hatte Mom erzählt, dass ich die Entlassungspapiere in dem ganzen Chaos auf dem Heimweg vom Krankenhaus verloren hatte. Darin wurden nämlich auch die Ergebnisse meines KinTwin-Tests erwähnt, womit ich mich jetzt nicht befassen wollte. Mom wusste nicht mal, wer ihr KinTwin war, und nach allem, was mit Dad passiert war … ich würde es ihr noch erzählen. Irgendwann.

»Also, du scheinst keinen bleibenden Schaden am Kopf zu haben. Ich kann nicht glauben, dass dich dieser Eingang so gut geschützt hat. Wenn ich an so etwas glauben würde, würde ich es ein verdammtes Wunder nennen«, sagte Mom. Sie ließ den Finger sinken und fasste mich an den Schultern. »Und es macht dir wirklich nichts aus, dass ich dich nicht im Krankenhaus besucht habe? Ich konnte die ganze Zeit sehen, wo du warst, und deine Uhr hat mich darüber informiert, dass es dir so weit gut ging.«

Ich atmete tief durch. Klar hatte es mich verletzt, dass Mom nicht ins Krankenhaus gekommen war. Milo hatte gesagt, dass seine Eltern unbedingt hinkommen wollten und er sie davon überzeugen musste, wegen des riesigen Chaos lieber zu Hause zu bleiben. Aber ich wusste auch, dass es nicht Moms Schuld war. Sie hatte zu Recht Angst davor rauszugehen. Es fielen buchstäblich Flugzeuge vom Himmel. Und was hätte es uns gebracht, draußen zu sein, wenn wir es eigentlich nicht gemusst hätten? Außerdem wusste sie ja, wie gesagt, dass ich okay war. Lädiert, aber irgendwie okay.

»Klar, Mom. Versteh ich total«, erwiderte ich. Sie umarmte mich. »Und jetzt hör auf, so verschmust zu sein, und lass mich vor der Schule morgen etwas schlafen. Ich will nicht noch mehr verpassen, ich hänge wegen heute sowieso schon hinterher.«

Ich war total kaputt, als ich endlich ins Bett fiel, aber ich hatte mich seit Ewigkeiten nicht mehr um Bari gekümmert, also entsperrte ich mein Handy und tippte auf die Hundeklappe.

Er hüpfte sofort heraus, wedelte mit dem Schwanz und leckte den Bildschirm ab.

»Hey, Kleiner. Tut mir leid, dass es so spät ist«, sagte ich und kraulte seinen digitalen Bauch.

»Das ist schon in Ordnung, Frauchen Zoe. Den Daten deiner Smartwatch entnehme ich, dass du heute in einen Unfall oder eine Kollision verwickelt wurdest. Geht es dir gut?« Bari legte besorgt den Kopf schief.

»Oh ja, bestens. Hab mich fast selbst gekillt, aber deine Warnung hat mir vermutlich das Leben gerettet. Dadurch hatte ich Zeit, mich in den Eingang eines Ladens zu flüchten, was wohl den außer Kontrolle geratenen Bus abgebremst hat. Also … danke, Bari.«

»Sehr gerne, Frauchen Zoe. Ich bin so froh, dass es dir gut geht«, sagte Bari.

Ich seufzte. Er klang erfreuter, von mir zu hören, als Mom, dabei war er nur eine App auf meinem Handy.

Ich gab Bari ein paar Leckerli, die mich neunundneuzig Pence kosteten, aber ich war zu müde, als dass es mir etwas ausgemacht hätte. Wenig später schlief ich ein. Ich schlief so tief, dass ich meinen Wecker nicht hörte und das Haus Hals über Kopf verlassen musste, was mir aber zugutekam. Ich hatte unterschätzt, wie furchteinflößend es nach allem, was passiert war, draußen sein würde.

Als ich den Hügel halb runtergerannt war, sah ich das Schild mit der Aufschrift »Straßensperrung« und die Realität traf mich mit voller Wucht. Die Straße hinter der Absperrung war ein einziges Durcheinander. Autos hatten sich ineinandergeschoben, als wären sie Spielzeuge aus billigem Plastik, und es waren immer noch viele Einsatzkräfte unterwegs, die den Schaden begutachteten. Leute in Overalls wuselten um ein großes weißes Zelt herum. Ich konnte sogar den Bus sehen, der mich fast überfahren hätte und der noch immer in den Eingangsbereich des verlassenen Zeitungskiosks verkeilt war. Das Ladenschild war aus der Wandhalterung gebrochen und hing halb auf dem Dach des Busses.

Ich wusste, dass ich Glück hatte, noch am Leben zu sein, aber ich glaube, bis zu diesem Moment war mir nicht bewusst, wie viel Glück.

Ich drehte mich von der Absperrung weg, an der ein Polizist stand und mir etwas zurief, sprintete zu einem Busch, der in einem nahe gelegenen Vorgarten wuchs, und kotzte mein aus einem Müsliriegel und Wasser bestehendes Frühstück wieder aus, das ich schnell runtergeschlungen hatte.

»Geht's dir gut?«, rief der Polizist.

»Oh ja, super«, murmelte ich. Ich wischte mir den Mund ab und sah zu dem Haus, dessen Blumenbeet ich gerade ruiniert hatte. Zu meiner großen Erleichterung stellte ich fest, dass die Fenster mit Brettern vernagelt waren. Ein weiteres verlassenes Haus, sodass ich auf meinem Vorstrafenregister zu dem Hausfriedensbruch von gestern zumindest nicht noch Vandalismus ergänzen musste.

»Alles gut. War wohl der Döner von gestern Abend«, rief ich dem Polizisten zu. Der war aber zu beschäftigt, um sich dafür zu interessieren, was ich machte. Er nickte einmal und wandte den Blick wieder ab.

Ich schloss die Augen. *Atme. Verfall nicht in Panik.* Panik verursachte Stress, bei Stress wurde Kortisol ausgeschüttet und Kortisol, vor allem wenn darauf sofort Adrenalin folgte, ließ einen schlechte Entscheidungen treffen. Ich musste einen klaren Kopf bewahren. Komisch, dass ich gestern nach einem Flugzeugabsturz zurechtgekommen war, aber heute … Heute ließen mich ein weißes Zelt und ein kaputtes Schild durchdrehen.

Ich entsperrte mein Handy und bat Bari, meine Atemübungs-App zu starten, was er mit zwei Schwanzwedlern tat. Eine ganze Minute lang konzentrierte ich mich darauf, Luft in meine Lunge hinein- und wieder hinauszupumpen. Ich stand immer noch in dem Vorgarten, aber niemand achtete auf mich. Es lungerten bloß einige Gaffer herum, die mit eigenen Augen sehen wollten, was gestern passiert war.

Nach der Minute normalisierte sich mein Puls wieder, was mir von der Vibration an meinem Handgelenk signalisiert wurde. Hoffentlich hatte Mom nicht gesehen, dass mein Puls nach oben ausgeschlagen war. Falls doch, würde sie auch sehen, dass er jetzt wieder normal war. Nachdem sie nicht ins Krankenhaus gekommen war, würde sie jetzt sicher nicht den Hügel runterrasen, nur weil mein Puls mal kurz in die Höhe schoss.

Das war nicht fair. Mom hatte ihre Gründe.

Ich steckte mir meine Kopfhörer rein und machte mich auf den längeren Weg zur Schule, den, der mich um die Straßensperrung herum und durch die Wohnsiedlung auf der anderen Seite führte. Zu meiner Rechten stieg an der Stelle, an der das Flugzeug abgestürzt war, immer noch die schwarze Rauchsäule in den Himmel, aber sie war viel schmaler als gestern. Letztendlich war der Rettungsdienst an so was gewöhnt. Dass ich dem Tod noch nie so haarscharf von der Schippe gesprungen war, machte mich in einer Post-KinTwin-Welt nicht zu etwas Besonderem.

Beim Gedanken an den Tod drehte mein Puls wieder durch, deshalb bat ich Bari, einen beruhigenden Podcast zu starten, und versuchte, nicht mehr daran zu denken. Wenn ich über Dinge in der Vergangenheit nachdachte, konnte ich mich nicht darauf konzentrieren, was vor mir lag. Und das konnte gefährlich werden.

»Frauchen Zoe? Es tut mir leid, dass ich deinen Podcast unterbreche, aber ich registriere, dass du immer noch null Komma drei Kilometer von der Schule entfernt bist, und es hat bereits vor einer Minute zur ersten Stunde geläutet. Ist dir bewusst, dass du zu spät kommst?«

Ich warf einen Blick auf meine Smartwatch. Bari hatte recht: 9:01 Uhr. Ich hatte damit gerechnet, ein paar Minuten zu spät zu kommen, aber nicht so spät, dass ich die erste Stunde zur Hälfte verpasste. Also joggte ich los und lief durch das Tor, das auf die Felder hinter unserer Schule führte. Ich musste dort sein. Ich brauchte die Ablenkung. Ich musste etwas lernen und mich nützlich fühlen, nicht mir die Seele aus dem Leib kotzen.

Auf der Schultreppe nahm ich zwei Stufen auf einmal und erreichte den Flur hinter dem Haupteingang, in dem es vor Schülern und Schülerinnen wimmelte. Ich hatte die Anwesenheitsmeldung verpasst, aber wegen der Straßensperrung war ich sicher nicht die Einzige. Wenn ich es zu Biologie schaffte, war alles gut.

Ich zog die Träger meines Rucksacks fester, bis ich den Notfallbeutel an meinem Rücken spürte, und bahnte mir einen Weg durch die Menge. Es war, wie bei Flut durch die heranrollenden Wellen zu waten, aber ich hatte es fast geschafft. Ich wollte rechtzeitig im Bio-Raum sein, damit ich hinten sitzen und mich um Bari kümmern konnte, ohne dass Mr Byers es mitbekam. Die Tür war direkt vor mir, ich musste nur noch die Klinke drücken.

Doch im selben Moment wurde sie von innen geöffnet und ein großer Junge mit dunklen Haaren versperrte mir den Weg. Ich spürte, wie eine Schulter an meinem verletzten Oberkörper abprallte, und segelte zu Boden.

Da lag ich dann, alle lachten über mich und mein KinTwin stand bloß wie angewurzelt da.

Aisha versuchte, mir zu helfen, aber ich merkte, dass ich rot anlief. Es war mir egal, dass alle gesehen hatten, wie ich hingefallen war, sie fanden mich ja eh schon komisch oder wussten im besten Fall nicht mal, wer ich war. Aber Milo dort stehen zu sehen, mit diesem markanten Kinn und den Haarspitzen, die ihm locker in die Augen fielen, mit den Händen in den Taschen, wie er so tat, als wüsste er nicht, wie gut er aussah – das war einfach zu viel.

Ich hatte nie damit gerechnet, dass ich meinen KinTwin attraktiv finden würde. Tatsächlich dachte ich, dass wir uns darauf einigen würden, vorsichtig zu sein, aber ansonsten nicht wirklich viel miteinander zu tun haben würden. Ich war so besessen davon, dass KinTwins gleichzeitig sterben, dass ich das mit der Seelenverwandtschaft ganz vergessen hatte. Nicht jeder kam mit seinem Seelenverwandten zusammen, aber die Erfolgsquote hinsichtlich Ehen zwischen KinTwins war unfassbar hoch, laut Studien lag sie bei achtundneunzig Prozent.

Es musste also etwas dran sein. Und ja, Milo Spencers Lächeln löste bei mir Herzrasen aus und ließ meinen Bauch kribbeln, als wären darin Tausende Schmetterlinge. Und ja, eventuell stand ich auch schon länger auf ihn, aber er hatte mich ja nie auch nur wahrgenommen, also war es nur ein dummer Crush. Eine komplett risikofreie Schwärmerei, die rein gar nichts bedeutete.

Bis gestern.

Nicht, dass er jemals so für mich fühlen würde. Außerdem waren da noch das Felsenspringen und die BMX-Tricks und ich bin mir ziemlich sicher, dass ich mal jemanden vom Fußballteam darüber sprechen hörte, wie sie von den Dächern der mobilen Klassenräume gesprungen waren. Sie nannten es ungesichertes Basejumping, weil sie keinen Fallschirm benutzten.

Ich hatte mich mein ganzes Leben lang auf die Apokalypse vorbereitet und hier war sie nun, in Form von Milo Spencer. Die eine Gefahr, die ich nie hatte kommen sehen. Er würde meinen Tod bedeuten, wenn wir diese Madame Scissor nicht fanden. So viel war sicher.

Aber das konnte bis Freitag warten. Der Club war unter der Woche sowieso nicht geöffnet und jetzt hatten wir Schule, also schnappte ich mir mein Zeug, schrie Milo etwas entgegen, woran ich mich jetzt nicht mal mehr erinnere, und ging endlich in den Bio-Raum.

Wie sich herausstellte, hätte ich mich gar nicht so beeilen müssen, weil das Klassenzimmer halb leer war. Nach dem, was gestern passiert war, waren viele nicht gekommen und ich wollte mir nicht ausmalen, warum. Ich zog meine Mütze über den kleinen Schnitt an meinem Haaransatz und hoffte, dass ich nicht auffiel. *Denk nicht dran. Ignorier es einfach.*

Ich konnte allerdings nicht allem entkommen. Mr Byers besprach unsere Hausaufgaben mit uns.

»Helft mir auf die Sprünge, wer von euch hat seinen KinTwin schon?«, fragte er.

Im Raum gingen ein paar Hände nach oben. Natürlich war meine nicht dabei. Niemand musste davon erfahren. Eine der Hände gehörte zu Eden, einem hübschen Mädchen mit glatten Haaren und einem perfekten weißen Lächeln. Ich hatte das Gerücht gehört, dass sie mit Milo zusammen war, aber er war offensichtlich nicht ihr KinTwin.

Während Mr Byers denjenigen gratulierte, die ihre Hände gehoben hatten, als hätten sie gerade etwas sehr Eindrucksvolles geleistet, statt in Wahrheit absolut nichts zu tun, außer sich vermutlich eine Verletzung zugefügt zu haben, um überhaupt erst getestet zu werden, entsperrte ich mein Handy und gab Bari ein Leckerli.

Warum kannst du nicht mein KinTwin sein, Bari, hm?, dachte ich. Ich würde immer besser mit einem Hund klarkommen als mit einem Menschen. Vor allem mit einem digitalen, der nicht verletzt werden konnte.

»Wer kann mir sagen, welche zelluläre Reaktion erfolgt, wenn man sich in der Nähe seines KinTwins befindet?« Mr Byers schrieb die Frage an die Tafel und kreiste sie ein.

»Ich weiß es, Sir«, sagte Eden und hob die Hand. »Also, anscheinend reagieren die eigenen Zellen wie die deines KinTwins, egal, wie weit man von ihm entfernt ist, wenn man Schmerz empfindet und so was. Aber wenn man in der Nähe seines Kin-Twins ist, dann kann man die Zellreaktionen in Echtzeit sehen.«

»Das ist richtig, Eden.« Mr Byers kritzelte ein paar Notizen an die Tafel. »Als man Blutproben von einem KinTwin-Paar in nächster Nähe zueinander beobachtete, fand man heraus, dass beide gleich auf einen Reiz reagierten, auch wenn nur eine der Proben dem Reiz direkt ausgesetzt war. Das erklärt, warum wir manchmal Schmerz empfinden, wenn sich unser KinTwin verletzt, auch wenn wir glücklicherweise nur einen kleinen Bruchteil davon wahrnehmen.«

»Sir, stimmt es, dass sich bei den Experimenten die Blutproben aufeinander zubewegt haben?«, fragte Josh, ein Junge in der ersten Reihe. »Meine Mom hat meinem Dad so eine kitschige Karte gekauft, auf der sich Blutzellen umarmen, und er meinte, dass das stimme. Er arbeitet auch bei KinTwin-Discoveries, Sir.«

»Ich würde es nicht ganz genauso ausdrücken, aber dein Dad weiß es am besten. Ich zeige es euch.«

Mr Byers tippte auf das Whiteboard, um den Browser zu öffnen, und startete ein Wissenschaftsvideo. Über einen geteilten Bildschirm wurden zwei Blutproben gezeigt, gefilmt unter einem Mikroskop, sodass die Zellen sichtbar waren. Am oberen Rand erschien ein Timer und während der nächsten Minute bewegten sich die Zellen auf der linken Seite nach rechts und die Zellen auf der rechten Seite nach links, bis sie nebeneinander waren, nur durch eine Plexiglasscheibe voneinander getrennt.

»Wie ihr hier seht, bewirkt die Mutation, dass sich die Blutproben von KinTwins gegenseitig spüren können, wenn man sie sich selbst überlässt, und deshalb aufeinander zustreben. Das ist auch der Grund, warum das Hormon, das gebraucht wird, um zu testen, ob zwei Personen KinTwins sind, nur freigesetzt wird, wenn sich diese Personen in unmittelbarer Nähe zueinander befinden, zum Beispiel im selben Raum. Jetzt möchte ich euch bitten, Seite dreiundfünfzig in euren Lehrbüchern aufzuschlagen und die Fragen zu den KinTwin-Bindungstheorien zu beantworten. Behaltet im Hinterkopf, dass selbst Wissenschaftler den Prozess noch nicht vollständig verstehen, deshalb ist es unsere Aufgabe als Forschende von morgen, eigene Theorien aufzustellen.«

Die Klasse stöhnte, aber alle machten sich an die Aufgaben.

Auf Seite dreiundfünfzig im Lehrbuch stand alles, was ich bereits über die KinTwin-Mutation wusste: Keiner konnte sagen, woher sie kam, und keiner verstand vollständig, was sie verursachte. Oben auf der Seite mit den Theorien wurde in Stichpunkten aufgelistet, was wir mit Sicherheit wussten. Die Liste war erschreckend kurz:

- Die KinTwin-Mutation verbindet dich mit deiner seelenverwandten Person. Nahezu 100 % der Verbundenen verlieben sich in ihren KinTwin, wenn sie es nicht bereits getan haben.

- KinTwins erleben zu einem gewissen Grad denselben von Verletzungen ausgelösten Schmerz sowie gleichzeitige Ohnmacht.

- Wenn ein KinTwin stirbt, stirbt auch der andere. Es gibt gegenwärtig keine Heilung dafür. Allgemein bekannt ist dieser Vorgang als »entleiben und entleben«.

Ich blieb an den Worten »entleiben und entleben« hängen, bis mein Blick verschwamm.

Ich konnte nicht für immer mit Milo verbunden bleiben. Auch wenn er sich nicht ständig als Arschkeks erwiesen hätte, war es einfach nichts für mich, einen KinTwin zu haben. Ich war nicht für Geselligkeit gemacht, sondern dafür, am Leben zu bleiben. Ich musste einfach die schnulzigen Regungen ignorieren, die Milo in mir auslöste, und bis Freitag durchhalten. Hoffentlich existierte diese Madame Scissor, dann wären all unsere Probleme gelöst. Vielleicht sogar das größte Problem der Welt.

Und wenn es sie nicht gab?

Nein. Das wurde der *Dinge, über die ich nicht nachdenken möchte, weil mich sonst mein Blutdruck killt*-Liste hinzugefügt. Sie wurde stetig länger.

Alles war gut gewesen, bevor ich Milo Spencer traf. Und ich würde es wiedergutmachen, schwor ich mir.

8

Milo

Manchmal halte ich kurz inne und hinterfrage, was ich gerade tue, zum Beispiel, warum ich Aisha an einem Freitagabend um sieben mein Gesicht mit Neon-Make-up bemalen lasse, bevor wir versuchen, uns als Minderjährige in einen Club zu schleichen und herauszufinden, wie wir vielleicht die Welt retten können.

Und manchmal schaue ich einfach, was passiert. Das hier war so eine Situation.

Die Person, die mir am meisten leidtat, war Zoe. Sie zuckte jedes Mal weg, wenn Bri sich ihrem Gesicht mit dem Rave-Make-up näherte, als würde sie ihr Gift oder so auftragen wollen.

»Halt still. Du siehst jetzt schon kaum aus wie das Foto auf dem gefälschten Ausweis. Mit ein wenig mehr Make-up wird man dein Gesicht drunter nicht mehr erkennen können«, erklärte Bri.

Zoe seufzte und rutschte tiefer in ihren Stuhl. »Na gut. Aber ich möchte vorher die hypoallergenen Eigenschaften prüfen, so wie du es versprochen hattest.«

»Klar«, sagte Bri. Ich beobachtete, wie sie mit einem Tritt ein Döschen billiges Make-up, das alles andere als hypoallergen war, unter das Bett kickte.

Ich versuchte, nicht zu lachen. »Ich hol uns ein paar Snacks. Bin gleich wieder da«, sagte ich und schüttelte die protestierende Aisha ab.

Ich hatte ein schlechtes Gewissen, weil ich Zoe einfach in der Höhle der Löwinnen zurückließ, aber manchmal muss man eben eine Feuerprobe bestehen. Und es würde ja auch nicht lange dauern.

Ich ging runter in die Küche und durchsuchte den Kühlschrank. Als ich die Hand nach dem Käse ganz hinten ausstreckte, verzog ich leicht das Gesicht und griff mir ans Schlüsselbein. Sogar nach ein paar Tagen tat es noch weh, dabei fühlte ich nur einen Bruchteil von Zoes Schmerz. Ihr war wahrscheinlich ein richtiger Stich reingefahren. Wenn sie während ihres Umstylings zusammengezuckt war, war Bri bestimmt genervt.

Ich steckte mir eine Handvoll Oliven in den Mund. Wenn ich nervös war, bekam ich Hunger und ich hatte keine Ahnung, was heute Abend auf uns zukam. Als ich die Kühlschranktür schloss, erschreckte mich das Gesicht dahinter fast zu Tode.

»Verdammt, Zoe«, fluchte ich. Tatsächlich brauchte ich einen Moment, bis ich schnallte, dass sie es war. Ihr Gesicht war fertig geschminkt und sie sah *total* anders aus. Ihre Augen waren mit grünem Glitzer umrandet, der sie leuchten ließ. Sogar das Rave-Make-up sah gut an ihr aus. Aisha hatte sie gezwungen, einen paillettenbesetzten Jumpsuit anzuziehen, nachdem Zoe Röcke aus »praktischen Gründen« abgelehnt hatte. Der Überlebenskünstlerin-Techno-Look stand ihr.

»Wow. Du siehst toll aus«, sagte ich.

Ich vergrub die Fingernägel in meiner Handfläche. *Du siehst toll aus?* Ich klang wie mein Dad.

Zoe blinzelte und für einen Moment dachte ich, dass sie mich anlächeln würde, doch dann senkte sie den Blick auf die Küchentheke. »Wenn du das sagst. Ich bin runtergekommen, weil Aisha erwähnte, dass du einen Hund hast. Und ich bewege mich gerade ziemlich weit außerhalb meiner Komfortzone und Hunde … beruhigen mich.«

»Du hast auch einen Hund?«, fragte ich.

»So was in der Art«, antwortete sie.

Ich hob eine Augenbraue. Zoe seufzte und zog ihr Handy aus der Tasche ihres Jumpsuits.

»Das ist Bari«, sagte sie und schob das Handy über die Küchentheke.

Darauf war ein Berner Sennenhund zu sehen, der sich vorbeugte und den Bildschirm ableckte.

»Du hast einen Hunde-Avatar als deinen persönlichen Assistenten ausgewählt?«, staunte ich. »Oh Mann, und ich benutze den langweiligen Typen, der schon vorinstalliert war. Ich wusste nicht mal, dass es auch Tiere gibt.«

Ich bewegte den Finger über den Bildschirm und kitzelte Baris Bauch. Er rollte sich herum, die Zunge hing aus seiner computergenerierten Schnauze. Klar war es ein bisschen seltsam, aber war es seltsamer, als eine körperlose Stimme nach den Fußballergebnissen zu fragen? Dieser kleine Kerl schien immerhin erfreut zu sein, mich zu sehen.

»Also hat Aisha dir auch erzählt, dass Bernie ein Berner Sennenhund ist? Deshalb hast du doch Baris Rasse geändert, bevor du ihn mir gezeigt hast, oder?« Ich schaute auf und Zoe schien es ausnahmsweise die Sprache verschlagen zu haben.

»Dein Hund Bernie ist ein Berner Sennenhund?«, fragte sie. »Das wusste ich nicht. Ich habe Baris Avatar nicht geändert, seit ich ihn vor zwei Jahren ausgewählt habe.«

»Wir haben Bernie vor zwei Jahren aus dem Tierheim geholt. Woah. Gruselig. Vielleicht haben wir mehr gemeinsam, als wir dachten.« Plötzlich war ich verlegen, sprach aber weiter, während ich durch die Küche lief. »Äh … Bernie ist nicht der originellste Name, ich weiß, aber meine Schwester Stella hat ihn ausgesucht und sie war damals erst vier, deshalb …« Ich wusste nicht, wie ich den Satz beenden sollte, also versicherte ich mich kurz, dass Zoe mir folgte, und führte sie dann durch den Flur bis zum zweiten Wohnzimmer im vorderen Teil des Hauses. Wir nutzten es nie und Bernie hatte es beschlagnahmt. Sie sprang nicht mal mehr vom Sofa runter, wenn wir reinkamen.

»Deine Eltern sehen nett aus. Sind sie KinTwins?«, erkundigte sich Zoe. Sie zeigte auf das Hochzeitsfoto meiner Eltern an der Bilderwand, auf dem sie lächelten und perfekt gestylte, glänzende Haare hatten.

»Ähm, ja. Sie sind seit der Highschool zusammen. Als die KinTwin-Sache passierte, waren sie begeistert, dass sie auch offiziell Seelenverwandte waren. Und sie kriegten was von den Bonuszahlungen der Regierung ab, obwohl sie vorher schon zusammen waren. Eine ordentliche Stange Bargeld und so was.«

»Wow. Sie lieben sich also schon ewig«, stellte Zoe fest.

»Scheint so. Aber echt viele verheiratete Paare hatten sofort ein Match, oder? Es ist nichts Ungewöhnliches«, sagte ich.

»Nicht alle haben so viel Glück«, entgegnete Zoe. »Sie haben sich füreinander entschieden *und* sie wissen, dass ihre Entscheidung richtig war. Muss echt toll sein zu wissen, dass du die richtige Wahl getroffen hast.«

Ich öffnete den Mund, um zu fragen, wie sie das meinte, doch sie schnitt mir das Wort ab.

»Ihr habt ein großes Haus.« Zoes Stimme hallte von der hohen Flurdecke wider. »Seid ihr reich?«

Ich blieb vor der Tür zu Bernies Wohnzimmer stehen. »Du kommst immer direkt zum Punkt, oder?«

Zoe zuckte die Achseln. »Ich mag sprachliche Prägnanz. Ich sehe keinen Sinn in Kommunikation, wenn man nur um den heißen Brei herumredet.«

»Dann bist du also kein Fan von höflicher Konversation. Oder zumindest davon, eine Frage nett zu formulieren, damit die andere Person sich nicht angegriffen fühlt?«, wollte ich wissen.

Zoe dachte kurz nach. »Sorry. Mir ist bewusst, dass meine Frage unverschämt rüberkommt. Ich finde es allerdings nicht unverschämt, jemanden mit einem riesigen Haus zu fragen, ob er reich ist. Aber ich verstehe, warum es auf andere so wirken kann.«

Ich lächelte. Irgendwie stimmte es ja. Warum war es so verpönt, über Geld zu sprechen? Vielleicht hätten wir einander viel mehr zu sagen, wenn wir ehrlich waren und uns weniger hinter Oberflächlichkeiten versteckten.

»Entschuldigung angenommen. Und um ehrlich zu sein, hast du recht. Wir sind reich, glaube ich. Meine Eltern sprechen aber nicht gern über Geld. Wer tut das schon?« Ich drückte die Wohnzimmertür auf. »Möchtest du jetzt Bernie kennenlernen?«

Bernie musste uns im Flur gehört haben, denn sobald die Tür aufging, schob sie ihre Schnauze in den Spalt und zwängte sich hindurch. Glaubt mir, man sollte besser nicht versuchen, einen entschlossenen Berner Sennenhund am Verlassen eines Zimmers zu hindern.

Bernie schnüffelte an meiner Hand, doch sobald sie Zoe erblickte, wurde diese zu ihrer Zielscheibe. Bernie rannte mit vollem Karacho auf sie zu und riss sie fast von den Füßen. Dabei ging sie auf Gassirunden nie zu Fremden und bellte sich täglich die Seele aus dem Leib, wenn die Postbotin kam. Es war als … keine Ahnung, als würde sie Zoe bereits kennen.

Zoe setzte sich auf den Boden und fuhr sofort das volle Streichelprogramm auf. Und dann lächelte sie. Nicht das sarkastische halbe Grinsen, das sie mir manchmal zuwarf, sondern ein richtiges Fünfzig-Watt-Strahlen. Mir wurde bewusst, dass ich noch nie vorher ihre Zähne gesehen hatte. Seit dem Tag des Flugzeugabsturzes hatten wir uns in der Schule gegrüßt, aber mehr nicht. Es war, als würde ich eine ganz neue Person anschauen. Da war etwas an der Art, wie sie die Nase krauszog, als Bernie versuchte, sie abzuschlecken. Ich musste auch lächeln.

»Lasst uns gehen, ihr Loser«, rief Aisha vom Treppenabsatz, von dem aus man den Flur überblicken konnte. Zoe zuckte zusammen wie jemand, der beim Klauen erwischt wurde, und Bernie verkrümelte sich wieder in ihr Wohnzimmer.

»Habe ich euch … bei etwas gestört?«, fragte Aisha, als sich niemand rührte.

Bri lugte grinsend über ihre Schulter und meine Wangen fühlten sich an, als stünden sie in Flammen. Total bescheuert, weil ja nicht mal was passiert war.

»Kommt einfach runter. Ich rufe uns ein Taxi«, murmelte ich und holte mein Handy raus.

Wir kamen kurz nach der Öffnungszeit am Club an, deshalb gab es keine Schlange und es war noch nicht viel los. Bri befürchtete, dass der Türsteher sich deshalb unsere Ausweise genauer anschauen würde, aber der war halb weggedämmert und wir konnten einfach reinspazieren.

Das hielt Aisha aber nicht davon ab, sich darüber zu beschweren, dass Zoe unbedingt ihren Notfallbeutel mitbringen wollte, obwohl er, ich zitiere, »überhaupt nicht zu ihrem Outfit passt«.

Drinnen war es stockdunkel bis auf die Neonlichter, die um die Bar und das DJ-Pult herum angebracht waren. Auf der Tanzfläche bewegten sich bereits ein paar Leute im Takt der Musik und die Barkeeper schwenkten Flaschen wie Cocktailkellner in Filmen.

»Wo sollen wir anfangen?«, rief ich Aisha über die wummernde Musik hinweg zu.

»Wir fragen am besten mal an der Bar. Wäre ja unhöflich, kein Geld dort zu lassen.« Sie grinste, verschränkte ihre Finger mit Bris und verschwand mit ihr in Richtung Bar. Ich nickte Zoe zu, um sicherzugehen, dass sie den Plan mitbekommen hatte, dann folgten wir den beiden.

Aisha rief dem Barkeeper etwas zu, der daraufhin acht Schnapsgläser nebeneinander aufreihte und dann mit einer klaren Flüssigkeit füllte. Er sagte etwas, das wir wegen der Musik nicht verstehen konnten, aber Aisha lachte nur und stellte ihm eine Gegenfrage. Mein Blick traf den von Bri, die bloß grinsend den Kopf schüttelte. Wenn Aisha eine Superkraft hatte, dann die, schnell mit Leuten ins Gespräch zu kommen. Ich sah zu Zoe. Sie schaute sich um und hatte die Arme vor dem Körper verschränkt, als wäre ihr kalt, dabei war es hier drin total heiß.

»Hey, Bock zu tanzen?«, rief ich ihr über den Beat hinweg zu.

»Ich würde buchstäblich alles andere lieber tun als das«, gab Zoe zurück.

Ich grinste. »Yep, hab auch gar nichts anderes erwartet.«

Täuschte ich mich oder … war Zoe gerade rot angelaufen? Ne, es war viel zu dunkel und warm hier drin. Schwer zu sagen, woran es lag.

Aisha hatte ihr Gespräch mit dem Barkeeper beendet und stellte ein Tablett mit den Schnapsgläsern vor uns auf die Theke.

»Ganz heißer Scheiß, Leute!«, sagte Aisha und reichte Zoe ein Schnapsglas.

»Das ist aber kalt«, entgegnete Zoe. Sie schob das Glas von sich weg.

Ich feixte. »Wo sie recht hat, Aisha.«

»Nein, Zoe, das hier ist offensichtlich Premium-Wodka. Der ganz heiße Scheiß sind die Infos, die mir Mister Cocktail verraten hat.«

Als Zoe sie immer noch verständnislos ansah, stürzte Aisha ihren Schnaps runter und setzte zu einer Erklärung an.

»Okay, hört euch das an: Anscheinend haben sich eine Menge Leute nach Madame Scissor erkundigt. Ich daraufhin so: ›Ah, so ein Zufall, dass sie hier in der Stadt wohnt‹, und jetzt kommt's. Der Barkeeper hat einen Kumpel, der eine Bar in London betreibt und dem werden dieselben Fragen gestellt. Checkt ihr's? Madame Scissor ist ein Codewort. Dahinter steht ein Netzwerk oder so was. Nicht bloß eine Frau mit einem coolen Decknamen.«

»Wenn viele Leute da mit drinstecken, könnte das heißen, dass wir auf der richtigen Spur sind. Hat der Barkeeper gesagt, wann sie hier immer auftaucht?«, rief Zoe gegen die Musik an.

Aisha grinste. »Das ist der beste Teil. Sie kommt so in ungefähr einer Stunde her, deshalb meinte er, dass ich einfach warten solle. Hat uns sogar diese Schnäpse aufs Haus gegeben.« Sie stürzte noch einen zweiten runter, wie um ihre Worte zu unterstreichen.

»Schnaps aufs Haus ist echt großzügig, aber er wollte nicht mal deinen Ausweis sehen? Das ist irgendwie … weiß nicht, kommt das nur mir komisch vor?«, fragte ich.

»Du warst offensichtlich noch nie ein hübsches Mädchen, das in einer leeren Bar was zu trinken bestellt hat. Entspann dich, alles ist gut«, sagte Bri.

Zoe und ich wechselten einen Blick. Ihre Augenbrauen verzogen sich zu einem tiefen Stirnrunzeln.

»Na gut. Ich schlage vor, dass wir eine Stunde bleiben, aber einen klaren Kopf bewahren. Habt ihr verstanden, was ich gesagt habe?« Beim letzten Teil hob ich die Stimme, während sich Bri ein Schnapsglas nahm.

»Entspann dich mal, Opa. Das hier ist ein Club, es ist Freitagabend, wir sind jung und frei. Kommt, wir gehen tanzen, dann geht die Stunde schneller rum.«

Aisha packte Zoe am Handgelenk und zog sie mit sich auf die Tanzfläche. Zoe warf mir über die Schulter einen Blick zu, bei dem ich mir das Lachen nicht verkneifen konnte. Sie sah aus, als würde jemand sie zwingen, von einem Felsen zu springen. Was normalerweise ja auch unsere bevorzugte Aktivität war, also kam sie gerade eigentlich ganz gut weg.

Aisha bahnte sich mit Zoe ihren Weg zur Mitte der Tanzfläche und Bri und ich folgten ihnen. Es war noch nicht so voll, wie es später werden würde, sodass wir nicht in der Menge erdrückt wurden, aber es tanzten schon einige Leute. Sobald Aisha einen

Platz gefunden hatte, mit dem sie zufrieden war, ließ sie Zoe los und schlang ihre Arme um Bris Hüfte.

Wir waren jetzt näher an den Lautsprechern, was es noch schwerer machte, meine eigenen Gedanken zu hören, und erst recht, mich mit Zoe zu unterhalten. Sie streckte sich etwas, um in mein Ohr zu sprechen.

»Wenn du denkst, dass wir auch so tanzen, irrst du dich gewaltig«, sagte sie. Ihr Atem kitzelte und ließ die Härchen in meinem Nacken zu Berge stehen.

»Würde mir im Traum nicht einfallen«, erwiderte ich. »Außerdem hab ich nur Solo-Moves drauf.«

Ich legte eine Hand an meinen Hinterkopf, die andere streckte ich vor mir aus und ließ sie langsam nach links gleiten. »Der hier heißt ›Der Sprinkler‹«, rief ich ihr über die Musik zu.

Zoes Mundwinkel zuckten.

»Du musst zugeben, dass ich ein ausgezeichneter Tänzer bin«, fügte ich hinzu. Dann ging ich zu meinem zweitbesten Move über, hielt beide Hände vor mich und tat so, als würde ich im Kreis um Zoe herumfahren. »Gegen den Rasenmäher kann man nichts sagen.«

Endlich lachte Zoe wieder so, wie ich es vorhin schon mal bei ihr gesehen hatte, aber als ich sie anlächelte, hörte sie schnell damit auf, als wollte sie nicht, dass jemand sie fröhlich sah.

»Diese Moves sind mir zu gartenlastig, ich steh mehr auf Landwirtschaft«, rief sie. Sie schlang die Arme wieder um sich.

»Guter Einwand«, sagte ich und erinnerte mich an das Foto des GUT-SAAT-CLUBS. Ich steckte die Hände in die Hosentaschen und sah mich nach etwas um, das mich davon ablenken konnte, dass ich mich gerade zum Affen gemacht hatte.

Mein Blick blieb an der Bar hängen. Ein komplett schwarz gekleideter Mann lehnte sich über die Theke und redete auf den Barkeeper ein. Der Barkeeper deutete auf die Tanzfläche. Um genauer zu sein: Er deutete auf uns. Der Typ in Schwarz nickte und zwei weitere schwarz gekleidete Männer tauchten hinter ihm auf. Sie sahen aus wie Klone. Der erste Typ fasste an seinen Gürtel und etwas Metallenes blitzte auf. Ich hatte im echten Leben noch nicht viele Waffen gesehen, aber genug Filme geschaut und Videospiele gespielt, um eine zu erkennen.

Ich blickte zu Zoe. Sie hatte das Aufblitzen auch mitbekommen. Sie rückte näher an mich heran und ihre Haare kitzelten auf meiner Haut.

Ich griff nach Aishas Arm und hielt sie fest. Sie war völlig ins Tanzen versunken und erst mal genervt, aber als sie mein Gesicht sah, wusste sie, dass etwas nicht stimmte. Sie packte Bri an den Schultern und brüllte ihr etwas ins Ohr.

Die Männer bewegten sich zielgerichtet auf uns zu, aber dass mehr und mehr Leute auf die Tanzfläche strömten, bremste sie etwas. Ich hielt Zoe meine Hand hin. Sie starrte sie an. Für den Bruchteil einer Sekunde glaubte ich, sie würde sie nicht ergreifen. Doch dann verschränkte sie ihre Finger mit meinen und ich lief los.

An unseren Händen verbunden bildeten wir eine Schlange und bewegten uns so durch die Tanzenden hindurch. Der Club füllte sich bereits merklich. Ich sah immer mal zurück zu den gruseligen Typen mit ihren Waffen, aber sie waren massig und langsam. Wir waren schneller als sie.

Das Dröhnen der Bässe war das Einzige, das mir dabei half, nicht in Panik auszubrechen und mich darauf zu konzentrieren, uns so schnell wie möglich durch die Menge zu schleusen. Ich war noch nie so froh darüber, riesengroß zu sein, weil ich so über die Köpfe der Menge hinweg die mit einem neongrünen Notausgangsschild versehene Tür, die wir so dringend erreichen mussten, sehen konnte.

Wir hatten es fast durch die Tanzenden hindurchgeschafft und waren nur noch wenige Meter von der Tür entfernt. Gleich waren wir frei.

Dann spürte ich, wie mich etwas mit voller Wucht traf und mir den Atem aus der Lunge presste, bevor ich auf dem Boden aufschlug. Zoe ließ meine Hand los. Ich landete mitten in einer tanzenden Gruppe. Ein Mann ragte über mir auf, zeigte auf die Mädchen und brüllte etwas, das ich nicht verstehen konnte. Ich war so ein Vollhorst. Er wusste, dass wir auf den Ausgang zusteuern würden, deshalb war er außen rumgegangen, während seine Kumpels uns durch die Menge verfolgten.

Er griff an seine Gürtelschlaufe.

Zoe zog eine Dose aus ihrem Notfallbeutel und sprühte den Inhalt in das Gesicht des Arschlochs. Er fiel im Wummern der Musik geräuschlos auf die Knie und fasste sich an die Augen.

Wir hatten keine Zeit zu verlieren. Zoe hielt mir die Hand hin und ich zog mich auf die Füße, dann stürzten wir auf den Notausgang zu.

Draußen war es dunkel, aber unser Neon-Make-up reflektierte das Licht der Straßenlaternen, deshalb rannten wir in die Gasse auf der anderen Straßenseite und bogen links und dann noch mal rechts ab, um die Typen abzuwimmeln. Wir hielten erst an, als Aisha rief, dass ihr Absatz abgebrochen war. Wir lehnten uns an eine Backsteinmauer neben ein paar Mülltonnen und versuchten, wieder Luft zu kriegen, ohne vom Geruch nach verrottetem Gemüse zu kotzen.

»Zoe … du hattest recht … was die Schuhe angeht«, schnaufte Aisha. Wenn ich kein Seitenstechen gehabt hätte, hätte ich gelacht. »Und dieses Beutel-Taschen-Ding … Pfefferspray … clever.«

Zoe zeigte uns die Dose, die sie noch immer in der Hand hielt. Darauf stand: »Ultrastarker Halt Haarspray«.

»Genauso gut und vielseitig einsetzbar.« Sie zuckte mit den Schultern und fuhr sich durch ihr stachelig gestyltes Haar.

Oh. Vielleicht war vorbereitet zu sein besser, als impulsiv zu handeln und dann improvisieren zu müssen. Zumindest, wenn man in Situationen mit Kidnappern geriet, in denen es um Leben oder Tod ging.

»Du steckst voller Überraschungen«, sagte ich. »Und wer zur Hölle waren die?«

9

Zoe

»Ich glaube nicht, dass die zu Madame Scissor gehörten«, sagte Aisha. Sie streifte die kaputten Schuhe ab und holte ein Paar zusammengefaltete Ballerinas aus ihrer winzigen Handtasche.

Ich versuchte, meine Atmung in den Griff zu kriegen, indem ich tiefer und langsamer atmete, als mein Körper es verlangte. Die oberste Kardio-Regel lautet: Bring deinen Puls runter. Allerdings lauerte meine alte Freundin Panik schon unter der Oberfläche. Ich war vorher noch nie in einem Club gewesen, aber mein Gefühl sagte mir, dass diese Männer nicht zur üblichen Erfahrung dazugehörten. Und sie hatten Waffen. Sie wollten uns nicht einfach nur Angst einjagen. Sie wollten uns wehtun.

»Denkt ihr, dass sie rausfinden können, wer wir sind, wo wir wohnen?«, fragte Bri und kaute auf ihrer Unterlippe herum. Aisha legte ihr einen Arm um die Schultern und drückte sie an sich.

»Nein. Wir haben gefälschte Ausweise benutzt und das Neon-Make-up auf unseren Gesichtern reflektiert das Licht, sodass wir auf Überwachungskameras nicht zu erkennen und schwer zu identifizieren sind. Ich glaube, wir sind sicher«, antwortete ich.

Das Make-up erschien mir vorhin so belanglos, gerade hatte es uns aber vielleicht das Leben gerettet.

»Tja, sie haben sich mit Aishas neuem Kumpel, dem Barkeeper, unterhalten. Denkt ihr, er hat … ich weiß auch nicht … sie informiert?«, fragte Milo.

»Das hab ich auch schon überlegt«, erwiderte ich. Alle starrten mich an.

»Aber warum?«, wollte Bri wissen.

»Ich glaube, dass diese Männer gerufen werden, wenn jemand nach Madame Scissor fragt«, sagte ich. »Denkt mal drüber nach. Es ist doch total unwahrscheinlich, dass die Person, die uns helfen könnte, die Person, die überall im Internet erwähnt wird, ausgerechnet in unserer Stadt wohnt, oder? Selbst wenn es sich bei Madame Scissor um eine Organisation und nicht um eine Einzelperson handelt, wäre das ein bisschen zu einfach. Ich glaube, das war eine Falle, ein anonymer Post auf SoulBait, um Leute zu erwischen, die versuchen, ihr Seelenband aufzulösen. Oder schlimmer, um die echte Madame Scissor so einzuschüchtern, dass sie untertaucht.«

»Du glaubst jetzt immer noch, dass sie echt ist?«, fragte Aisha.

»Niemand hetzt wegen einer urbanen Legende eine Gruppe bewaffneter Typen auf Teenager. Ich glaube es jetzt erst recht«, antwortete ich.

Wieder verstummten alle.

»Also gibt es Madame Scissor wahrscheinlich wirklich, aber wenn wir weiterhin versuchen, sie zu finden, werden wir vielleicht von unbekannten, bewaffneten Männern entführt? Großartig. Sehr positive Aussichten sind das«, murmelte Aisha und tippte auf ihrem Handy herum. »Kommt, ich habe uns ein Taxi gerufen. Wir sollten von der Straße verschwinden. Morgen können wir uns was Neues überlegen.«

Als das Taxi mich zu Hause absetzte, war es schon nach zehn, aber Mom war noch wach. Mit geschlossenen Augen saß sie im Lotussitz im Wohnzimmer.

»Du bist spät zurück«, stellte sie fest, ohne die Augen zu öffnen.

Ich hockte mich auf die Sofakante. Das Wohnzimmer war noch vollgestopfter, seit wir zusätzliche Regale für die Vorräte an Hygieneartikeln und Klopapier aufgestellt hatten.

»Du weißt doch, dass ich freitags beim GUT-SAAT-CLUB bin«, antwortete ich.

Normalerweise stimmte das auch, allerdings hatte der Club die letzten zwei Wochen nicht stattgefunden. Andererseits hatte ich Mom noch nie erklären müssen, wo ich gewesen bin, weil sie mich dank meiner Uhr orten konnte.

Ah. Die Uhr. Wenn sie nachgeschaut hatte, wusste sie genau, wo ich gewesen war, deshalb wohl auch die Sorge. Ich war zu fixiert auf unseren Plan gewesen, um auch nur daran zu denken. Ich hatte mich noch nie an einem Ort aufgehalten, wegen dem ich jemanden hätte anlügen müssen, schon gar nicht Mom, deshalb … habe ich die Uhr nicht ausgeschaltet. Und das bereute ich jetzt von Minute zu Minute mehr.

»Aber du warst nicht beim GUT-SAAT-CLUB. Wäre schön gewesen, wenn du eine Nachricht geschrieben hättest, Zoe«, sagte Mom.

Das versetzte mir einen kleinen Stich. Ich hätte ihr wirklich schreiben sollen.

»Na ja, ich wusste doch, dass du mich über meine Uhr orten kannst. Und es ist Freitag. Die meisten anderen in meinem Alter kommen bestimmt noch später heim«, entgegnete ich.

Mom riss die Augen auf. Ich schluckte schwer. Ich hatte mich ganz klar im Ton vergriffen.

»Vielleicht wollen die meisten in deinem Alter ihren Kopf in den Sand stecken, Zoe, und so tun, als wären wir nicht von einer Apokalypse bedroht. Darf ich fragen, was du als Minderjährige in einem Nachtclub zu suchen hattest?«

Ah, um ehrlich zu sein, hatte ich dafür keine Ausrede.

»Ich wurde … eingeladen. Von neuen Freunden aus der Schule. Sie sind … nett«, sagte ich. Ich hatte ihr immer noch nichts von meinem KinTwin erzählt. Wenn ich Glück hatte, musste ich mir darüber aber bald sowieso keine Gedanken mehr machen.

Mom kniff die Augen zusammen. »Hast du eine Ahnung, wie viele Keime es in Nachtclubs gibt, Zoe? Sollen wir die Doku noch mal schauen?«

»Nein, Mom. Ich weiß Bescheid. Bekanntlich können sich auf Snacks und Gläsern in Bars gefährliche Kolibakterien befinden. Ich habe nichts gegessen oder getrunken, ich schwöre.«

»Und was, wenn du entführt worden wärst? Ein Nachtclub ist keine sichere Umgebung für Frauen. Gott sei Dank hast du die Uhr um, dann hätte ich zumindest deine Leiche bergen können, nachdem du irgendwo in einem Graben entsorgt worden wärst.«

»Mom, ernsthaft, ich glaube nicht …«

»Und hast du deine Maske getragen?«

Nein, Mom. Ich habe meine Maske nicht getragen, weil zwei Mädchen, die mich tatsächlich zu mögen scheinen, eine Stunde damit zugebracht haben, mich zu schminken, und ich mein Make-up nicht ruinieren wollte.

»Ja, Mom, natürlich habe ich das«, log ich. Ich hatte Mom noch nie angelogen, daher wusste ich nicht, ob es funktionieren würde.

Glücklicherweise rettete mich meine einwandfreie Vorgeschichte. »Ich glaube dir. Ich war auch mal jung, weißt du. Aber du kannst mich nicht einfach so im Dunkeln tappen lassen, Zoe. Das ist nicht fair.«

»Ich weiß, Mom. Tut mir echt leid. Ich mache es nicht wieder.«

»Weiß ich. Weil du ein Nachtclub-und-nächtliche-Ausflüge-Verbot hast. Ich meine es ernst, Zoe«, sagte Mom warnend.

Ich nickte. Weil es mein erstes Vergehen war, sie mir normalerweise vertraute und dank der Uhr jederzeit sehen konnte, wo ich steckte, kam ich glimpflich davon. Es war eine seltsame Dynamik, aber wenn es sie beruhigte. Immerhin war Stress tödlich.

Mom seufzte. »Na schön. Geh schlafen. Wie du weißt, kann ein schlechter Schlafrhythmus ernsthafte gesundheitliche Folgen haben.«

»Ja, Mom.«

»Und Zoe … Bitte keine illegalen Clubbesuche mehr«, sagte sie und schloss wieder die Augen.

»Glaub mir, mir hat das für den Rest meines Lebens gereicht«, murmelte ich, während ich aus dem Zimmer ging.

Als ich im Bett lag, holte ich mein Handy aus dem Notfallbeutel und aktivierte Bari.

»Hey, mein Freund«, sagte ich und kraulte ihn hinter den Ohren.

»Sei gegrüßt, Frauchen Zoe. In den letzten drei Tagen hat sich deine Bildschirmzeit um vierzig Prozent reduziert. Ich habe dich vermisst«, erwiderte Bari. Er leckte über den Bildschirm.

»Tut mir leid. Ich habe viel mit … ein paar neuen Freunden rumgehangen.« Noch während ich es aussprach, wurde mir bewusst, dass es stimmte. Aisha, Bri und sogar Milo waren die Ersten, die ich jemals als Freunde bezeichnet hätte. Ich kannte sie erst seit weniger als einer Woche, aber sie waren nett zu mir, versuchten, mich zum Lachen zu bringen, und haben mich sogar vor bewaffneten Entführern gerettet. Was Freunde halt so machen.

»Freut mich zu hören, Frauchen Zoe. Freunde sind wichtig«, sagte Bari.

Weil ich ein schlechtes Gewissen hatte, kaufte ich ihm ein digitales Leckerli-Paket und gab ihm ein paar Käseknochen, bevor ich das Licht ausmachte und versuchte zu schlafen. Mir war klar, dass sie unmöglich wissen konnten, wo wir wohnten, dennoch hatte ich drei Albträume, in denen Männer in dunklen, kugelsicheren Westen mich packten und versuchten, mich in einen Van ohne Nummernschilder zu verfrachten.

Als ich am nächsten Morgen aufwachte, hatte ich eine Nachricht von Milo. Der Hüpfer, den mein Herz machte, als sein Name auf dem Bildschirm aufpoppte, faszinierte und nervte mich gleichermaßen. Ich durfte jemanden anziehend finden, ohne eine Beziehung mit ihm haben zu wollen. Gegenseitige Anziehung war gesund. Romantische Beziehungen in einer Post-KinTwin-Welt waren es nicht.

Hey. Aisha und Bri wollen Bs Dad am Wochenende nach mehr Infos über Madame Scissor ausquetschen. Ich dachte, wir könnten uns zusammentun und schauen, ob wir online was herausfinden, ohne wieder einer gefakten Fährte zu folgen. Hast du Zeit? 😘

Ich starrte länger auf den Kuss am Ende der Nachricht, als ich zugeben wollte.

Nach einer kurzen, motivierenden Unterhaltung mit Bari, die daraus bestand, dass ich seinen Bauch kraulte und ihm noch mehr digitale Leckerli gab, schrieb ich zurück.

Klar. Kannst zu mir kommen, wenn du magst. Mom ist heute nicht da. Ich schick dir meinen Standort.

Ich entschied mich dagegen, ihm auch einen Kuss zu schicken.

Der erste Samstag im Monat war so ziemlich der einzige Tag, an dem Mom das Haus verließ, und normalerweise war sie lange weg. Der Supermarkt für Überlebensmittel, SaveLife, befand sich im Stadtzentrum, was eine ziemlich weite Fahrt bedeutete. Außerdem hatten wir kaum noch gedörrte Vorräte, und ich wusste, sie würde Stunden mit der Auswahl der einzelnen Lebensmittel zubringen. Als ich meine Vorhänge zurückzog, war das Auto schon weg.

Milo kam eine Stunde später auf seinem BMX an. Der Bewegungsmelder der Kamera an der Klingel machte mich auf seine Anwesenheit aufmerksam und ich erwischte mich dabei, wie ich meine kurzen Haarbüschel glatt strich. Ich fing mich aber noch rechtzeitig und verwuschelte sie wieder, bevor ich die Tür öffnete.

»Was geht?« Milo trug ein blaues Shirt und passende blaue Jeans und yep, da war es wieder, das lästige Herzflattern. Ich holte tief Luft.

»Komm rein. Willst du einen Tee, bevor wir hochgehen?«, fragte ich und trat einen Schritt von der Tür zurück.

»Klar«, antwortete er.

Ich führte ihn in die Küche. Der Wasserkocher war unter einer Packung mit tausend Teebeuteln begraben. Ich nahm zwei heraus und gab sie in Tassen. Mom führte eine Inventarliste, doch selbst sie zählte keine tausend Teebeutel durch. Ihr würde nicht auffallen, dass zwei fehlten.

»Dein Haus ist … sehr interessant«, sagte Milo.

Während wir darauf warteten, dass das Wasser kochte, beäugte er die vollgestopften Regale.

»Wenn das bedeuten soll, dass es seltsam ist, dann wusste ich das bereits«, erwiderte ich. Milos Ohren färbten sich rosa und ich grinste. »Wir sind keine Messies, wir sind Überlebenskünstlerinnen. Wir wollen einfach vorbereitet sein.«

»Auf was?«

»Auf alles«, sagte ich.

Der Wasserkocher schaltete sich ab und ich schenkte Wasser in die Tassen, dann füllte ich sie mit haltbarer Milch auf.

»Also, Überlebenskünstlerin. Deshalb auch der Notfallbeutel?«, fragte Milo und schlürfte seinen Tee.

»Ganz genau.«

»Und ihr wollt echt auf alles vorbereitet sein? Ist das überhaupt möglich?«

»Natürlich nicht. Aber wir versuchen es, so gut es geht«, erklärte ich. Ich deutete auf die Treppe im Flur und Milo folgte mir hoch in mein Zimmer. Wir kamen an noch mehr Regalen vorbei, die unter dem Gewicht der Vorräte ächzten. »Wir versuchen zumindest, uns an die Dreier-Regel zu halten, damit wir im absoluten Notfall gewappnet sind.«

»Die Dreier-Regel?«, fragte Milo.

Wir erreichten mein Zimmer und er warf einen kurzen Blick auf den nackten Fußboden (Teppiche waren Stolperfallen) und die kahlen Wände (hinter Fotos konnte sich Schimmel bilden und dich krank machen, ehe du dich versiehst). Schließlich hockte er sich auf die Kante meines schmalen Bettes und ich setzte mich auf den Drehstuhl vor meinem Schreibtisch.

»Ja. Da wir immer noch KinTwins sind, solltest du sie auch kennen. Die Dreier-Regel ist eine nützliche Richtlinie, die besagt, wie lang man in einer Situation ohne bestimmte grundlegende Dinge überleben kann, in der Reihenfolge ihrer Dringlichkeit: drei Minuten ohne Luft, drei Stunden ohne Unterschlupf in einer rauen Umgebung, drei Tage ohne Wasser und drei Wochen ohne Nahrung. Das mit der Luft ist je nach Situation schwierig zu lösen, aber unser Haus ist komplett neu isoliert und abgekoppelt vom öffentlichen Versorgungsnetz und wir haben immer viel mehr Wasser und Lebensmittel da als nur für drei Tage oder Wochen. Es ist letztlich einfach gesunder Menschenverstand.«

»Klar. Natürlich ist es das«, sagte Milo. »Kann ich dich was fragen? Falls es unangemessen ist, eine Überlebenskünstlerin das zu fragen, musst du auch nicht antworten …«

»Wow, das ist echt großzügig von dir.«

»Haha … Es ist nur … Wie sind du und deine Mom denn dazu gekommen? Weil es, na ja … schon ziemlich ungewöhnlich ist.« Milo stellte seine Tasse ab.

Ich dachte einen Moment darüber nach.

»Es fing an, nachdem Dad gestorben war. Als sein KinTwin das Bewusstsein verlor, wurde er am Steuer auch ohnmächtig, während er mit Vollgas auf der Autobahn fuhr, und na ja, das war's dann. Mom … niemand würde gut damit klarkommen, wenn der eigene Mann mit einer anderen matcht und deshalb stirbt. Sie wollte einfach, dass wir sicher sind und unabhängig davon, was in der Welt passiert, überleben können.«

»Weiß sie denn, wer ihr KinTwin ist?«

»Nein. Und sie würde wahrscheinlich einen Herzinfarkt kriegen, wenn sie von dir wüsste. Ich habe ihr noch nichts von … alldem erzählt«, gestand ich.

Warum war es so schwer, über Milo zu sprechen, wenn er genau vor mir saß und nach würzigem Aftershave und Zahnpasta roch?

»Sie will einfach nicht drüber nachdenken«, fuhr ich fort, »nicht nach dem, was Dad passiert ist. Die KinTwin-Mutation entzieht sich unserer Kontrolle, deshalb versucht sie alles, was sie kontrollieren kann, im Griff zu behalten.« Mir wurde bewusst, dass ich darüber noch nie wirklich nachgedacht hatte. Vor Milo hatte ich noch nie mit jemandem darüber gesprochen. Es kam mir vor, als würde mir ein riesiger Stein von der Brust fallen, und ich war überrascht, wie viel leichter ich mich fühlte.

»Vermisst du deinen Dad?«, fragte Milo. Er trank einen Schluck Tee. »Das musst du übrigens auch nicht beantworten. Sterben ist scheiße. Was dir und deiner Mom passiert ist … ist scheiße.«

»Ich vermisse ihn, trotz allem, was er getan hat. Und … danke. Danke, dass du gefragt hast.« Ich biss mir auf die Lippe. Ich vermisste Dad wirklich, mehr, als ich jemals zugegeben hatte. Ich konnte nicht mit Mom darüber sprechen. Emotionen waren die Feinde der Logik und Logik rettete Leben. Aber vielleicht mussten wir mal darüber reden.

Ich wandte mich beschämt ab, weil mir eine Träne über die Wange lief. *Reiß dich zusammen, Zoe.*

Milo schien zu kapieren, was in mir vorging, und wechselte sofort das Thema.

»Immerhin weiß ich, wo ich hingehen muss, wenn die Zombie-Apokalypse beginnt.«

»Nur, wenn wir bis dahin noch KinTwins sind. Wenn nicht, lasse ich dich nicht rein. Das Infektionsrisiko ist zu groß. Sorry«, sagte ich und drehte mich wieder zu ihm, weil keine Tränen mehr kamen.

»Ich hätte auch nichts anderes erwartet«, erwiderte er und lächelte mich an. Was ich gesagt hatte, machte ihm keine Angst. Er war auch nicht peinlich berührt oder schockiert. Er hörte mir einfach zu. Es war das erste Mal, dass das jemand außer Mom getan hatte. Zumindest bevor Dad gestorben war.

Ich holte tief Luft. »Also, sollen wir anfangen?«

»Hmmm?«

»Madame Scissor. Wir müssen sie finden«, sagte ich.

Milo setzte sich auf, als wäre er gerade aus einem Tagtraum aufgewacht. »Klar. Madame S. Legen wir los.«

Milo hatte sein Tablet dabei und legte sich damit auf mein Bett, während ich an meinem Schreibtisch arbeitete. Ich versuchte auszublenden, dass mein Schlafanzug von letzter Nacht zusammengeknautscht unter dem Kissen war, auf dem jetzt sein Kopf lag, und konzentrierte mich auf meine Suchbegriffe.

Mir fielen die Tipps wieder ein, die Milo mir für die Internetsuche gegeben hatte, und ich entschied, auf der SoulBait-Website zu beginnen. Ich stellte meinen Standort ein, öffnete das Forum, aus dem wir die Infos zu dem Nachtclub hatten, und fand die Kommentare, in denen Madame Scissor erwähnt wurde. Sie kamen alle von Fake-Accounts ohne Profilfotos und mit anonymen

Usernamen, die eine Reihe von Zahlen enthielten. Ich ärgerte mich, dass mir das nicht vorher schon aufgefallen war, aber ich war zu aufgeregt gewesen. Wir mussten sie finden. Immerhin ging es nicht mehr nur noch um Milo und mich. Wir könnten einer Menge Leuten helfen.

Vielleicht könnten wir Mom helfen, wieder raus in die echte Welt zu gehen.

Ich klickte mich zur Suchleiste und gab neue Suchbegriffe ein: MADAME SCISSOR + BEWACHUNG. Dann drückte ich auf Enter.

Es gab zwei Treffer.

Beides waren Antworten auf ein anderes Thema mit dem Titel IST MADAME SCISSOR EINE DER FRAUEN, DIE UNTER BEWACHUNG STEHEN?.

Hmmm. Das war nicht die Art Bewachung, die ich gemeint hatte, aber es konnte ein Hinweis sein. Ich klickte den Link an und stellte fest, dass die neueste Antwort erst vor drei Tagen hinterlassen worden war.

Dem ursprünglichen Post war ein verschwommenes Foto angehängt, auf dem eine Frau am Fenster eines großen Hauses zu stehen schien. Im Vordergrund waren Gitterstäbe zu sehen, als hätte die Person, die es aufgenommen hat, hinter einem Tor gestanden. Durch den Zoom war das Foto unscharf. Die Frau trug ein weißes Kleid und hatte den Mund geöffnet wie bei einem Schrei. Mir lief ein Schauer über den Rücken.

»Oha, alles gut?«, fragte Milo. Er sprang vom Bett, blickte über meine Schulter und massierte sich den Nacken. »Ich hab mich gerade komisch … warst du das? Hast du was … Gruseliges gesehen?«

»Entscheide selbst«, erwiderte ich und drehte den Bildschirm um, sodass wir beide gleichzeitig den Post lesen konnten, der zu dem Foto gehörte.

Da ist dieses Haus in der Straße, wo ich putzen gehe. Sehr schöne Anlage, eingezäunt, Millionärsviertel. Normalerweise ist die Frau da, wenn ich das Haus sauber mache. Sie geht nicht arbeiten und die Kinder sind auf einer Privatschule, sie liegt nur auf dem Sofa rum, wenn ich da bin. Is' mir auch egal eigentlich.

Aber als ich letztes Mal da war, war der Mann auch da. Er ist so ein superbeschäftigter Anwalt und sonst nie da, deshalb hab ich gefragt, wo seine Frau ist. Er sagte, sie ist weggefahren, ich fragte, wie lange, und er wurde total sauer und sagte, dass ich mich aufs Kloputzen konzentrieren soll. Arschloch.

Egal, ich bin mit dem Rad heim und kam an dieser anderen dicken Villa ein paar Häuser weiter vorbei und dachte, ich hab was gesehen, also hielt ich an und ging näher ran. Das ist das beste Foto, das ich machen konnte, bevor so ein Typ in schwarzen Klamotten sagte, ich soll mich verpissen. Ich schwöre, die sieht aus wie die Frau von dem Typen, für den ich putze. Dort waren unfassbar viel Sicherheitsleute und ohne Scheiß, einer von denen hatte eine Knarre. Warum sind die eingesperrt? Und ja, ich hab vorhin 'ne Menge Gras geraucht, aber gebt euch das: Ich glaube, sie halten so ihre Frauen unter Kontrolle, damit sie sich nicht umbringen, wenn ihre Männer bei der

Arbeit sind. Damit sie nicht abkratzen, versteht ihr? Na ja, lasst einen Kommentar da und ich les ihn dann morgen früh, wenn ich nicht mehr so stoned bin. Bis dann.

Zusammenfassung: Ich glaube, dass Millionäre ihre Frauen einsperren, damit sie nicht aus Versehen hopsgehen.

Im zweiten Post, der Antwort eines Fake-Accounts von vor ein paar Tagen, stand bloß:

Bitte. Das ist alles wahr. Ich habe ein Handy gestohlen und weiß nicht, wie viel Zeit ich habe, sonst würde ich mehr erklären. Wenn jemand das liest, hier ist unser Standort. Hilf uns, Madame Scissor. Du schuldest mir was.

Angefügt war ein Pin zu einem Standort auf einer Karte, gut eine Stunde Fahrt entfernt.

»Du hast vielleicht die Antwort gefunden«, sagte Milo und drückte meine Schultern.

Von einem Ohr zum anderen grinsend drehte ich mich zu ihm um und er lächelte zurück, sein Gesicht war nur ein paar Zentimeter von meinem entfernt. Ich hielt seinem Blick stand und für den Bruchteil einer Sekunde hätte ich schwören können, dass er sich nach vorn lehnte. Dann wandte ich mich ab.

»Du schreibst wohl besser Aisha«, nuschelte ich und hoffte, dass er nicht mitbekam, wie schnell mein Herz klopfte.

10

Milo

»Erklärt mir doch bitte mal, warum genau wir an diesem durchgeknallten Plan festhalten?«, fragte Aisha.

Sie und Bri saßen auf der Rückbank meines Autos, Zoe auf dem Beifahrersitz neben mir. Ich war bisher erst einmal allein mit meinem silbernen Mini Cooper gefahren, seit ich gleich bei der ersten Fahrt einem Motorrad hinten reingekracht bin. Mum und Dad hätten mir daraufhin beinahe ein lebenslängliches Fahrverbot erteilt. Zum Glück haben sie es sich dann doch anders überlegt, weil es ein unvergleichliches Gefühl war, hinter dem Steuer eines echten Autos zu sitzen. Nicht in einem dieser langweiligen, selbstfahrenden Dinger.

Ich verstehe, warum sie das Mindestalter fürs Fahren runtergesetzt haben, bin mir aber nicht sicher, dass das dem Bestreben, die Todesrate niedrig zu halten, sonderlich helfen wird. Aber ich bin ja auch nicht der Premierminister. Wie auch immer, die Fahrt zu dem Ort, den der Pin markierte, dauerte fast eine Stunde und ich war froh, dass wir damit bis zum nächsten Tag gewartet hatten.

»Weil die Nachricht zu konkret war, um sie zu ignorieren. ›Hilf uns, Madame Scissor. Du schuldest mir was.‹? Komm schon, Aisha. Hör auf zu motzen.«

Ich bog nach links in eine Seitenstraße ab und die durchschnittliche Größe der Häuser veränderte sich von groß zu gigantisch. Ich wette, dass sogar Zoe zugeben würde, dass ich neben den Leuten, die darin wohnten, arm wirkte. Man sollte ja meinen, das Dearly-Departed-Syndrom würde uns alle gleichmachen, aber das war hier nicht der Fall. Nicht ein Haus war verrammelt. Alles sah aus wie aus einem Magazin. Schätze, das Erbe all der toten, reichen Leute musste irgendwohin fließen.

»Ja, aber sie wurde von einem Fake-Account aus geschrieben. Es gab keine anderen Nachrichten, nichts. Könnte auch eine Falle sein.«

»Dafür fühlt es sich aber zu willkürlich an. Es gab keine weiteren Antworten, der Post war nicht so erfolgreich wie der andere davor. Wir sollten zumindest nachschauen gehen«, sagte Zoe.

Aisha seufzte und verschränkte die Arme. Bri starrte aus dem Fenster. Nach dem Vorfall im Club waren wir alle zu Recht angespannt.

Ich warf einen Blick aufs Navi und stellte fest, dass der Pin aus dem Forum auf ein Haus auf der Straße links von mir verwies, deshalb parkte ich und wir gingen zu Fuß weiter.

Gut, dass wir das Auto abgestellt hatten, denn hinter der nächsten Ecke wären wir gar nicht weitergekommen. Am Ende der Straße befand sich ein riesiges Tor mit alten Wachhäuschen zu beiden Seiten. An jeder Ecke der Wachhäuser waren Kameras installiert, doch außer einer Gruppe Männern in reflektierenden Warnwesten, die in der Nähe eine Wand strichen, war niemand zu sehen. Es war total warm und wir trugen Hosen mit Camouflage-Muster, auf die Aisha bestanden hatte, weil wir ja vielleicht wieder durch eine Hecke kriechen mussten wie am KinTwin-Discoveries-Center und sie sich nicht die Beine zerkratzen wollte. Auffälliger ging's echt nicht mehr.

»Na klasse. Und jetzt?«, zischte Bri. Wir hockten im Gebüsch an der Straßenecke.

Denk nach. Ich sah mich um und überlegte, was uns zur Verfügung stand, als mich eine der reflektierenden Warnwesten blendete. Wie das Neon-Make-up im Nachtclub. Dort konnte man uns auf den Kamerabildern nicht richtig sehen, aber was, wenn wir diesmal gesehen werden *wollten*?

»Aisha, ich brauche noch mal deine unnachahmlichen Flirtkünste«, sagte ich.

Sie warf sich das Haar über die Schulter. »Wie charmant. Aber ich geb mir Mühe. Was soll ich tun?«

Ich erklärte ihr meinen Plan und sah, wie die Augen der anderen aufleuchteten, als es bei ihnen klick machte. Als Zoe zustimmend nickte, schlug mein Magen Purzelbäume. Natürlich nur, weil sie normalerweise so schwer zu beeindrucken war. Das war alles, nichts weiter. Sie schenkte mir ein schiefes Lächeln. Eine Haarsträhne, die sie sich hinters Ohr gesteckt hatte, löste sich, und es kostete mich große Willenskraft, sie nicht wieder hinter ihr Ohr zu streichen.

»Okay bereit? Dann los«, sagte ich.

Bri und Zoe blieben, wo sie waren, während Aisha über die Straße zu den Arbeitern hüpfte, die die Mauer strichen. Sie waren an einer Ecke angekommen, die sich gerade so außer Sichtweite der Kameras befand, und weil es so heiß war, hatten die meisten der Männer ihre Shirts und sogar ihre Warnwesten ausgezogen. Ihre Arbeitskleidung inklusive der Schutzhelme lag auf einem Haufen am Straßenrand.

Aishas Ablenkungstaktik war mal wieder erstklassig.

»Entschuldigung«, rief Aisha.

Alle acht Arbeiter wandten sich ihr zu und ein oder zwei grinsten, was mir echt übel aufstieß, aber ich musste konzentriert bleiben.

»Könnten Sie mir sagen, wo der nächste Supermarkt ist? Ich hab mich total verlaufen.«

In Windeseile legten die Männer ihre Werkzeuge weg und gingen zu Aisha. Manchmal wünschte ich, Männer wären nicht so vorhersehbar, wie Aisha immer behauptete. Heute allerdings nicht.

Es dauerte nur eine Minute, mich um die Ecke zu schleichen, mir vier Westen und vier Schutzhelme zu schnappen und mich zurück zu Zoe und Bri ins Gebüsch zu stehlen. Dann hielt ich eine Hand als Zeichen für Aisha hoch.

»Oh, da fällt mir ein, ich muss gar nichts mehr einkaufen. Tschaaaaaaaui!« Aisha winkte den Männern zu, die sich verwirrt am Kopf kratzten.

Wir dachten schon, dass wir es geschafft hatten, als Bri einen Helm fallen ließ und das Geräusch vom heißen Asphalt widerhallte. Ich verzog das Gesicht und warf einen Blick zu der Stelle, wo Aisha gerade noch gestanden hatte.

»Ey, die klauen unser Zeug!«, rief einer der Arbeiter.

Er deutete auf uns.

Für einen Sekundenbruchteil bewegte sich niemand.

»Rennt!«, brüllte ich. Das musste man uns nicht zweimal

sagen. Ich hob den Schutzhelm auf, der heruntergefallen war, und wir nahmen die Beine in die Hand. Zum Glück waren wir alle ziemlich schnell und hängten die Arbeiter nach ein paar Minuten ab, aber wir mussten uns trotzdem hinter ein paar Autos verstecken, bis sie aufhörten, nach uns zu suchen. Kurze Zeit später gingen sie fluchend und schimpfend zurück an die Arbeit.

»Denkt ihr, dass sie uns melden?«, keuchte Bri. »Ist unsere Tarnung aufgeflogen?«

Zoe zuckte die Achseln. »Vielleicht, aber wahrscheinlich werden sie nicht gut genug bezahlt, als dass es sie wirklich kümmert. Außerdem denken sie bestimmt, dass wir sie nur ärgern wollten. Trotzdem … wir sollten versuchen, uns zu beeilen, falls sie vielleicht doch noch Alarm schlagen.«

»Klingt perfekt«, murmelte ich. Wir klopften unsere Kleidung ab und ich reichte Aisha einen Schutzhelm und eine Weste. »Gute Arbeit, A. Wird es jemals langweilig zu beweisen, wie furchtbar Männer sind?«

»Nicht wirklich«, antwortete Aisha und sogar Zoe musste darüber lächeln.

Wir erhoben uns, frisch in unsere Arbeitskleidung geworfen, und begutachteten einander. Aisha wischte etwas Farbe von Bris Schulter und mir fiel auf, dass Zoes Helm viel zu groß für sie war.

»Darf ich?«, fragte ich auf den Helm deutend und sie nickte.

Ich zog an dem Plastikriemen neben ihrem Haaransatz, bis er strammer war, dann nahm ich ihr Gesicht in beide Hände und prüfte, ob der Helm gerade saß. Und dann starrte ich irgendwann nur noch in diese riesigen Augen und sie starrte in meine und ich hatte das Gefühl, dass mein Herz aufgehört hatte zu schlagen.

Aber wenn das so gewesen wäre, wären wir natürlich beide tot umgefallen.

»Okay, jetzt sitzt er richtig«, sagte ich nach gefühlt einer Million Jahren. Was war in letzter Zeit nur mit mir los? Zoe und ich waren das komplette Gegenteil voneinander. Und gerade sah sie genauso peinlich berührt aus, wie ich mich fühlte. Ich musste mich wieder einkriegen. Wir mussten Leben retten. »Lasst uns gehen.«

Die Wachmänner hielten uns nicht mal an. Einer in einer blauen Uniform schaute kurz auf, nickte und drückte dann den Knopf, der das Tor öffnete. Als wir hindurchgegangen waren, holte ich mein Handy raus, um zu sehen, wo sich der Pin vom Nachrichtenbord befand: drei Häuser weiter.

»Wow. Man kann sich wohl alles erlauben, wenn man so eine anhat, oder?« Bri zupfte an ihrer Warnweste.

»Yallah. Können wir uns bitte beeilen? Ich finde das hier echt unheimlich«, sagte Aisha. Sie deutete auf das erste Haus zu unserer Linken, das doch tatsächlich einen weißen Lattenzaun besaß.

»Ich dachte eigentlich, dass es die nur in amerikanischen Filmen gibt«, sagte Zoe, als hätte sie meine Gedanken gelesen.

Vielleicht sind wir doch nicht *so* verschieden. Sie fing meinen Blick auf und ich lächelte sie an. Warum wurde mir dabei schwindelig?

Wir erreichten das dritte Gebäude, das mit dem Orts-Pin, und ich rief das verschwommene Foto auf, um sicherzugehen, dass wir vor dem richtigen Haus standen. Auf dem Bild waren ein schwarzes Tor und ein weißes Fenster mit weißen Gittern davor zu sehen, die zu dem Haus am Ende der langen Einfahrt vor uns passten. Bingo.

»Und was jetzt?«, zischte Aisha und nickte in Richtung der Gitterstäbe und der Sicherheitskamera am Eingangstor. Instinktiv zogen wir uns alle die Helme tiefer ins Gesicht.

»Wir machen so weiter wie bisher. Nicht verstecken, mutig sein«, sagte Zoe. Sie straffte die Schultern, schlenderte zum Tor und drückte den silbernen Knopf, der in den Pfosten eingelassen war.

»Was?«, blaffte eine schroffe Stimme am anderen Ende.

»Hallo, Sir. Der Wartungsdienst hier zur Inspektion«, antwortete Zoe.

Aisha bekam einen Lachanfall, deshalb verdrückten sie und Bri sich außer Sichtweite der Kamera.

»Was für eine Inspektion?«

»Oh, die jährliche Inspektion, Sir? Um den Strom zu prüfen … die Sicherungen … all so was«, sagte ich.

Zoe ließ den Knopf los, um die Verbindung zu unterbrechen. *Was sollte diese komisch verstellte Stimme?,* formte sie mit den Lippen.

Ich hab bloß versucht, wie ein Handwerker zu klingen, gab ich lautlos zurück. Zoes Blick nach zu urteilen, hatte es nicht geklappt.

»Ich weiß nichts von einer Inspektion«, schepperte die blecherne Stimme aus dem Lautsprecher.

Zoe drückte wieder auf den Knopf. »Wir haben den Gentleman, der hier wohnt, darüber informiert. Tut mir leid, dass er es Ihnen nicht gesagt hat. Als wir das letzte Mal nicht reingelassen wurden, um die Inspektion vorzunehmen, hat er alle Angestellten entlassen. Aufbrausendes Gemüt, wurde mir gesagt. Aber wenn Sie sicher sind, dass sie uns nicht rein…«

»Moment. Eine Inspektion, sagen Sie?« Die Stimme im Lautsprecher stockte. »Na gut. Aber beeilen Sie sich. Jemand wird Sie an der Eingangstür empfangen. Gehen Sie die Einfahrt rauf, aber keine krummen Dinger, verstanden?«

»Würde mir im Traum nicht einfallen«, sagte ich, als er uns vier einließ.

Wir liefen die gepflegte Einfahrt hinauf und vorbei an einigen Gärtnern, die sich um den Rasen kümmerten, der sich so weit erstreckte, dass wir ihn nicht ganz überblicken konnten. Das Haus war, genau wie es der Verfasser des Ausgangsposts geschrieben hatte, eine riesige Villa, alles war funkelnagelneu und aus Glas und Stahl.

Ein Typ in einem schwarzen Anzug empfing uns an der Tür und führte uns in eine imposante Eingangshalle mit einem Kronleuchter und einer doppelläufigen Treppe. Es war der weißeste Raum, in dem ich jemals gewesen bin. Selbst der Teppich war so weiß wie der geflieste Boden, sodass ich ihn fast nicht gesehen hätte.

»Für Elektriker seht ihr aber ganz schön jung aus«, sagte der Typ im Anzug naserümpfend.

»Wir sind in der Ausbildung. So cool, dass wir hier sein dürfen«, entgegnete Aisha.

Ich hielt die Luft an und Zoes Augen traten hervor. Sie sah aus, als würde sie Aisha am liebsten erwürgen.

»Okay. Aber beeilt euch. Ich hab viel zu tun und will nicht den Babysitter für euch spielen müssen.« Der Anzugmann drehte sich auf dem Absatz um und ging durch den Flur zu einem Einbauschrank. »Hier ist der Sicherungskasten für das Haus. Braucht ihr sonst noch was? Gut«, sagte er, bevor wir etwas antworten konnten.

Er stürmte durch eine andere Tür im Flur davon und wir waren uns selbst überlassen.

»Hab mich noch nie so unsichtbar in Neongelb gefühlt«, bemerkte Bri und zupfte erneut an ihrer Weste.

»Ja, das war echt wild«, stimmte ich zu. Dann öffnete ich den Schrank und starrte auf die Reihen von Schaltern vor mir, von denen jeder mit einer Beschriftung wie BADEZIMMER WESTFLÜGEL oder HAUSWIRTSCHAFTSRAUM versehen war. »Hat jemand eine Ahnung, wo wir anfangen sollen?«

»Na ja, du könntest damit beginnen, den wieder zu schließen«, spottete Aisha. »Wir tun nur so, als wären wir Elektriker, schon vergessen?«

»Wartet«, sagte Zoe. Sie beugte sich vor und legte ihre Hand auf meine, um mich davon abzuhalten, die Schranktür zu schließen.

Ich war wie berauscht, als wäre mir schwindelig geworden, nachdem ich zu schnell aufgestanden war, und es kostete mich alle Selbstbeherrschung, nicht ihre Finger mit meinen zu verschränken. *Sie hat kein Interesse, kapiert? Wir riskieren gerade buchstäblich unser Leben, um zu beweisen, wie wenig Interesse sie hat.*

»Seht euch das an.« Zoe nahm ihre Hand weg und mein Puls normalisierte sich wieder. »Die Beschriftung über der zweiten Schalterreihe. ›Zellen zweiter Stock‹. Was ist wohl mit Zellen gemeint? Kleine Zimmer? Oder richtige Gefängniszellen, in denen vielleicht Leute eingesperrt sind?«

»Gibt nur einen Weg, das herauszufinden«, erwiderte Aisha. »Bri und ich bleiben hier und tun beschäftigt. Ihr geht hoch und schaut euch um. Dann können wir uns überlegen, was wir machen.«

Ich sah zu Zoe, die nickte. Es war so, wie wenn ich mich wortlos mit Aisha verständigte, und es fühlte sich fantastisch an. Wir stiegen sofort die Treppen hoch (nicht mal die Reinigungskräfte wollten wissen, wer wir waren, sobald sie unsere Warnwesten sahen), bis wir im zweiten Stock der Villa ankamen.

Obwohl das Haus so groß war, war sofort klar, wohin wir gehen mussten. Der Flur zu unserer Linken wurde von einer riesigen Metallwand versperrt, in die eine Tür eingefasst war, die mehr zu einem Tresor in einer Bank als in ein Wohnhaus gepasst hätte. Ein digitales Tastenfeld an einer Seite der Tür wies darauf hin, dass wir einen Code brauchten.

»Und jetzt?«, fragte ich Zoe und deutete darauf. »Du hast nicht zufällig einen Lasercutter in deinem Notfallbeutel, oder?«

Sie dachte einen Moment lang nach und biss sich auf die Unterlippe. Ich sah weg. Wer gab ihr das Recht, dabei so gut auszusehen?

»Warte«, sagte sie und holte ihr Handy raus. Sie tippte auf einen Namen im Telefonbuch und hielt es sich ans Ohr. »Aisha? Ja, wir sind oben, aber eine elektronisch verriegelte Tür blockiert den Weg. Siehst du die Schalterreihe, die mit »Zellen« beschriftet ist? Gibt es da einen, über dem so was wie »Tür« steht oder … genau, super. Leg den mal um, das sollte keinen Einfluss auf das restliche Haus haben.«

Ich sah zu, wie das Bedienfeld an der Tür schwarz wurde.

»Hat geklappt. Danke, Aisha. Wir sind gleich zurück.« Zoe legte auf und sah mich an.

»Wow. Vielleicht könnten wir wirklich Ausbildungsplätze als Elektriker bekommen«, scherzte ich.

Wie immer versuchte Zoe, nicht zu lachen, und ließ das Kompliment mit einem Schulterzucken an sich abprallen. »Möglich. Wir sollten schauen, ob sich die Tür öffnen lässt. Ich weiß allerdings nicht, ob im Falle eines Stromausfalls ein Alarm ausgelöst wird, also haben wir vielleicht nicht viel Zeit.«

Ich erstarrte. »Sag das noch mal?«

Zoe zuckte mit den Schultern. Sie war immer der Inbegriff von Gelassenheit und es half, meinen Puls zu beruhigen. »Ich hab natürlich keine Ahnung, aber so würde ich es machen, wenn ich eine Gruppe Frauen gefangen halten würde. Komm, beeilen wir uns einfach.«

Darum musste sie mich nicht zweimal bitten. Ich drückte gegen die Tür, die zwar unfassbar schwer und dicker als meine Hüfte war, sich aber öffnen ließ. *Huh.* Eins zu null für Zoe.

Im Korridor dahinter befand sich eine Reihe von Metalltüren, was richtige Gefängnis-Vibes versprühte. Am Ende war ein von außen mit weißen Gittern versehenes Fenster, wo die Frau auf dem Foto gestanden haben musste, als der Reinigungstyp es machte.

»Yep, das hier kommt mir echt vertrauenswürdig vor. Überhaupt nicht angsteinflößend«, murmelte ich.

Zoe sagte nichts und bedeutete mir, zur ersten Tür zu kommen. Darin war ein kleines Fenster eingelassen wie in einem U-Boot oder so und dahinter befand sich ein weitläufiges Zimmer. Es gab ein Himmelbett, einen riesigen Fernseher, eine kleine Küche, einen Essbereich, einen Kronleuchter wie der in der Eingangshalle und der gesamte flauschige rote Teppich war von haufenweise Designerklamotten übersät.

Wir wollten gerade weitergehen, als das Gesicht einer Frau am Fenster erschien, die sich gegen die Tür warf. Das Geräusch, das dabei entstand, war so laut, dass ich instinktiv meinen Arm vor Zoe hielt, um sie zurückzudrängen.

»Helft mir«, rief die Frau, ihre Stimme wurde vom Glas gedämpft. Ihre Augen traten hervor und ihre Haut war bleich wie bei jemandem, der nicht oft rausging. Ihre Haare waren ein wildes Nest aus Knoten und verfilzten Strähnen. »Bitte, helft uns. Ich weiß, dass es unglaubwürdig klingt, aber wir werden gegen unseren Willen hier festgehalten, unsere Männer, sie haben den Verstand verloren …«

»Wir wissen, warum Sie hier sind, und wir glauben Ihnen. Wir sind hier, um Sie rauszuholen«, versicherte Zoe.

Eine Träne rollte die Wangen der Frau herab und sie entspannte sich sichtlich.

Zoe und ich hievten die Tür auf, die Frau taumelte auf den Boden des Korridors und starrte ungläubig unsere Schuhe an. Der starke Geruch nach teurem Parfüm hing in der Luft ihres … Schlafzimmers? Ihres Gefängnisses? Schwer zu sagen.

»Sie glaubten, es würde uns bei Laune halten, wenn sie uns teure Dinge geben, aber … wir wollen nur unsere Freiheit«, sagte die Frau. Ihre Stimme klang heiser, als hätte sie geschrien oder lange nicht mehr mit jemandem geredet. Schließlich sah sie zu Zoe auf. »Hat Madame Scissor euch geschickt?«

»Nein. Wir hatten gehofft, dass Sie uns sagen können, wo sie ist. Wir haben im Internet eine Nachricht gelesen, dass sie jemandem etwas schuldet?«

Die Frau lächelte, ihre Zähne so weiß und perfekt, dass sie zu der Perlenkette um ihren Hals passten.

»Ich habe sein Handy gestohlen. Ich musste mich beeilen … zum Glück hat es geklappt.«

Sie ergriff Zoes Hand und ich machte einen Schritt auf sie zu, um einzuschreiten, aber Zoe wedelte mich weg.

»Madame Scissor war unsere Freundin. Sie konnte entkommen, bevor … Wenn ihr uns befreit, erzähle ich euch alles. Ich sage euch, wo ihr sie finden könnt.« Diesmal sah die Frau auch mich an, in ihren Augen standen Tränen. »Aber wie kommen wir hier raus?«

Zoe schaute mich an und ich fühlte, wie sich die flehenden Blicke der beiden in mich bohrten. Ich betrachtete meine Warnweste und zermarterte mir das Hirn auf der Suche nach einem Plan.

Wir gehen genauso raus, wie wir reingegangen sind. Vor aller Augen.

»Keine Sorge, Miss …?«

»Celeste«, antwortete die Frau. »Ich heiße Celeste.«

»Keine Sorge, Celeste. Wir verdienen es, durch die Eingangstür zu gehen, findest du nicht auch?«

Zoe hob eine Augenbraue, als ich mein Handy rausholte, Social Media öffnete und einen Livestream startete. »Fünftausend Augenpaare werden uns schützen, oder, Zo?«, fragte ich und zeigte auf die Zahl meiner Follower in der Ecke. Zu spät wurde mir bewusst, dass ich ihr soeben einen Spitznamen verpasst hatte, doch sie lächelte bloß.

»Das … ist echt genial. Dann nichts wie los«, sagte Zoe. Sie deutete sogar ein Winken in die Kamera an, als ich das Handy hochhielt.

Wir wuchteten die anderen Türen auf und fanden acht weitere Frauen, die alle in ähnlich absurden goldenen Käfigen eingesperrt waren wie Celeste. Als wir die Treppen hinabliefen, hatten sich über sechstausend Leute zugeschaltet, um unsere Rettungsaktion zu verfolgen, und die Kommentare wurden schneller getippt, als wir sie lesen konnten.

WAS ZUR HÖLLE ist da los?

Geht es nur mir so oder ist das das schickste Gefängnis, das ich jemals gesehen habe?

Weiter so, Milo!

Wer ist das Mädchen?

Aisha und Bri waren ziemlich überrascht, als wir mit neun zerzausten Frauen in Designerklamotten zurückkamen, aber ihnen dämmerte schnell, was gerade passierte.

»Was willst du dagegen machen? Verschwinde, Kumpel«, brüllte Aisha dem Anzugmann ins Gesicht, der in die Eingangshalle gekommen war, um nachzusehen, wo der Lärm herkam.

Er musste uns gehen lassen, denn es war bereits zu spät. Wir streamten das Beweismaterial live in die ganze Welt. Wir lachten und jubelten und tanzten den gesamten Weg über bis zum Eingangstor des Wohnkomplexes.

11

Zoe

Es war drei Tage her, seit wir die »NEUN JUWELENBEHANGENEN GEFANGENEN«, wie die Presse sie nannte, gerettet hatten.

Milo, Aisha und Bri wurden so mit Interviewanfragen überschüttet, dass sie kaum noch das Haus verlassen konnten. Weil sie nicht riskieren wollte, dass eine Journalistenmeute den dreien bis auf den Sportplatz folgte, stellte die Schule uns sogar frei und schickte uns die Unterrichtsmaterialien nach Hause. Das Videomaterial war auf Milos Social-Media-Account abrufbar und wurde überall auf SoulBait geteilt. Selbst die vagen Verweise auf Madame Scissor, die wir bereits gefunden hatten, gingen dadurch vollständig unter.

Sobald wir in Sicherheit waren, hatten wir die Polizei gerufen und die befreiten Frauen wurden umgehend ins Krankenhaus gebracht. Die polizeilichen Ermittlungen bezüglich der Ehemänner liefen noch. Natürlich war keiner von ihnen gut auf uns zu sprechen, aber Milos Einfall, alles zu filmen, machte sich bezahlt. Die ganze Welt hatte ihre Augen auf uns gerichtet und sie konnten nichts gegen uns unternehmen. Wir waren unantastbar.

Außerdem hätten sie es sich besser zweimal überlegen sollen, ihre Frauen einzusperren, wenn sie es selbst so scheiße fanden, hinter Gittern zu sitzen. Aisha würde das wohl Karma nennen.

Meine ausgeprägte Anonymität in der Schule übertrug sich scheinbar auch auf virale Videos. Meine Lehrerinnen und Lehrer hatten mich zwar ebenfalls zum Lernen nach Hause geschickt, aber falls mich jemand von meinen Mitschülern erkannt hatte, dann sagte niemand was, denn nur Bri, Aisha und Milo wurden um Interviews gebeten. Um ehrlich zu sein, hätte ich locker in die Schule gehen können, wenn ich gewollt hätte, aber Mom war es immer lieber, wenn ich zu Hause war. Hilfreich war auch, dass ich niemandem meinen Namen gesagt hatte und meinen Social-Media-Account nur nutzte, um meine Mitschüler zu stalken, statt selbst etwas zu posten. Daher stürzten sich die Journalisten nur auf die anderen drei, die bereits lokale Berühmtheiten waren, noch bevor sie in den landesweiten Nachrichten gezeigt wurden. Mom war hocherfreut, von alldem nicht behelligt zu werden. Sie hatte mir für meinen Mut anerkennend zugenickt, mir danach aber über eine Stunde lang einen Vortrag darüber gehalten, wie leichtsinnig wir gewesen waren und was uns alles Schlimmes hätte passieren können. Seit ihre Wut verraucht war, hatten wir nicht mehr als ein paar Worte miteinander gewechselt.

Glücklicherweise hielt sich Celeste an ihren Teil unserer Abmachung. Natürlich hätten wir die Frauen auf keinen Fall zurückgelassen, nachdem wir merkten, was dort abging, aber sie hatte mir versichert, dass sie Madame Scissor kannte. Nachdem sie aus dem Krankenhaus entlassen worden war, bat sie mich um ein Treffen in einem Café. Ich schrieb Milo und den anderen, aber die Journalistenmeute tummelte sich immer noch vor ihren Häusern und sie konnten sich nicht unbemerkt davonstehlen. Also machte ich mich allein auf den Weg, um mich mit Celeste zu treffen.

Das Café befand sich auf der Seite der Stadt, die vom Flugzeugabsturz und der Massenkarambolage in der Woche davor verschont geblieben war, weshalb die Straßen nicht gesperrt waren und ich pünktlich ankam. Die Polizei hatte ihre Ermittlung dazu so beendet wie immer: Sie stellte fest, dass es sich um einen traurigen Fall des Dearly-Departed-Syndroms handelte, schrieb einen Bericht und beseitigte fix das Chaos, damit die Leute die Sache schnell vergessen konnten.

Unterwegs war ich an einem Laternenmast vorbeigekommen, der mit Blumen und Karten dekoriert war, und nachdenklich stehen geblieben. Im Gegensatz zu vielen anderen hatte ich überlebt. Und für jede Person, die gestorben war, starb auch ein KinTwin. Wie viele Menschen blieben verwaist oder ohne Freunde und allein zurück? Ich dachte immer, dass das Alleinsein meine beste Überlebensstrategie sei, aber laut Bari hatte eine Studie kürzlich herausgefunden, dass Einsamkeit in vierundfünfzig Prozent der Fälle für die Entwicklung einer psychischen Krankheit verantwortlich war. Vielleicht war allein zu sein nicht die Lösung. Vielleicht konnten Milo und ich Madame Scissor finden und allen dieses Schicksal ersparen.

Als ich das Café betrat, saß Celeste wie vorher per Nachricht angekündigt in der hintersten Ecke und trug einen geblümten Schal. Ich konnte ihr nicht verübeln, dass sie nach der Tortur mit dem viralen Video nicht weiter im Rampenlicht stehen wollte, auch wenn sie sagte, dass sie Milos Gründe dafür verstehen konnte.

Ich bestellte eine Flasche Wasser (immerhin stand Koffein in direktem Zusammenhang mit 25 Prozent aller diagnostizierten Herzerkrankungen) und setzte mich ihr gegenüber.

»Ich freue mich sehr, dich wiederzusehen.« Jetzt, da Celeste nicht mehr hinter einer dicken Metallwand eingesperrt war, klang ihre Stimme beinahe samtweich, mit einem Akzent, den man aus dem Mund eines Filmstars aus den 1950ern erwarten würde. Sie trug immer noch die Perlenkette und den wilden Busch auf ihrem Kopf hatte jemand zu einem schicken Bob gestutzt.

»Finde ich auch. Freiheit steht dir«, sagte ich.

Celeste verzog die rot geschminkten Lippen zu einem Grinsen. »Das stimmt. Und ich verdanke dir mein Leben. Da ich tief in deiner Schuld stehe, erzähle ich dir, was ich weiß, damit ihr meine alte Freundin Nina finden könnt.«

»Ist das Madame Scissors echter Name?«, wollte ich wissen. Ich holte mein Handy raus und öffnete die Notizen-App. »Wie lautet ihr Nachname?«

»Damit würde ich zu viel verraten.« Celeste tippte sich an die Nase. »Ich kann dir nicht alle Informationen anvertrauen, noch nicht.«

Ich öffnete den Mund, um zu widersprechen, aber Celeste hob einen ihrer perfekt manikürten Finger und ich ließ sie weiterreden.

»Ihr Mann war sehr böse. Du glaubst, unsere waren schlimm, weil sie uns in der Villa eingesperrt haben? Ninas Mann war sozusagen der ultimative schlimme Ehemann.« Sie nippte an ihrem Kaffee. »Wir waren Nachbarinnen, bevor die KinTwin-

Mutation entdeckt wurde. Ihr Mann arbeitete für ein Wasserwerk und schaffte es irgendwie, ein Handelsmonopol für das ganze Land zu kriegen, neben einer Reihe anderer Geschäfte, denen er nachging. Er ließ den Rest von uns arm aussehen. Wie auch immer, Nina erzählte uns, dass sie ihn verlassen wollte, und dann war sie plötzlich verschwunden. Er kurz darauf auch. Hat am nächsten Tag seine Sachen gepackt und wir haben ihn nie wiedergesehen.«

»Woher weißt du dann, dass sie ihn verlassen hat? Ich meine, woher weißt du, dass sie nicht mit ihm mitgegangen ist?«, fragte ich.

»Weil Nina mir eine Postkarte geschickt hat. Da stand natürlich nichts drauf, aber sie hatte eine Briefmarke. Battersea Kraftwerk. Sie kam ein paar Monate, nachdem die KinTwin-Mutation entdeckt wurde. Die Welt war logischerweise in Panik verfallen und ich wunderte mich, dass die Karte überhaupt bei mir angekommen war. Sie hatte einen Bruder, der dort unten wohnte, weißt du. Er besuchte sie ab und zu und wir unterhielten uns dann oft bei ein paar Drinks …« Celeste verstummte, in Gedanken versunken.

»Du glaubst also, dass sie dir die Karte geschickt hat, um dich wissen zu lassen, dass es ihr gut geht? Dass sie entkommen ist?«, fragte ich in drängendem Tonfall.

Celeste nickte.

»Und warum bist du so sicher, dass es sich bei Nina und Madame Scissor um dieselbe Person handelt?«, fragte ich weiter.

Das schien sie aus ihren Gedanken zu reißen. Celeste lachte und stellte ihre Tasse ab. »Weil Madame Scissor kein Spitzname ist, den diese Trottel auf SoulBait ihr verpasst haben. Ich habe sie so genannt. Nina ist Französin, sie designte ihre eigene Klamottenlinie, bevor ihr Mann Millionen verdiente. Sie änderte und schneiderte Kleidung für alle Frauen in der Nachbarschaft. Wenn man etwas tout de suite anpassen lassen musste, ging man damit zu Madame Scissor.«

Ich sah sie überrascht an. Ich war davon ausgegangen, dass Madame Scissor eine Anspielung darauf war, dass sie irgendwie das KinTwin-Band »durchschnitt«. Es war mir gar nicht in den Sinn gekommen, dass es mit etwas anderem zu tun haben könnte.

»Alles klar. Und jetzt ist sie in Battersea?«, erkundigte ich mich, sobald ich mich wieder gefangen hatte.

»Das weiß ich nicht«, antwortete Celeste. Sie trank den Rest ihres Kaffees und stand auf. »Aber wenn ich raten müsste, wo man sie finden könnte, dann würde ich auf dort tippen. Ich habe keine Adresse, aber vielleicht könntest du vor Ort nach einer französischen Schönheit namens Nina fragen. Ich bin nicht in der Lage zu einer solchen Reise. Aber wenn sie nach ihrem Weggang ein Match mit ihrem entsetzlichen Ehemann hatte und es dann geschafft hat, ihn endgültig zu verlassen und das Seelenband aufzulösen … dann würde sie sich genau dort verstecken. Sie war definitiv schlau genug dafür.«

Celeste hängte sich ihre Chaneltasche über die Schulter. »Wenn ihr sie findet und herausbekommt, wie man ein KinTwin-Match auflösen kann, ruf mich an. Mein Mann verrottet in einer Gefängniszelle und ich habe noch mein ganzes Leben vor mir.« Sie gab mir ein Küsschen rechts und links und verließ das Café.

Die zerlumpte, einsame Frau, die ich erst vor wenigen Tagen gerettet hatte, schien ihr Leben komplett umgekrempelt zu haben. Hoffentlich zum Guten.

Auf dem Heimweg rief ich Milo an und berichtete ihm alles.

»Sie hat also keine Adresse für uns, verrät uns den Nachnamen nicht und hat ein riesiges Gebiet in London genannt, das wir durchkämmen sollen?« Milo seufzte so laut, dass es in der Leitung knisterte. »Echt super. Das war das letzte Mal, dass ich eine Villa voller bewaffneter Wachleute stürme, um einen Haufen reicher Frauen zu retten.«

»Das meinst du nicht so«, sagte ich. Als Antwort folgte ein weiterer Seufzer. »Und fairerweise weiß sie gar nicht, wo diese Nina wohnt. Ich glaube, sie macht sich Sorgen um sie, nach allem, was passiert ist. Ich hatte das Gefühl, dass sie versucht hat herauszufinden, ob wir mehr wissen, als wir zugegeben haben, folglich behielt sie den Nachnamen für sich. Trotzdem haben wir eine Menge Infos. Ich glaube, wir sollten nach Battersea fahren und ihnen nachgehen.«

»Folglich?«, gab Milo zurück. »Okay, Sherlock Holmes, mach mal langsam. Wir wissen nicht mal, ob diese Klamottendesignerin wirklich Madame Scissor ist. Ja, es wäre schon ein großer Zufall, aber trotzdem. Außerdem: Wie kommen wir nach London?«

»Mit dem Zug?«, schlug ich vor.

»Sehr witzig. Nicht mit der Presse in meinem Vorgarten. Ich werde sofort umzingelt, selbst wenn ich Hundekacke zum Müllcontainer bringe.«

Das war ein nicht ganz unwichtiger Punkt.

»Überlass das mir. In der letzten Mail von der Schule stand, dass sie für ein paar Tage schließt, damit alle zu den Gedenkfeiern für die Opfer des Flugzeugabsturzes und des Unfalls gehen können. Damit haben wir schon mal eine Sache weniger, um die wir uns kümmern müssen, wenn wir runter nach London fahren.

Ich denk mir noch was aus, wie wir mit deinen Journalisten fertigwerden können.«

»Miss Quinn, sagst du mir etwa gerade, dass ich dir vertrauen soll?«, fragte Milo. Etwas an seinem spielerischen Tonfall ließ mein Herz hüpfen und ich war froh, dass er nicht sehen konnte, dass ich lächelte.

»Vielleicht. Tust du es?«

»Ich würde dir mein Leben anvertrauen. Nicht, dass ich eine Wahl habe, natürlich«, erwiderte er, ohne zu zögern. »Aber vermutlich würde ich dir auch dann vertrauen, wenn ich die Wahl wieder hätte.«

Ich legte auf und versuchte, das ununterbrochene Vibrieren der Uhr an meinem Handgelenk zu ignorieren. Jetzt ging das sogar schon los, wenn ich bloß mit Milo telefonierte. Vielleicht war das Teil eines KinTwin-Matches und würde aufhören, sobald wir es rückgängig gemacht hatten.

Vielleicht.

Als ich nach Hause kam, wartete Mom im Flur auf mich.

»Zoe, warum kriege ich dauernd Benachrichtigungen über deinen Puls?« Sie deutete auf ihr Handy. »Hast du neulich deine Lektion bezüglich gefährlicher Aktivitäten nicht gelernt? Wo warst du gerade?«

»Das weißt du sicherlich, da du mein Handy orten kannst, Mom«, gab ich zurück. Es kam schärfer raus als beabsichtigt und ich wusste, dass ich einen Fehler gemacht hatte, als ich die Ader auf ihrer Stirn pulsieren sah.

»Verstehst du nicht, warum ich mir Sorgen um dich mache, Zoe?«, fragte Mom. Ihre Stimme klang, als wäre sie kurz davor zu weinen.

»Natürlich verstehe ich das, Mom.«

»Flugzeuge fallen vom Himmel, Leute fallen auf der Straße einfach tot um, Frauen werden in goldenen Käfigen gefangen gehalten. Die Welt ist kein sicherer Ort. Ich will nicht, dass du endest wie dein …«

»Wie Dad?«, beendete ich den Satz für sie. Sie ließ sich aufs Sofa sinken und ich setzte mich neben sie. »Ich verstehe es, Mom. Und ich weiß auch, dass du noch nicht bereit bist, da rauszugehen. Ich weiß, dass du deswegen mein Handy trackst und nicht ins Krankenhaus gekommen bist. Und es ist okay für mich.«

Mom drehte sich zu mir, Tränen standen in ihren Augen.

»Aber *ich* bin bereit. Und ich möchte sehen, was da draußen los ist. Ich muss andere Menschen sehen, bevor es zu spät ist. Verstehst du?«

»Wir haben hier alles. Da draußen gibt es nichts, das wir *brauchen*, Zoe. Ich kümmere mich Tag und Nacht darum, dass wir sicher sind, es uns gut geht und wir alles haben, das zum Überleben nötig sein könnte.«

»Aber ich möchte nicht einfach nur überleben, Mom«, erwiderte ich und jetzt stiegen auch mir Tränen in die Augen. »Ich möchte *leben*.«

Beide schwiegen wir, die Luft schwer von ungesagten Dingen.

»Weißt du«, begann Mom nach einer Weile, so leise, dass es mehr ein Flüstern war, »dein Dad hat mal etwas ganz Ähnliches zu mir gesagt. Sogar bevor er … starb, bevor es KinTwins gab, hatte ich immer Angst davor, dass etwas passieren könnte. Als du geboren wurdest, habe ich das Haus sechs Wochen lang nicht verlassen. Ich ließ nicht zu, dass dein Dad dich mitnahm. Ich war davon überzeugt, dass euch draußen etwas Schlimmes zustoßen würde und wir hier drin sicher waren.«

»Oh, Mom, das wusste ich nicht«, sagte ich und nahm ihre Hand.

Mom zuckte mit den Schultern. »Woher auch? Aber die Sache ist: Du, dein Dad … ihr habt recht. Schlimme Dinge passieren nun mal. Ich kann sie nicht verhindern, indem ich mich hier drin verstecke, genauso wenig wie du. Dein Dad hätte seinen Kin-Twin irgendwann sowieso getroffen, das ist mir jetzt klar. Ich kann gegen das Schicksal nichts ausrichten. Und dich kann ich auch nicht kontrollieren. Es tut mir leid.«

»Nein, Mom, *mir* tut es leid. Ich hätte nicht so drängen sollen.«

Mom lächelte. »Manchmal brauchen wir das. Und ich muss dich loslassen. Dein Dad hat seine Affäre versteckt, weil er Angst vor meiner Reaktion hatte. Es ist keine Entschuldigung, aber eine Erklärung. Du bist ehrlich zu mir und ich könnte nicht stolzer auf dich sein. Und ich werde wirklich öfter versuchen … rauszugehen. Wenn ich so weit bin.«

»Das ist okay, Mom. Das ist mehr als okay.«

»In der Zwischenzeit werde ich … dir vertrauen. Und die Ortungsfunktion ausschalten, weil ich darauf vertraue, dass du auf dich achtgibst. Ich kann dich nicht davon abhalten, dein Leben zu leben. Du bist alt genug, um auf dich selbst aufzupassen. Das wirst du doch, oder?«

»Immer. Du hast mich gut ausgebildet«, sagte ich und hielt meinen Notfallbeutel hoch.

Trotz ihrer Tränen lächelte Mom und mir fiel ein riesiger Stein vom Herzen.

»Also … Mom, ich muss dein Vertrauen gleich mal auf die Probe stellen«, gestand ich.

Mom seufzte und wischte sich die Tränen ab. »Das dachte ich mir schon. Bei Teenagern ist es nie immer nur die eine Sache. Sag schon, was brauchst du? Schätze, ich schulde dir was, weil du es so lange mit deiner alten Mom ausgehalten hast.«

Ich lächelte. »Ich muss jemandem dabei helfen, auszubrechen … aus seinem eigenen Haus. Das von einer ganzen Horde Journalisten belagert wird. Sodass es niemand bemerkt.«

Mom sah aus, als hätte sie Einwände, doch sie sagte nichts dazu. »Wir fangen also mit etwas Einfachem an.«

Aus meinem Lächeln wurde ein Grinsen. »Sollte das gerade ein Witz sein?«, fragte ich und erinnerte mich an die Situation, als Milo mich genau dasselbe gefragt hatte. Jetzt wusste ich, wie er sich gefühlt hatte. Wenn jemand versucht, einen zum Lachen zu bringen, jemand, der darin nicht geübt ist, dann schätzt man es umso mehr.

»Kann sein. Es handelt sich nicht zufälligerweise um den Jungen aus den Nachrichten, oder?«, wollte Mom wissen.

Ich fühlte, wie eine heiße Welle aus Scham meinen Nacken hinaufkroch.

»Kann sein.«

»Er ist dein KinTwin, stimmt's?«

Ich starrte Mom an.

Sie seufzte. »Mütter wissen so was, Zoe. Außerdem bekam ich eine Benachrichtigung, als du im Krankenhaus warst, weil du minderjährig bist. Ich habe gewartet, bis du es mir von dir aus erzählst, aber besser spät als nie.«

Also wusste Mom, dass ich einen KinTwin hatte, und die Welt war nicht untergegangen. Obwohl ich immer versuchte, auf alles vorbereitet zu sein, hatte ich damit dann doch nicht gerechnet.

»Okay, dann retten wir mal deinen Freund aus seinem Pressegefängnis.«

»Er ist nicht mein Freund«, berichtigte ich sie und stand auf, um ein paar Packungen Instantnudeln aus dem Regal zu nehmen. Weniger, um Milo und mich vor dem Verhungern zu bewahren, und mehr, um meine glühenden Wangen zu verstecken.

Mom lächelte. »Na gut. Ich weiß, dass du noch etwas im Schilde führst, das du mir nicht erzählst, aber ich vertraue dir«, sagte sie und es klang, als würde sie versuchen, sich selbst davon zu überzeugen. »Warum habe ich den Eindruck, dass ich dich ein paar Tage lang nicht sehen werde?«, fragte sie. Ich drehte mich um und bemerkte, wie sie meinen prall gefüllten Notfallbeutel beäugte.

»Oh, ähm … ja. Okay, aber Mom? Du musst versuchen, ruhig zu bleiben. Das ist echt wichtig.«

»Ich kann nichts versprechen«, entgegnete Mom.

Ich seufzte, dann erzählte ich ihr alles. Von Madame Scissor, der Möglichkeit, die KinTwin-Matches aufzulösen, und warum wir wirklich im Nachtclub gewesen waren. Ich ließ nichts aus, weil ich wusste, dass ich sie nicht bitten konnte, mir zu vertrauen, wenn ich nicht ehrlich war.

Nachdem ich geendet hatte, schwieg Mom eine volle Minute lang. Ich sah, wie sie alles sacken ließ und ihre Augen dabei hin und her huschten, als stünden vor ihr die unsichtbaren Worte des Vortrags, den sie mir gleich halten würde.

Doch ich irrte mich. Sie sah zu mir auf und verschränkte die Hände. »Du willst mir also sagen, dass es vielleicht einen Weg gibt, all das aufzuhalten? Dass Flugzeuge vom Himmel stürzen und Leute auf der Straße tot umfallen?«, hakte sie nach.

Ich nickte.

Sie biss sich auf die Lippe. »Ich glaube dir. Denkst du, ich habe im Laufe der Jahre nicht selbst geschaut, ob man das irgendwie abwenden kann? Ich habe die Gerüchte über eine Lösung gehört. Nachdem dein Dad gestorben war … wollte ich für unsere Sicherheit sorgen, aber es erschien mir unmöglich. Zu viele Variablen, zu vieles, vor dem ich dich beschützen musste. Aber … musst es ausgerechnet du machen? Die Welt retten? Könnte es nicht die Polizei oder …«

Ich lächelte. »Ich will ja nicht dramatisch klingen, Mom, aber wenn wir es nicht tun, dann weiß ich nicht, wer sonst. Dieser Zustand dauert jetzt schon zehn Jahre an und wird immer schlimmer. Die Leute, die eine Veränderung wollen, sind zu überlastet oder zu müde und alle anderen sind so gehirngewaschen, dass sie KinTwins für die beste Sache seit der Erfindung von geschnittenem Brot halten. Die Polizei würde uns nicht glauben. Vielleicht haben es schon andere Leute versucht und sind gescheitert, aber wir müssen etwas unternehmen. Ich kann es einfach nicht mehr länger hinnehmen.«

Damit kriegte ich sie. Wenn es eine Sache gab, die Mom und ich gemeinsam hatten, dann dass wir … wie wir es gerne nannten, »Kontroll-Enthusiastinnen« waren; andere würden uns wohl als »Kontroll-Freaks« bezeichnen. Wir saßen nicht rum und warteten darauf, dass andere Leute Dinge in die Hand nahmen. Wir glaubten nicht an das Unausweichliche. Wir glaubten daran, selbst Verantwortung für unser Leben zu übernehmen.

»Du weißt, dass ich deinen Dad geliebt habe, oder?«, fragte Mom. Sie starrte mich so intensiv an, dass ich schon dachte, sie hätte vergessen, wie man blinzelt. »Ich habe ihn mir ausgesucht, er hat mir dich geschenkt und ich würde es niemals anders wollen.«

»Ich … ich glaube, das wusste ich, Mom, ja«, flüsterte ich.

Wir sprachen nie so über Dad. Es war einfacher, uns wegen des Verrats an ihn zu erinnern, der nur aufgrund einer unglaublichen genetischen Mutation ans Licht gekommen war. Aber er war trotz allem mein Dad. Er hatte mir trotzdem sonntags Speck gebraten und ist mit mir in den Park gegangen, an so viel konnte ich mich erinnern. Nur weil jemand nicht dein Seelenverwandter ist, heißt das nicht, dass er nicht ein Teil deines Lebens sein kann. In unserer Welt wurden einem Seelenverwandte aufgezwungen. Freunde und Familie konnte man sich aber immer noch selbst aussuchen.

Mom seufzte. »Okay. Ich hab dir viel beigebracht. Ich weiß, dass ich dir vertrauen kann. Aber du hast deinen Notfallbeutel immer dabei, okay? Und vergiss nicht die Dreier-Regel: drei Minuten ohne Luft, drei Tage ohne Wasser …«

»Jaaa, Mom, ich kenne die Dreier-Regel. Aber London hat sauberes Wasser und so, also wird vermutlich alles gut gehen«, sagte ich. »Und wir passen auf. Wir finden das Heilmittel und kommen sofort wieder zurück. Machen keinen Ärger. Ich verspreche es.«

Unwillkürlich holte ich tief Luft. Ich hatte Mom noch nie gebeten, mir bei einer so großen Sache zu vertrauen. Der große Nachteil daran, mit einer anderen Kontroll-Enthusiastin zusammenzuleben, war nämlich, dass es schwer war, sie dazu zu bringen, loszulassen, dir etwas zuzutrauen. Doch genau das würde Mom jetzt tun … nachdem sie uns ein wenig geholfen hatte.

Ich umarmte sie und sie hielt mich so fest, dass ich kaum Luft bekam. Vertrauen war eine große Sache für Mom, seit Dad sie betrogen hatte. Und in ihren Augen hinterging die ganze Welt sie mit dieser KinTwin-Sache. Ich durfte sie nicht enttäuschen.

»Wenn ihr in Schwierigkeiten geratet, ganz egal welcher Art, dann bin ich für euch da. Wenn du mich brauchst oder dir alles zu viel wird, ruf mich an, schreib mir oder schalte die Ortungsfunktion wieder ein. Okay?«, sagte sie, ließ mich los und nahm mein Gesicht in ihre Hände.

»Okay. Danke, Mom«, antwortete ich und wir gingen raus zum Auto. Bevor wir einstiegen, umarmte ich sie schnell und sie drückte mich wieder so fest, dass ich fürchtete, mir würden die Rippen brechen.

Ich navigierte Mom zu Milos Haus, aber wir mussten am Ende der Straße parken, weil es immer noch von der Presse belagert wurde. Autos waren in Zweierreihen geparkt, sodass sie die langen Einfahrten versperrten, und auf dem Bordstein saßen Sandwich essende Grüppchen aus Journalisten und Journalistinnen mit schwerer Kameraausrüstung und prüften ihren Akkustand.

Es war seltsam, mit Mom im Auto zu sitzen. Normalerweise blieb sie zu Hause, es sei denn, wir stockten unsere Vorräte auf. Und wenn wir mal zusammen rausgingen, fragte sie mich über Überlebenstechniken in verschiedenen Szenarien aus: wie ich mich bei einem Schlangenangriff verhielt, zum Beispiel. Dieses Mal sagte sie nichts und wir lauschten einem alten Lied im Radio. Es war beinahe nett, bis wir in Milos Straße abbogen und das Chaos sahen.

»Nicht, dass ich das Offensichtliche aussprechen will, aber das wird nicht so einfach«, gab ich zu bedenken.

Mom verengte nachdenklich die Augen zu Schlitzen. »Es gibt immer einen Weg, Zo«, erwiderte sie.

Sie löste ihren Sicherheitsgurt und atmete zittrig ein, während sie sich im Rückspiegel betrachtete. Sie musste sich immer erst selbst eine Motivationsrede halten, wenn sie die sicheren Gefilde unseres Vorgartens verließ.

Sie hatte denselben kurzen Haarschnitt wie ich, aber ihre Haare waren blond, meine mausbraun. Sie trug nie auch nur das geringste bisschen Make-up, aber weil sie stundenlang in unserem Gemüsebeet gärtnerte, war sie das ganze Jahr über gebräunt. Ihr KinTwin war ein Glückspilz.

»Alles klar – ich steige aus und lenke sie ab. Du holst deinen Nicht-Freund«, sagte sie.

Ich hob eine Augenbraue. »Du lenkst sie ab? Wie?«

»Lass das mal meine Sorge sein.« Sie umarmte mich kurz, dann beugte sie sich über mich und öffnete mir die Beifahrertür. »Geh schon. Rette die Welt. Hab dich lieb.«

»Ich dich auch«, rief ich, als sie die Tür schloss. Erst da bemerkte ich, dass ich weinte.

Ich schickte Milo eine Nachricht, dass er sich bereit machen und an der Hintertür, die zur Einfahrt führte, warten sollte.

»Hey, wollt ihr eine Story?«, rief Mom ein paar Journalisten in der Nähe zu, die sofort ihre Sandwiches fallen ließen und aufsprangen. »Wie wär's damit: Ich bin eine der neun juwelenbehangenen Gefangenen.«

Tja, das wirkte. Die Leute drängten sich aus Milos Vorgarten auf die Straße und fielen fast übereinander, um zu Mom zu gelangen. Innerhalb von Sekunden war sie von Anzug tragenden Männern und Frauen mit Mikrofonen und Kameras umringt.

Es war kinderleicht, im Schatten der Bäume, die die Einfahrt säumten, zu Milos Hintertür zu schleichen.

»Äh, magst du mir erklären, warum irgendeine Frau mitten auf der Straße behauptet, eine der neun Gefangenen zu sein?«, wollte Milo wissen. Er trug einen Rucksack, eine Jeansjacke und eine Sonnenbrille.

»Das ist nicht irgendeine Frau, sondern meine Mom. Und nein, ich möchte nicht erklären, was sie da tut. Ich will uns hier rausholen, bevor sie damit aufhört.«

»Okay verstehe«, sagte Milo. »Also los, Zoe Quinn.«

Er hielt mir die Hand hin, doch ich zögerte und sah noch ein letztes Mal zu Mom, konnte sie aber nicht mehr entdecken. Sie vertraute mir. Milo vertraute mir.

Ich ergriff seine Hand und wir verschwanden in der Hecke.

12

Milo

Ich las Aishas Nachrichten, während Zoe schlief.

> **Ich fass es nicht, dass du ohne mich nach London fährst!**

> **Bring mir was mit – je kitschiger, desto besser!**

> **Bri sagt, dass sie dich vermisst! Passt aufeinander auf, du Knallkopf!**

Dann wischte ich die Nachrichten-App weg und scrollte durch Social Media. Alle anderen aus unserem Jahrgang schienen die schulfreie Zeit zu genießen. Sie hatten sich auf Fotos aus dem Steinbruch, von einer Party und beim Zelten markiert. Beim Repost einer Meldung über Argo Duff blieb ich hängen. Der Typ war echt überall. Es war ein kurzes Video mit Untertiteln, die das Wichtigste zusammenfassten:

Anscheinend war der berühmteste Milliardär der Welt, Argo Duff, in den Fall der neun juwelenbehangenen Gefangenen verwickelt.

Mein Handyton war stumm gestellt, sodass ich die Worte nicht hörte, aber allein der Text fuhr mir wie ein Messer in die Brust. Ich warf einen Blick auf die Followerzahlen des Accounts. In den Tausendern, aber weniger als fünfstellig. Würde Argo Duff das überhaupt sehen? Und falls ja, wäre er sauer … auf uns?

Jetzt wurde eine Aufnahme von Argo Duff abgespielt. Jemand hatte ein Foto, auf dem er von der Tür seines Privatjets aus winkte, mit einem Feuer speienden Drachen zusammengeschnitten. Seine sonst so kalten Augen färbten sich rot und Flammen kamen aus seinem Mund, während die Untertitel weiterliefen.

Wie ihr wisst, haben drei mutige Schülerinnen und Schüler, deren Namen aus legalen Gründen in diesem Video nicht genannt werden, die armen Frauen letzte Woche aus einer Villa in einer Wohnanlage gerettet.

Vier Schülerinnen und Schüler. Zoe wurde immer vergessen, was mich richtig aufregte.

Einige Posts, die direkt, nachdem die Story öffentlich bekannt wurde, online gingen, behaupteten, dass Argo Duff nicht nur Geschäfte mit vielen VIPs machte, die in der Wohnanlage lebten, sondern dass er darüber hinaus auch einige der Männer kannte, die für die Gefangenhaltung ihrer Frauen festgenommen wurden.

Im Video wurden jetzt Fotos der Schweine gezeigt, die verhaftet worden waren, nachdem wir Celeste und ihre Freundinnen befreit hatten. Natürlich konnten wir ihre Gesichter nicht sehen, weil sie eine Million Anwälte auf Kurzwahl hatten und ihre Gesichter bei der Verhaftung unter ihren Designer-Jacketts versteckten. Aber wenn man es wollte, konnte man sie mit ein bisschen Suchen online finden. Arschlöcher.

Es ist noch nicht bestätigt, ob Argo Duff wirklich etwas damit
zu tun hatte. Was denkt ihr? Lasst ein Like für den Ungezogenen
Daddy Duffbucks da und repostet dieses Video, wenn ihr
unseren KinTwin-König für unschuldig haltet!

Das Video begann wieder von vorne. Ich checkte die Reaktionen: einhundertfünftausend Likes, achtundneunzigtausend Reposts. Nicht alle waren von Argo Duff überzeugt.

Der Zug fuhr um eine Kurve und Zoes Kopf rollte auf meine Schulter. Die Art, wie er genau in die Kuhle an meinem Hals passte, war seltsam beruhigend und es kostete mich jedes bisschen Willenskraft, mein Kinn nicht darauf abzulegen. Nein. Schlafen ist nicht gleich Einverständnis.

Ich verließ die App und überprüfte noch mal unsere Tickets. Zweimal offene Rückfahrt von Lufian Bridge nach London Euston. Einmal umsteigen in Stockport. Als ich Zoes Nachricht bekam, erzählte ich Dad, dass ich dem ganzen Presserummel für eine Weile entfliehen wollte, und er war einverstanden. Was gut war, denn Mum war auf der Arbeit und hätte Nein gesagt. Somit war der Ausbruch aus meinem momentanen Gefängnis geklärt.

Zum Glück ging am selben Nachmittag ein Zug, und sobald wir zum Bahnhof gelaufen waren, fuhren wir auch schon los. Wir hatten keine Ahnung, wie lange wir brauchen würden, um

Madame Scissor zu finden, was ja auch davon abhing, ob es sie, na ja, überhaupt gab. Aber wir mussten es wenigstens versuchen. Die Zugfahrt dauerte nur zwei Stunden, und weil die Züge selbstfahrend waren, wurden sie von dem Flugzeugabsturzchaos nicht beeinflusst.

Der Zug wand sich in die andere Richtung und diesmal wachte Zoe auf. Sie hatte einen kleinen Sabberfleck auf meiner Schulter hinterlassen und ich versuchte, nicht zu lachen, als sie ihre Mundwinkel abwischte.

»Alles klar, Dornröschen?«, fragte ich.

»Wenn das hier vorbei ist, solltest du echt mal über deine eigene Comedy-Show nachdenken. So lustig bist du«, brummte Zoe.

»Weißt du, ich mochte dich, glaub ich, lieber, als Aisha und Bri als Puffer dabei waren«, sagte ich.

Sie verdrehte die Augen. »Wie lang noch?«

»Ungefähr zwanzig Minuten, bis wir am Bahnhof sind, wurde durchgesagt. Sind fast da. Ich muss mal pissen, bevor wir aussteigen. Bin gleich wieder da.«

»Wie charmant«, bemerkte Zoe.

Ich stolperte durch den Wagen zum Klo an dessen anderem Ende. Der Zug neigte sich erneut in einer Kurve und ich fiel beinahe in den Schoß eines Typen, der einfach nur in Ruhe seinen Kaffee trinken wollte. Ich war noch nie mit einem so ruckeligen Zug gefahren. Meistens bewegten sich selbstfahrende Züge ziemlich sanft fort und glitten geradezu über die Gleise.

»Liebe Fahrgäste, wir haben derzeit Probleme mit den Stoßdämpfern in unserem Bremssystem. Bitte seien Sie versichert, dass dies keinen Einfluss auf die Sicherheit Ihrer Reise hat. Vielen Dank für Ihr Verständnis.« Der halbe Zug stöhnte bei dieser

Ansage auf, aber wir hatten alle schon Schlimmeres erlebt. Das war eben Teil des KinTwin-Daseins.

Vor dem Klo hatte sich eine Schlange gebildet und ich sah aus dem Fenster, während ich wartete. Wir befanden uns in diesem komischen Waldstück kurz vor den Londoner Vorstädten, auf einer kurvenreichen Gleisstrecke, wodurch ich den Weg sehen konnte, der durch die Bäume vor uns führte. Der Zug neigte sich in der nächsten Kurve etwas nach rechts, wodurch der Weg noch besser zu sehen war. Neben einer rot-weißen Schranke kündigten blinkende Warnlichter den heranfahrenden Zug an. Die Schranke war natürlich heruntergelassen worden, aber der Weg war nicht frei.

»Ist da ein Auto?« Die Passagierin, neben der ich stand, tippte gegen das Fenster.

Ich sah in die Richtung, in die sie zeigte. Tatsächlich. Mitten auf dem Bahnübergang stand ein Auto. Ich war mir sicher, dass ich im Heranrasen den Fahrer sehen konnte, der über dem Lenkrad zusammengesackt war.

Die Leute auf der linken Seite des Zuges verfielen in Panik, schrien und erhoben sich aus ihren Sitzen. Der Zug richtete sich wieder geradeaus, als er auf den Gleisabschnitt fuhr, auf dem das Auto stand, das dabei außer Sichtweite geriet.

Wir würden es rammen.

»Liebe Fahrgäste, wir bitten um Ihre Aufmerksamkeit. Auf dem Gleis befindet sich ein Hindernis. Bitte nehmen Sie wieder Ihre Plätze ein und halten Sie sich fest. Halten Sie sich fest. Halten Sie sich fest.« Diesmal war es eine automatische Ansage, die wahrscheinlich vom Fahrassistenzsystem des Zuges generiert wurde, sobald es das Auto auf dem Gleis registriert hatte.

Ich warf einen Blick zurück zu Zoe, die, etwa zwanzig Reihen von mir entfernt, den Mund zu einem schockierten »Oh« verzog.

Im nächsten Moment erfasste mich die gewaltige Kraft des Aufpralls von hinten, sodass ich regelrecht durch den Gang schoss. Weil ich immer noch Zoe zugewandt war, fiel ich durch den Zug in ihre Richtung. Nur war es nicht wirklich wie fallen. Der Zug bewegte sich schneller unter meinen Füßen, als ich fallen konnte, und es war eher, als würde ich fliegen. Meine Gedanken kamen nur langsam hinterher und vielleicht halluzinierte ich auch, aber Taschen und Menschen und Schuhe und Reisekissen schienen sich um mich herum zu bewegen, als befänden sie sich unter Wasser.

Dann sah ich, wie die Decke des Zugs mit ihren flackernden Neonröhren genau auf mich zukam. Oder wie ich mich auf die Decke zubewegte, ich konnte es nicht mehr unterscheiden. Das Geräusch der kreischenden Bremsen schien meine Trommelfelle platzen zu lassen.

Eine Hand schoss nach vorne und umklammerte mein Handgelenk. Mein Körper krachte gegen die Lehne eines Sitzes und die Haut an meinem Arm brannte an der Stelle, wo an mir gezerrt wurde, doch die Person ließ nicht los. Ich schaute auf und sah Zoe, die sich zwischen den Sitz und das Fenster geklemmt hatte, die Beine gegen die Armlehne gestemmt, auf die ich gefallen war.

Der Zug hielt an, ich wurde zur anderen Seite des Wagens geschleudert und prallte in eine Gepäckablage, die jetzt leer war, aber Zoe ließ meinen Arm nicht los. Ich entspannte meinen Kiefer und der Geschmack von Blut flutete meinen Mund. Ich hatte mir heftig auf die Zunge gebissen, aber das war noch nicht das

Schlimmste. Ich nickte Zoe zu, um ihr zu verstehen zu geben, dass sie loslassen konnte, dann fiel ich auf die rechte Seitenwand des Zuges, der bei dem Unfall umgekippt war.

Überall war Blut. Es klebte an den Wänden, war über Taschen verspritzt, tropfte von Glasscherben, die noch in den Fensterrahmen steckten. Viele Leute schrien und weinten … während sich andere nicht mehr regten. Körperteile standen in unnatürlichen Winkeln ab. Es war schrecklich.

Ich drehte mich von Zoe weg und kotzte auf das, was von der Gepäckablage noch übrig war.

»Hey. Du stehst unter Schock. Alles wird gut«, sagte Zoe. Ihre Stimme klang erstickt, weit weg. Irgendwo an meiner Seite tat etwas weh, aber ich stand so neben mir, dass ich es nicht richtig wahrnahm. Ich wusste trotzdem, dass es schlimm sein musste, weil Zoe sich dieselbe Stelle unter dem Brustkorb hielt.

»Ich stehe unter Schock? Du stehst unter Schock«, lallte ich, als wäre ich betrunken. Ich fühlte mich betrunken. Ich hatte das Gefühl, auf einer von Aishas Partys zu sein und mich wild auf der Tanzfläche zu drehen.

»Milo? Hör mir zu. Wir müssen aus dem Zug raus.«

Ich konnte Zoe jetzt wieder schärfer sehen, sie stand nur ein paar Zentimeter vor mir. Ihre Hände umfassten mein Gesicht an beiden Seiten und ihre Augen waren so groß und blau und traurig. Die Berührung ihrer Finger an meiner Haut war elektrisch. In diesem Augenblick vergaß ich den Zug und die Leichen und das Blut und den Schmerz. Es gab nur Zoe. Nur noch Zoe.

Ich beugte mich vor und küsste sie.

Vor meinen geschlossenen Augen tanzten Sterne. Ihre Haut roch nach frisch gemähtem Gras. Ihre Lippen fühlten sich weich und sicher und warm an. Mein Herz schien jeden Moment aus meiner Brust springen zu wollen.

Sie riss sich zuerst los. »Du schmeckst nach Kotze und Blut«, stellte sie fest.

»Doch so gut?«, erwiderte ich.

Der Kuss ließ mich wieder etwas klarer denken. Vielleicht lag es aber auch an der Kotze. Ich hatte Zoe geküsst und sie hatte mir nicht sofort die Hölle heißgemacht. *Später. Ich werde später Zeit haben, um darüber nachzudenken.*

Inzwischen konnte ich wieder etwas hören und ließ meinen Blick durch das Abteil schweifen. Die restlichen Leute standen langsam auf und sahen sich unbeteiligt um. An der Seite des Wagens, die jetzt oben war, hatte sich ein breiter Riss gebildet und stromführende Kabel hingen knackend und zischend wie Schlangen in die Kabine.

»Siehst du? Wir müssen raus. Hier ist es gefährlich«, sagte Zoe.

Ich sah noch einmal hin. Unter den knisternden Kabeln bewegte sich etwas in einem Taschenhaufen. Eine einzelne blutige Hand ragte daraus hervor und fasste ins Nichts, um ein Haar entging sie einem elektrischen Schlag. Die Finger bewegten sich. Unter den Taschen lebte noch jemand.

»Zo, wir können sie nicht zurücklassen. Die Leute brauchen Hilfe«, entgegnete ich und deutete auf die Hand.

»Wie schlimm ist deine Gehirnerschütterung? *Du* brauchst Hilfe, Milo. Du hast dich verletzt. Und wenn du Schmerzen hast, habe ich auch Schmerzen«, gab Zoe zu bedenken. Sie hievte sich ihren Notfallbeutel auf den Rücken und kletterte runter auf die Gepäckablage. »Wir müssen uns selbst schützen.«

Andere Leute, die noch laufen konnten, kletterten aus dem zerbrochenen Fenster auf der Seite des Wagens, von der aus ich runtergefallen war. Ich sah mich um und entdeckte noch mehr Leute in Bewegung, einige blutüberströmt, die Hilfe brauchten.

»Nein. Wir müssen einander beschützen«, sagte ich. Zoe schüttelte den Kopf. »Zoe, wer sind wir, wenn wir diese Leute einfach zurücklassen? Es geht nicht nur um ihren Tod. Es geht auch um ihre KinTwins. Du weißt doch, wie langsam die Rettungskräfte sind. Wir müssen helfen oder was hat es sonst für einen Sinn? Worin liegt der Sinn, Madame Scissor zu finden und eine Lösung für all das zu bekommen, wenn wir unterwegs über Leichen gehen?«

Rechts von mir klatschte jemand langsam.

Mann, ich sprach lauter, als ich dachte, denn das Klatschen kam von einem Typen mit Kopfverletzung, der einen zerrissenen Anzug trug und sich drei Sitzreihen von uns weg befand. Die anderen hatten bei ihrer Flucht aus dem Fenster innegehalten und manche kletterten wieder zurück in den Wagen. Eine Frau fiel sogar in den Applaus mit ein, wenn man das so nennen konnte. Niemand sagte etwas, aber die, die noch laufen konnten, verteilten sich allmählich und versuchten, mit denen, die immer noch in dem Chaos des Zuginneren herumlagen, zu sprechen.

Zoe packte mich am Arm und mein Kopf schnellte wieder zu ihr herum.

»Wenn jemand Dads KinTwin geholfen hätte, hätte er vielleicht keinen Autounfall gebaut. Du hast recht. Wir müssen helfen.«

Sie lächelte mich an und ging dann an mir vorbei, um sich zu bücken und die Taschen um die körperlose Hand, die wir gesehen hatten, wegzuräumen.

»Achtung wegen der Kabel«, warnte Zoe.

Etwas an ihrer ruhigen Art, sich zu bewegen, und wie sie mit in die Hüfte gestemmten Händen dastand und Anweisungen gab, brachte die Leute dazu, ihr zuzuhören. Ich sah zu, wie sie einen Bereich bestimmte, in den man Taschen räumen konnte, und jemand anderem erklärte, wie man das Erste-Hilfe-Set benutzte, das sie gerade aus ihrem Notfallbeutel gezogen hatte. Sie wusste sogar, wo sich im Zug eine Feuerwehraxt befand, mit der man Menschen aus zusammengequetschten Sitzen befreien konnte, aber das überraschte mich nicht. Sie hatte mit Sicherheit den Grundriss eines klassischen Zugabteils im Kopf, für den Fall, dass einmal genau diese Situation eintreten würde.

Nach einer Weile waren alle, die noch laufen oder sprechen konnten, verarztet oder aus dem zerbrochenen Fenster herausbugsiert und draußen auf die Böschung gelegt worden. Ich hatte mich auf den Boden sinken lassen und lehnte mich gegen die Überreste eines zerfetzten Sitzes. Das Pochen in meinem Kopf war zehnmal schlimmer geworden, aber immerhin konnte ich mich inzwischen etwas besser konzentrieren. Ich zwang mich dazu, meine Verletzungen zu untersuchen. Nichts schien gebrochen zu sein, hauptsächlich hatte ich heftige Prellungen.

»Sorry, dass ich nicht wirklich was beigetragen habe«, sagte ich zu Zoe. Sie hatte ihren Beutel zusammengepackt und war zu mir rübergekommen, nachdem sie alles getan hatte, was sie konnte, bevor die Krankenwagen eintrafen. »Erst habe ich diese große Rede gehalten und dann saß ich nur hier auf meinem Hintern.«

»Ich bin eigentlich ganz froh darüber«, gab Zoe zu. Sie schlang ihren Arm um meine Schultern und half mir auf die Füße. »Ich hätte mich ja schlecht um dich *und* um eine Horde Zugpassagiere kümmern können, oder?«

»Stimmt«, erwiderte ich und biss angesichts der stechenden Schmerzen, die ich beim Laufen in der Brust spürte, die Zähne zusammen. Zoe verzog etwas das Gesicht, aber immerhin waren die Schmerzen für sie nicht ganz so stark.

»Außerdem warst du nicht richtig bei Sinnen.«

»War ich nicht?«

»Nope. Du hast alle möglichen Dinge gesagt … alle möglichen … Dinge gemacht.« Zoe verlagerte mein Gewicht auf ihren Schultern, als wir uns der Schlange von Leuten anschlossen, die darauf warteten, aus dem Zugfenster klettern zu können.

»Ja. Und wenn sich mein Hirn richtig erinnert, dann habe ich jedes einzelne davon auch so gemeint«, sagte ich.

Wir starrten einander gefühlt eine Million Jahre lang an.

»Ey, braucht ihr Hilfe?« Eine Stimme über uns verlangte nach unserer Aufmerksamkeit. Ein stämmiger Kerl, der Leuten dabei geholfen hatte, aus dem Zug zu klettern, streckte eine Hand in den Wagen.

»Oh yep, danke, Kumpel«, stotterte ich. Wie der Möchtegern-Gentleman, der ich für immer sein würde, überließ ich Zoe den Vortritt und dann zogen mich die beiden gemeinsam raus. Im Wagen boten sich immer noch einige schreckliche Anblicke, aber wir hatten getan, was wir konnten.

Auf der Böschung neben dem Zug waren Verwundete abgelegt worden und es sah aus wie ein provisorisches Feldlazarett aus einem meiner Videospiele. Leute wuselten mit Bandagen aus Zoes Erste-Hilfe-Set umher und kümmerten sich umeinander. Ich war daran gewöhnt, dass in dieser Post-KinTwin-Welt schlimme Dinge passierten, aber normalerweise machte danach jeder einfach weiter. Niemand bot anderen Hilfe an, niemand stellte Fragen. Alle gingen zurück in ihre Häuser und blieben dort, um ihre Kin-Twins mit allem zu schützen, das in ihrer Macht stand. Aber es war unglaublich, was geschah, wenn wir als großes Team zusammenarbeiteten. Vielleicht waren wir es wert, gerettet zu werden.

»Wir sollten uns jetzt wirklich auf den Weg machen«, drängte Zoe. »Du bist praktisch berühmt und es wundert mich, dass du noch nicht erkannt wurdest. Außerdem weiß Madame Scissor vielleicht, dass wir kommen, wenn sie wirklich mit Celeste befreundet ist und die Nachrichten schaut. Wir brauchen nicht unbedingt noch mehr Presse, die ankündigt, dass wir bald in London sind.«

»Ich wusste, dass es einen Grund gab, weshalb ich dich dabeihaben wollte«, scherzte ich. Vorsichtig belastete ich meine Füße, was erstaunlich gut ging. Ich konnte alleine laufen.

»Überanstreng dich nicht. Komm«, sagte sie.

Wir liefen los und folgten der Strecke, die wir genommen hätten, wenn der Zug nicht entgleist wäre. Das Auto war komplett zerstört und wer weiß wohin verteilt worden, als der Zug es gerammt hatte, und wir mussten uns zumindest das nicht auch noch anschauen. Von mir aus hätte ich auch auf den Blick in die anderen Wagen verzichten können. Der vor unserem wurde so weit von den Gleisen geschleudert, dass er zersplittert mitten im Wald lag.

Wir liefen weiter. Meine Seite tat weh wie Sau, aber ich ließ mich davon nicht aufhalten. Es kam uns so vor, als wären wir mitten im Nirgendwo, aber nach ungefähr zwanzig Minuten erreichten wir einen Weg, der auf eine Einkaufsstraße führte.

Zoe winkte ein Taxi heran und gab dem Fahrer die Adresse des Hotels, das sie gebucht hatte, bevor sie im Zug eingeschlafen war. Der Typ beäugte uns misstrauisch im Rückspiegel, als ihm auffiel, dass wir von oben bis unten mit Blut und Matsch bespritzt waren, sagte aber überraschenderweise nichts dazu. Ich würde ja behaupten, dass er komisch war, aber an meinem Mund hing wahrscheinlich noch getrocknete Kotze, von daher …

Zoe hatte uns ein Billo-Hotel im Zentrum von Battersea gebucht, was aber nicht viel heißen musste, weil alles in Battersea teuer war. Immerhin wollten sie nur eine Anzahlung und erst beim Auschecken den vollen Preis, was uns etwas Zeit verschaffte, bis mein Dad mich wütend anrufen würde, weil ich seine Kreditkarte grillte. Ursprünglich hatten wir den Plan, vom Stadtzentrum aus mit der U-Bahn zu fahren, aber ich hatte für heute genug von den Öffentlichen. Alles, was ich über diesen Ort wusste, war, dass es megateure Wohnungen in einem ehemaligen Kraftwerk gab, ein Tierheim für Hunde und Katzen und jetzt vielleicht auch noch die mögliche Antwort auf die Frage, wie wir die Welt retten konnten, deshalb machte ich mir nicht die Mühe, Hotelrezensionen zu lesen oder mich über Touristenattraktionen in der Nähe zu informieren. Wenn überhaupt, hoffte ich, dass wir vor der Heimfahrt noch Zeit haben würden, ins Tierheim zu gehen. Vielleicht wäre Zoe nach der Rettung der Menschheit so gut drauf, dass sie einen Welpen wollte.

Danach. Ich hatte das Gefühl, dass mir ein Stein im Magen lag, wann immer ich daran dachte. Es war nicht so, dass ich *nicht* alle retten und die KinTwin-Matches ein für alle Mal auflösen wollte. Es war ja ganz offensichtlich die Hölle. Allein schon, was heute passiert war. Aber der Teil mit den Seelenverwandten …

Würde der einfach verschwinden? Kopfverletzung hin oder her, ich fühlte mich gerade genauso zu Zoe hingezogen wie vorhin bei dem Kuss im Zug.

Bestand wirklich gar keine Chance, dass es ihr genauso ging?

Ich lehnte meinen Kopf gegen das Fenster des Taxis, während der erste fette Regentropfen dagegenklatschte, auf den schnell der nächste und der nächste folgten. Zoe hatte noch nichts gesagt, seit wir eingestiegen waren. Wir waren erschöpft vom Laufen oder vom Adrenalin oder von beidem. Ich gab mir Mühe, nicht einzuschlafen, weil ich wusste, dass das mit einer Kopfwunde nicht die beste Idee war, deshalb schaute ich mich im Auto um, auf der Suche nach etwas, auf das ich mich konzentrieren konnte. Auf der Rückseite des Fahrersitzes klebte die Lizenz des Taxifahrers mit einer Seriennummer und einem Foto.

Ich erstarrte.

Auf dem Foto war eine Frau.

Ich hatte gleich gewusst, dass es komisch war, dass ein Taxifahrer keine Fragen stellte, wenn zwei stinkende und von oben bis unten besudelte Teenager auf der Rückbank seines schönen, sauberen Autos Platz nahmen.

Ich sah zum Rückspiegel und fing den Blick des nicht sehr weiblichen Fahrers auf. Er musste mir meine Verwirrung angesehen haben, denn der Typ *verdrehte tatsächlich die Augen* und seufzte.

Ich stupste Zoe an, die kurz vorm Wegdämmern war, und deutete auf die Taxi-Lizenz. Sie machte ein erschrockenes Gesicht.

»Na gut, ihr habt mich erwischt«, sagte der Fahrer. Er zog eine Waffe aus dem Handschuhfach, hielt sie mit der einen Hand auf dem Schoß und lenkte mit der anderen. »Vertraut mir, ich bin hier der Gute. Ja, ich habe ein Taxi gestohlen. Aber es treiben sich schlimmere Leute herum.«

»Ist das Ihr Ernst? Ihnen vertrauen? Wer sind Sie überhaupt?«, fragte ich, die Augen auf die Waffe gerichtet.

Ich griff nach Zoes Hand und drückte sie. Sie zog sie nicht weg.

»Wer ich bin? Die bessere Frage ist doch, wer ihr seid, mein Freund. Und warum sucht ihr nach der wunderbaren Madame Scissor?«

13

Zoe

Nach dieser Eröffnung sagte der Taxifahrer nicht mehr viel. Wir weigerten uns, ihm zu sagen, wer wir waren, er weigerte sich, uns zu sagen, wer er war, und so fuhren wir schweigend weiter. Milo und ich versuchten, unsere Türen zu öffnen, aber sie waren verriegelt. Man kam nur raus, wenn der Fahrer einen aussteigen ließ.

Ich war so wütend auf mich selbst, weil ich mir die Lizenz im Taxi nicht genau angesehen hatte. In den letzten Jahren waren Übergriffe durch Fahrpersonal in Taxis um zwanzig Prozent gestiegen und die oberste Regel lautete, immer ihre Zulassung zu überprüfen. Aber dieser chaotische Tag hatte mich so ausgelaugt, dass ich nachlässig wurde. Das würde mir nie wieder passieren. Immerhin hatte ich meinen Notfallbeutel noch. Das Erste-Hilfe-Set war leer, aber im Fall der Fälle blieb mir zumindest das Haarspray.

Die Vororte rauschten vorbei und färbten sich im strömenden Regen allmählich immer grauer. Wir fuhren zwischen mehreren Gebäuden hindurch, bis ich den Umriss des ehemaligen Kraftwerks von Battersea erkennen konnte. Vielleicht war der Fahrer wirklich einer der Guten und würde uns zu Madame Scissor bringen. Celeste, die Postkarte, der Spitzname … all das schien auf etwas hinauszulaufen und daran musste ich mich klammern. Celeste hatte auch noch etwas anderes erwähnt, nämlich mit wem Madame Scissor zusammenlebte.

»Sind Sie Madame Scissors Bruder?«, fragte ich.

Der Fahrer sah mich im Rückspiegel an. Nach einem Moment nickte er kaum merklich.

Tja, zumindest das passte zusammen.

Wir bogen in eine Seitenstraße, die von Reihenhäusern mit Fassaden aus dem typischen gelben Londoner Backstein gesäumt war. Es regnete immer noch stark, sodass man draußen wenig erkennen konnte, aber die Häuser wirkten gepflegt, manche Eingänge wurden sogar von Säulen im römischen Stil flankiert.

»Endstation«, sagte der Taxifahrer. Er hatte einen kaum hörbaren Akzent und sprach perfektes Englisch, wie jemand, der schon lange hier lebte. »Ich werde die Türen entriegeln und keiner von euch wird abhauen, weil ich derjenige mit der Knarre bin und ihr zwei nicht schneller rennen könnt als eine Kugel. Klar?«

»Glasklar«, erwiderte Milo. Er hatte meine Hand nicht losgelassen, seit wir die Waffe zum ersten Mal gesehen hatten, und jetzt zögerte ich, seine loszulassen, aber wir hatten keine andere Wahl. Wir lösten uns, stiegen jeweils auf unserer Seite aus dem Auto und standen im Regen.

Der Mann mit der Waffe schloss das Taxi ab, was irgendwie ironisch war, weil er es ja gestohlen hatte, und joggte die Stufen des ersten Reihenhauses rechts von uns hinauf. Als er sich umdrehte, um zu sehen, ob wir ihm folgten, warfen wir uns einen schnellen Blick zu und setzten uns dann in Bewegung.

Der Mann klopfte an die Tür. Während wir warteten, vibrierte meine Uhr, weil mein Puls wieder erhöht war. Ich hatte ein flaues Gefühl im Magen und mir wurde bewusst, dass ich zum ersten Mal, seit ich mich erinnern konnte, Angst hatte. Und keinen Notfallplan. Mom wusste nicht mal, wo ich war, weil ich die Ortungsfunktion nicht eingeschaltet hatte, aber immerhin hieß das, dass sie in Sicherheit war und nicht auf die Idee kam, uns zu suchen. Ich hatte keine Ahnung, was als Nächstes passieren würde. Ich war nicht darauf vorbereitet, es entzog sich meiner Kontrolle. Und das war verdammt beängstigend.

Ich umklammerte den Riemen meines Notfallbeutels so fest, dass sich meine Knöchel weiß färbten. Es gab immer einen Weg. Ich musste mich nur auf die Dinge konzentrieren, die ich kontrollieren *konnte*.

Hinter der Tür drangen Geräusche hervor. Ich zählte sechs Klicks für sechs Schlösser. Wir hatten eindeutig mehr Gemeinsamkeiten, als ich dachte, aber es passte zu dem, was Celeste mir erzählt hatte. Schließlich hielt sich Madame Scissor versteckt.

Dann öffnete sich die Tür einen Spalt, bevor sie mit einem kleinen Ruck stoppte, als die Türkette ganz aufgespannt war. Schlau. Wir ließen unsere Kette auch immer eingehakt.

In der Dunkelheit konnte man nicht erkennen, wer die Tür geöffnet hatte, aber nach einem kurzen Blick auf uns schloss die Person sie wieder und ich hörte, wie die Kette über das Holz gezogen wurde.

Dann wurde die Tür erneut geöffnet und eine Frau erschien.

Sie trug einen gemusterten Seidenkaftan, hatte einen Seidenschal um die Schultern und einen weiteren um den Kopf geschlungen, und an ihren Handgelenken baumelten so viele Armreifen, dass sie klimperte, als sie einen Schritt zurücktrat, um uns reinzulassen. Ich musste daran denken, wie leicht es für einen Angreifer wäre, sie an ihrem Schal zu packen, oder wie unmöglich für sie, sich zu verstecken, wo sie doch praktisch einen Alarm am Handgelenk trug. *Doch nicht so viele Gemeinsamkeiten.*

Sie sagte nichts und bedeutete uns bloß einzutreten. Der Flur war vom Fußboden bis zur Decke mit einem Blumenmuster tapeziert und nichts im Raum passte zusammen. Sie führte uns in den ersten Raum zu unserer Linken, wo uns eine weitere Farbexplosion erwartete, allerdings mit schwarz gestrichener Decke. Der falsche Taxifahrer gab Milo und mir zu verstehen, dass wir uns hinsetzen sollten, aber auf dem Sofa lagen so viele Kissen, dass sie reihenweise auf den Boden fielen, als wir versuchten, uns darauf Platz zu schaffen.

Sobald wir alle saßen, richtete Madame Scissor ihr erstes Wort an uns. »Tee?«

Wir sahen sie überrascht an.

»*Mon doudou*, koch unseren Gästen eine Kanne Tee. Ich weiß doch, dass ihr Briten Tee liebt.« Jetzt konnte ich ihn hören, den leichten französischen Akzent, der ihre Worte honigsüß klingen ließ.

»Sie sind also Madame Scissor?«, fragte Milo, sobald unser Kidnapper das Zimmer verlassen hatte.

Madame Scissor nickte. »Für meine Freunde Nina. Und wir sind doch Freunde und keine Feinde, *oui*?«

»Das hoffe ich«, sagte ich. Sie lachte.

»Alle wollen mit Madame Scissor befreundet sein. Das ist doch so, oder, Milo?«

»Wenn die Gerüchte wahr sind, dürfte Sie das nicht überraschen«, entgegnete Milo.

Ich legte ihm eine Hand aufs Knie, damit er nicht weitersprach. »Wir haben ihr unsere Namen nicht gesagt«, flüsterte ich.

Milos Augen weiteten sich.

»Bitte, Mademoiselle. Ich habe Monsieur Spencers Aktivitäten verfolgt, seit ich in den Nachrichten von der Rettung meiner wunderbaren Freundin Celeste erfahren habe. Dank meiner … Fähigkeiten habe ich viele Freunde. Freunde in hohen Ämtern. Ich kann mir denken, warum ihr zwei hier seid. Ich weiß, dass ihr KinTwins seid, und sicher wollt ihr, dass ich euch helfe, das Match aufzulösen, *oui*?«

»Äh, ja. Ich meine, *oui*«, antwortete Milo. Er lehnte sich vor. »Wenn Sie das aber doch für so viele Leute machen, warum verfolgen Sie dann *uns*? Machen Sie das bei all ihren … ähm … Kunden und Kundinnen?«

Madame Scissor lächelte. »Nein, nein. Aber du warst zu auffällig bei der Suche nach mir. Und jetzt warst du nach eurer Einmischung auch noch in den Nachrichten. Mein Mann wird dich tot sehen wollen.«

In diesem Moment kam Madame Scissors Bruder mit einem Tablett voll Tee zurück, das er auf dem mit kunstvollen Schnitzereien verzierten Kaffeetisch abstellte, bevor er sich in einen Sessel am anderen Ende des Zimmers setzte.

Mir gefror das Blut in den Adern, als ich versuchte zu verarbeiten, was sie gerade gesagt hatte. Warum sollte irgendwer Milo töten wollen? Madame Scissors Mann wohnte nicht einmal mehr in der Anlage. Es ergab keinen Sinn. Ich warf Milo einen Blick zu. Er starrte einfach geradeaus, den Mund leicht geöffnet. Die Hand, die auf seinem Knie lag, zitterte.

»Was hat unsere Rettung der gefangenen Frauen in Ihrer alten Nachbarschaft mit Ihrem Ex-Mann zu tun? Will er mich auch tot sehen oder geht er einfach davon aus, dass ich das ja sowieso bin, sobald er meinen KinTwin umgebracht hat?«

Milo schüttelte den Kopf und schloss die Augen. Er stand sichtlich unter Schock.

»Nein, nein, Zoe. Ich und wahrscheinlich auch mein Mann kennen deinen Namen von den Daten aus Milos DearlyDeparted-App. Nichts für ungut, aber du fielst auf dem Video kaum auf. Milo hingegen ist das personifizierte Selbstbewusstsein. Wild. Er tanzte bei eurer Flucht in der Einfahrt. So jemand würde die Lösung, wie man ein KinTwin-Match trennen kann, nicht geheim halten wollen. Solche Leute wollen die Helden sein. Sie wollen die Welt retten und das ist schlecht für die Geschäfte meines Mannes.«

»Okay, ich habe Sie bisher nicht unterbrochen und die Info, dass ich gejagt werde, verblüfft mich, ehrlich gesagt. Aber ich bin kein Held. Wollen Sie wissen, wer hier die wahre Heldin ist? Zoe. Immer.« Milos Worte überraschten sowohl mich als auch Madame Scissor.

Einen Moment lang war ich sprachlos. Milo sah mich direkt an, in seinen Augen lag eine Entschlossenheit, die ich noch nie zuvor bei ihm gesehen hatte. Ich fühlte mich immer wie ein Feigling, hatte so viel Angst vor der Welt. Als Milo im Zug seine Rede hielt, schämte ich mich so sehr, dass es mich dazu brachte, den anderen zu helfen. Aber für Milo war es anders. Er sah das

Gute in den Menschen und genau deshalb nahmen sich ihn alle immer zum Vorbild.

»Das ist wirklich süß, aber mein Mann wird es nicht so sehen.« Madame Scissor durchbrach die Stille und Milo und ich wendeten uns voneinander ab.

»Warum?«, fragte ich. »Nach allem, was ich von Celeste weiß, habe ich keinen Zweifel daran, dass Ihr Mann jemanden umbringen lassen kann, aber warum? Sie sagten, es hätte Einfluss auf seine Geschäfte. Aber inwiefern hätte das Einfluss auf Wasserleitungen?« Ich hatte mir Notizen gemacht. Das war definitiv das, was mir Celeste über Madame Scissors, oder besser gesagt, Ninas Mann erzählt hatte.

Madame Scissor seufzte. »Ihr wisst mehr, als ich dachte. Bravo. Das ist aber nicht alles, was er beruflich macht. Wisst ihr, er war immer schon in die nächste große Sache involviert und damals waren es Dating-Apps. Das Geschäft mit der *amour* ist *trés profitable*. Erst hat er über die Wasserwege die Chemikalien verbreitet, die unsere DNA so manipulierten, dass sie der unserer Seelenverwandten glich. Das in Kombination mit der Technologie der DD-App war der perfekte Plan, um die Kontrolle über die Menschheit zu erlangen. Ein paar Deals mit Wasserwerken in Europa und dann … war es überall. Eine komplette globale Assimilation.«

Mir stockte der Atem. Es war, als wäre die Zeit stehen geblieben. Ich sah zu Milo, dessen Augen beim Verarbeiten dieser Informationen hin und her huschten, als sähe er einem unsichtbaren Tennis-Match zu. Alle Hinweise waren da gewesen. Ich hatte sie nur nicht in einen Zusammenhang bringen können.

»Wie lautet Ihr Nachname, Nina?«, fragte ich.

Madame Scissor lächelte. »Bis er einer Scheidung einwilligt, könnt ihr mich Misses Argo Duff nennen. Ich glaube, jetzt habt ihr es verstanden. Ich bin mit dem Erfinder der DearlyDeparted-App verheiratet, dem Gründer von KinTwin-Discoveries.«

»Dann … war es gar keine Entdeckung. Er hat die KinTwin-Mutation erschaffen?«, wollte Milo wissen.

»Ah nein, das war ein Zufall. Er suchte nach einer wissenschaftlichen Methode, um den Grad der Seelenverwandtschaft mit einer anderen Person zu messen. Er wollte wissen, wie echt unsere Liebe war. Es war schon fast komisch. Sie standen kurz vor einem Durchbruch, aber dann steckte er seine Nase in Dinge, die ihn nichts angingen, und alles geriet außer Kontrolle. Er ist kein Wissenschaftler, hält sich aber für einen Gott. Dabei ist er bloß ein Geschäftsmann. Er weiß nicht genau, warum man bei einem Match bis in den Tod miteinander verbunden ist, keiner der Wissenschaftler weiß es. Aber so ist es jetzt. Wie immer ist es meinem Mann gelungen, aus einer Tragödie Geld zu machen. Man kann den Geist nicht zurück in die Flasche stopfen.«

»Aber Sie können es. Laut der ganzen anonymen Berichte online könnten Sie all das beenden. Wissen Sie deshalb, wie man Seelenbänder auflöst? Weil Ihr Mann sie geschaffen hat?«

Madame Scissor schüttelte den Kopf. »*Non*, das ist nicht mein Fachgebiet. Ich hatte eine Affäre mit Argos leitendem Techniker, der etwas entwickeln sollte, womit man ein KinTwin-Match wieder auflösen kann, falls es nötig werden sollte. Schau mich nicht so an, Zoe. Nicht jeder ist dazu bestimmt, mit seinem oder ihrer Seelenverwandten zusammen zu sein. Nimm zum Beispiel diese armen Frauen, die ihr gerettet habt. Sie waren auf mehr als eine Art eingesperrt. Du wirst es verstehen, wenn du älter bist.«

Ich dachte daran, wie glücklich Mom und Dad schienen, und trotzdem hatte er eine Affäre. War es möglich, dass es für ihn mehr als nur eine richtige Person gegeben hatte?

»Ich verurteile Sie nicht, es ist bloß … mein Dad hatte eine Affäre, ungefähr zur selben Zeit, als das KinTwin-Gen entdeckt wurde. Er starb bei einem Autounfall, nachdem seine … seine Freundin, sein KinTwin, bei einer Hitzewelle in einer Schlange im Supermarkt ohnmächtig wurde. Er verlor hinter dem Steuer auf der Autobahn selbst das Bewusstsein. Tatsächlich haben wir dadurch herausgefunden, dass sein KinTwin jemand anderes war.«

Milo starrte mich an und drückte meine Hand. Ich schüttelte den Kopf. Jetzt war nicht der richtige Zeitpunkt für Tränen. Es war lange her, aber ich musste es wissen. Ich musste ihr die Frage stellen, die ich meinem Dad nie hatte stellen können.

Ich räusperte mich. »Warum haben Sie es getan? Warum hatten Sie die Affäre, meine ich. Ich dachte immer, dass Dad es tat, weil er sich zu seinem KinTwin hingezogen fühlte. Doch Sie waren ja bereits mit Ihrem verheiratet. Was ist passiert?«

Madame Scissor lächelte. »Liebe ist kein Monster aus Bürde und Last, das man einsperren und zähmen muss, Zoe. Liebe hat viele Formen. Jemand kann uns nah sein wie ein Freund oder wie ein Geliebter. Wir können mehr als eine Person gleichzeitig lieben. Die KinTwin-Mutation spiegelt unser Herz und wählt die Person aus, die in biologischer und in psychologischer Hinsicht am besten zu uns passt. Das macht diese Person wohl zu einer Art Seelenverwandten. Aber vergiss nie: Du hast eine Wahl. Nur weil dir jemand sagt, dass etwas das Beste für dich ist, muss es das nicht sein.«

»So habe ich das noch nie gesehen«, flüsterte ich.

Weil die Regierung es so darstellte, war für mich immer klar gewesen, dass man seinen Seelenverwandten nicht mehr loswurde. Ich habe es als Falle gesehen, als Schicksal, dem wir alle nicht entkommen konnten. Aber so ist es nicht. Liebe bedeutet, eine Wahl zu haben, auch wenn das schwer zu erkennen ist. Hätte ich Milo jemals Beachtung geschenkt, wenn es das KinTwin-Gen nicht gäbe? Und er mir? Hätten sich Aisha und Bri gefunden?

Und wenn unsere Matches morgen aufgelöst wären, würden wir uns frei fühlen oder einsam? Gab es da überhaupt einen Unterschied? Bevor ich meinen KinTwin bekam, war ich frei, aber bedeutete das gleichzeitig, dass ich jetzt gefangen war? Mit Milo fühlte es sich nicht an wie eine Falle. Es fühlte sich an, wie nach Hause zu kommen.

»Hört mal. Wie schon gesagt, Herzensangelegenheiten sind kompliziert«, fuhr Madame Scissor fort. »Als Argo dahinterkam, war er außer sich. Es war nicht das erste Mal, dass ich während unserer Ehe eine Affäre hatte, aber das erste Mal, seit wir KinTwins wurden. Ihr müsst wissen, Argo ist so ein Mensch, der überall mitmischen muss, wenn er nicht sowieso schon involviert ist. Alles muss nach seiner Pfeife tanzen. Jedes Haar auf seinem Kopf, jeder seiner Angestellten. Diese Kontrolle hat er auf alle ausgeweitet. Die Hälfte der Banken auf der Welt gehören ihm und beim Rest besitzt er riesige Anteile. Er hat die meisten Versorgungssysteme in Großbritannien und darüber hinaus entwickelt. Das KinTwin-Gen ist mit großer Wahrscheinlichkeit die einzige Sache, die jeden einzelnen Menschen auf dieser Welt beeinflusst, und auch darüber hat er jetzt die Kontrolle. Bis heute glaube ich, dass er meinen Liebhaber hat töten lassen … ich habe ihn nie wiedergesehen. Da wurde mir klar, dass ich fliehen musste. Ich stahl die Rezeptur für das Heilmittel und verschwand.«

»Warum hat Argo Sie nicht töten lassen?«, fragte Milo.

»Ich bin nicht dumm, Milo. Ich habe das Mittel nicht selbst eingenommen. Erst wollte ich es, aber dann begriff ich, dass es das Einzige ist, das mich am Leben hält. Wenn ich es nehmen würde, hätte Argo allen Grund, mich zu töten. Außerdem weiß ich ganz tief in mir drin, dass er mich immer noch liebt. Also bleibe ich mit ihm verbunden. Sein KinTwin. Er lässt mich hier leben und behelligt mich nicht und so sieht mein Leben jetzt aus. Um über die Runden zu kommen, verkaufe ich das Heilmittel an alle, die clever genug sind, mich zu finden.«

»Aber Sie könnten noch so viel mehr tun«, sagte Milo eindringlich. »Warum gehen Sie damit nicht an die Öffentlichkeit und retten alle?«

»Wenn ich meine Dienste öffentlich anpreisen würde, würde mir bald die ganze Welt die Tür einrennen. Mir ist bewusst, wie viele jeden Tag entleiben und entleben. Ich weiß, dass das Ende naht, aber Argo ist das egal. Alles, was ihn interessiert, ist sein Profit. Ihm ist klar, dass er im Gefängnis landet, wenn alles rauskommt. Wenn ich die Menschheit heilen würde, auch mich selbst, würde er mich umbringen. Deshalb ist das alles, was ich anbieten kann.«

Wieder saßen wir schweigend da, unseren Tee hatten wir nicht angerührt.

»Und was ist mit Milo?«, fragte ich schließlich. »Könnten wir nicht einfach versprechen, dass wir niemandem etwas sagen?«

»Oh nein, Kleine. Du und deine Freunde habt zu viel Aufmerksamkeit erregt. Den anderen hübschen Mädchen aus dem Video würde er vielleicht vergeben, aber Milo? Glaubst du wirklich, dass mein Mann euch nicht mit dem Zugunglück in Verbindung bringen und ausfindig machen kann, wenn es mir gelungen ist? Sobald er weiß, dass ihr mich besucht habt, wird ihm außerdem klar sein, dass ihr über alles Bescheid wisst. Und er wird nicht darauf vertrauen, dass ein Kind das für sich behalten kann, so wie meine anderen, diskreteren Kunden.« Sie wandte sich an Milo. »Ich habe die Presse vor deinem Haus gesehen. Du warst zeitweise auf jedem Sender. Dass du noch am Leben bist, liegt meiner Meinung nach nur daran, dass alle Augen auf dich gerichtet sind. Sei auf der Hut. Wenn er glaubt, dass niemand zusieht, wird mein Mann zuschlagen.«

»Das ist doch lächerlich. Es muss etwas geben, das wir tun können«, widersprach ich. Meine Uhr sprang mir fast vom Handgelenk und mein Atem ging so schwer, als wäre ich gerade laufen gewesen. Ich konnte Milo nicht mal ansehen.

»Natürlich. Ich sehe dich. Du bist eine Kämpferin wie ich.« Sie deutete mit einem ihrer manikürten Fingernägel auf meinen Notfallbeutel. »Ich kann dir und deinem Milo mein Heilmittel zum halben Preis anbieten. Nur weil dein Liebster vielleicht stirbt, musst du es ja nicht. Hier.«

Sie schnippte mit den Fingern und ihr Bruder stand auf und reichte ihr eine Samtschatulle aus seiner Jackentasche. In jeder anderen Situation hätte es den Anschein gehabt, als würde diese einen Verlobungsring enthalten, doch als Madame Scissor sie öffnete, lagen auf dem Samtkissen darin zwei pinkfarbene Tabletten.

»Unter dem Kissen ist eine Anleitung. Im Grunde nehmt ihr beiden einfach jeweils eine Tablette, und *poof*, kein Dearly-

Departed-Syndrom mehr. Ihr seid beide frei und könnt euer Leben leben. Na ja, zumindest solange es geht.«

»Wir nehmen sie. Wie viel?«, wollte Milo wissen.

Ich starrte ihn an, während er seelenruhig sein Portemonnaie hervorholte.

»Das meinst du doch nicht ernst«, sagte ich. Eine heiße Träne rollte meine Wange hinab und ich wischte sie weg.

»Zoe, wir überlegen uns was wegen dem verrückten Milliardär, der mich umbringen will. Das heißt aber nicht, dass wir dich in der Zwischenzeit nicht retten können. Nur für den Fall.« Milo drückte meine Hand. Ich wusste, dass alles, was er sagte, richtig und logisch war und damit allem entsprach, an das ich mich normalerweise klammerte. Warum fühlte ich mich dann schuldig, so als würde ich ihn mit seinem Problem im Stich lassen?

Madame Scissor lächelte. »*C'est bon.* Ich akzeptiere auch Kartenzahlung.«

Entsetzt sah ich zu, wie sie ein Kartenlesegerät unter dem Kaffeetisch hervorholte, etwas eintippte und es Milo hinstreckte, der seine Karte dranhielt, ohne auch nur einen Blick auf das Display zu werfen.

»Warten Sie«, flehte ich, als Milo die Tabletten einsteckte. »Warten Sie kurz. Kann ich noch eine Frage stellen?«

»Aber bitte nur eine. Zeit ist Geld und ich habe noch andere Kunden.« Madame Scissor verschränkte die Arme.

»Werden wir uns anders fühlen? Nachdem wir die Tabletten geschluckt haben. Ich meine, nur um sicherzugehen, werden dadurch immer die Seelenverwandtschaft *und* das Todesband aufgehoben? Werden unsere Gefühle sich verändern … füreinander, meine ich?«

Milo schaute mich an, als sähe er mich zum ersten Mal.

Madame Scissor hob eine Augenbraue. »Vergiss nicht, was ich darüber gesagt habe, eine Wahl zu haben. Glaubst du wirklich, es gibt nur einen Menschen für dich? Mein Mann dachte, er hätte das Geheimnis entschlüsselt, und wahrscheinlich hatte er damit sogar recht angesichts der Menge an Paaren, die kurz darauf rausfanden, dass sie füreinander bestimmt waren. Aber gilt das wirklich für alle? Ich habe immer vermutet, dass eine Art Pflichtbewusstsein mit reinspielt, wegen dem man anfängt, die nötigen Gefühle zu empfinden, sobald einem gesagt wird, dass man füreinander bestimmt sei. Vielleicht ist alles echt, vielleicht nicht. Meine Kunden und Kundinnen wollen ihrem KinTwin entkommen. Da gibt es keine Gefühle, die zerstört werden müssen. Ich schätze, der Grat zwischen Liebe und Hass ist schmal, so wie bei Argo und mir, aber …«

Sie verstummte und sah aus dem Fenster.

»… ich glaube, das Todesband wird zertrennt, wenn man das Mittel nimmt. Ich habe die Beweise dafür mit eigenen Augen gesehen. Ich weiß allerdings nicht, ob die Liebe mit dem Todesband zusammenhängt. Ihr werdet selbst herausfinden müssen, ob es sich lohnt, das Risiko einzugehen.«

»Aber …«

»Kein Aber. Keine Rückerstattung. Euer Termin ist vorbei.«

Madame Scissors Bruder stand auf und führte uns aus dem Zimmer. Ich war vor Schock so betäubt, dass ich kaum mitbekam, wie er uns nach draußen in den Regen schubste und die Haustür hinter uns zuknallte. Milo holte die Schatulle aus seiner Tasche und drehte sie in seinen Händen hin und her, als wäre er ein Goldgräber, der einen Goldklumpen begutachtet.

»Und was machen wir jetzt?«, fragte er so leise, dass ich ihn über den Lärm des Verkehrs in der Nähe kaum hören konnte.

»Jetzt gehen wir in unser Hotel und denken uns was aus, wie wir dich beschützen können«, sagte ich. Meine Fingerspitzen fühlten sich immer noch taub an vor lauter Furcht, aber Furcht würde Milo nicht helfen. Ich musste mich an meine eigene oberste Regel halten: *Nicht in Panik verfallen.* Panik konnte einen töten. »Lass uns von hier verschwinden.«

Ich holte mein Handy raus, gab die Adresse des Hotels in die Karten-App ein und wir machten uns auf den Weg.

14

Milo

Es passierte nicht jeden Tag, dass man ein Zugunglück überlebte, nur damit einem dann eine mysteriöse, mit zu vielen Schals behangene Frau eröffnete, dass ihr Mann einen töten wollte. Oh, und die ganze Sache hatte mich auch noch fast tausend Pfund gekostet. Beziehungsweise die Kreditkarte meines Dads.

Wenn Argo Duff mich nicht zuerst drankriegte, würde Dad es tun.

Ich war echt ein Vollhorst. Aber darum würde ich mich kümmern, wenn ich wieder zu Hause war.

Zoe navigierte uns zu dem Hotel, das sie gebucht hatte, und ich folgte ihr mit hochgeklapptem Jackenkragen. Um mich vorm Regen zu schützen, aber auch, um mein Gesicht zu verstecken. Wie sah ein Auftragskiller überhaupt aus? Würde ich ihn erkennen? Ich starrte auf den Bürgersteig und vermied Augenkontakt mit jeder Person, an der wir vorbeiliefen. Musste ich ab jetzt für den Rest meines Lebens auf der Hut sein?

Immerhin würde ich dank Zoe, die uns ein Hotel gebucht hatte, noch einmal genug Schlaf bekommen, bevor ich wirklich auf der Flucht war oder wie auch immer man es nennen wollte.

Sie hatte extra eines in Battersea ausgesucht, weil wir wussten, dass sich Madame Scissor dort aufhielt, aber wir mussten trotzdem zwanzig Minuten durch den Regen latschen. London ist echt groß, wer hätte das gedacht?

Immerhin hieß »groß« auch »genug Orte, um sich zu verstecken«.

Über dem Eingang des Hotels hingen drei Plastiksterne und die Worte »Das Kraftwerk«. Genau genommen stand da *Das Krawe*, weil einige Buchstaben abgefallen waren, aber das war mir ganz recht. Das Kra we war sowieso ein besserer Name für ein Hotel als ein Ort, an dem man eine Dampfverbrennung bekommen konnte.

»Hi, ich habe zwei Zimmer auf Quinn gebucht«, sagte Zoe an der Rezeption. Diese befand sich hinter einer Plexiglasscheibe, die Wände waren mit demselben Stoff verkleidet wie der Boden.

»Quinn … Quinn … ah hier. Ein Doppelzimmer für zwei Nächte.«

»Nein. Ich habe *zwei* Einzelzimmer für *eine* Nacht gebucht. Ich hatte das Sonderangebot am Telefon genommen? Vielleicht haben Sie es falsch notiert?«

Die Rezeptionistin seufzte, nahm einen Zug von ihrer E-Zigarette und stieß eine riesige Dampfwolke aus, die am Plexiglas kondensierte. »Tja, was auch immer da passiert ist, wir haben kein weiteres Zimmer für euch. Es ist Sommer und wir sind komplett ausgebucht mit amerikanischen Gästen, die die Freuden der Hauptstadt genießen wollen.«

Sie sagte es in demselben ausdruckslosen Tonfall, mit dem einem jemand mitteilen würde, dass er gerade das Klopapier aufgebraucht hat.

»Aber … na gut. Es ist aber wenigstens ein … Zweibettzimmer?«

»Klar doch«, versicherte die Rezeptionistin. Sie schob eine Zimmerkarte aus Plastik rüber. »Zimmer dreizehn. Vierter Stock. Der Fahrstuhl ist kaputt, also viel Spaß.«

»Großartig«, sagte Zoe zähneknirschend.

Wir stapften die Treppen hoch, bei jedem Schritt tropfte Regenwasser von uns runter. Die Stufen waren auch noch ziemlich steil, weil sich das Hotel in einem Reihenhaus befand, das in zwei Hälften geteilt worden war, damit nebenan eine gammelig aussehende Sushibar eingebaut werden konnte. Schließlich erreichten wir das Obergeschoss und Zimmer dreizehn und Zoe brauchte auch nur drei Anläufe mit der abgegrabbelten alten Karte, um die Tür zu entriegeln.

Das Zimmer war ganz okay. Sauber, aber nichts Besonderes. Es gab einen Fernseher, einen Wasserkocher und einen offenen Kleiderschrank mit ein paar Kleiderbügeln. Mein Atem roch bestimmt immer noch nach Kotze, daher nahm ich meine Tasche und verdrückte mich ins Badezimmer, um mir die Zähne zu putzen. Als ich wieder rauskam, starrte Zoe die Betten an. Weil ich mich so beeilt hatte, ins Bad zu kommen, war mir nicht aufgefallen, dass sie zusammengeschoben worden waren.

»Sie hatte doch gesagt … das sind nicht zwei Einzelbetten. Das ist quasi ein Doppelbett.« Zoe ließ ihre Taschen fallen, ging zu den Betten und versuchte, sie auseinanderzuzerren.

Das Problem war nur, dass die Nachttische an die Wand geschraubt waren und sich deswegen die Betten nicht bewegen ließen. Das Zimmer war so schmal, dass man sie nirgendwo hin schieben konnte.

»Zumindest gibt es zwei Decken. Und keine Sorge, ich schnarche nicht«, scherzte ich.

Zoe ließ die Schultern hängen. »Wie kannst du jetzt Witze reißen?«

»Hey, neben mir zu schlafen, ist gar nicht so schlimm. Ich verspreche, dass ich saubere Boxershorts trage.«

»Du weißt, dass es mir nicht darum geht.«

»Jaja, ich weiß«, erwiderte ich. Ich ließ mich auf das Bett fallen und die zerbeulte Matratze setzte meinen Prellungen vom Zug ziemlich zu. »Au.«

»Hast du immer noch Schmerzen?«, fragte Zoe.

Ich nickte.

»Zeig mal deinen Rücken. Ich hab Muskelsalbe dabei«, sagte sie.

Zoe wühlte in ihrem Beutel, während ich mich auf die Bettkante setzte und langsam mein Shirt auszog. Langsam deshalb, weil es wehtat wie Sau, aber auch, weil es mir plötzlich total unangenehm war. Es war zwar nicht so, dass mich noch kein Mädchen oberkörperfrei gesehen hatte, Aisha nicht mal mitgezählt, es war nur … ach, weiß doch auch nicht. Es ging hier nicht um irgendein Mädchen, sondern um Zoe.

Ich spürte, wie sich Zoe hinter mich aufs Bett setzte. Ihre Hände waren so kalt, dass ich bei ihrer Berührung zusammenzuckte.

»Sorry. Tat das weh?«

»Ne, nur … kalte Hände«, antwortete ich. Ich konnte mich nicht umdrehen, konnte nicht mal daran denken, ihr jetzt in die Augen zu schauen.

»Oh hups. Das wird jetzt gleich auch nicht wärmer sein, ich warn dich nur schon mal vor«, sagte sie.

Zoe drückte etwas Kaltes, Schleimiges aus der Tube auf meinen Rücken. Yep, es war arschkalt. Diesmal war ich darauf vorbereitet und versuchte, nicht zusammenzuzucken. *Männlich, Milo. Echt sehr männlich.*

»Du hast hier ein paar blaue Flecke, aber ich glaube nicht, dass was gebrochen ist. Wir hatten verdammtes Glück.«

Das Gel passte sich der Temperatur meiner Haut an und entwickelte eine Wärme, die ich tief in meiner Rückenmuskulatur fühlen konnte.

»Es ist schon viel besser.«

»Gut. Es sollte bei den tief gehenden Prellungen helfen«, meinte Zoe.

Sie ließ ihre Finger meinen Rücken hinab- und hinaufgleiten, wahrscheinlich, um das Gel zu verteilen, aber sie waren inzwischen auch nicht mehr kalt. Sie waren warm und … *wow*. Was auch immer sie da mit meiner Schulter machte, es fühlte sich *krass gut* an.

Ich schloss die Augen und lehnte mich etwas zurück. Zum ersten Mal seit Tagen war ich komplett entspannt. Wir sagten beide nichts, während Zoes Hände an meinem Rücken hinaufwanderten und über meine Schultern und an meinem Nacken entlangfuhren. Als sie ihre Finger fester in meinen oberen Rücken drückte, warf ich den Kopf zurück und musste mich zusammenreißen, um kein Geräusch zu machen. Ich öffnete die Augen.

Zoe starrte mich an. Ihre Hände lagen noch auf meinem Rücken, aber sie hatte sich über meine rechte Schulter gebeugt und ihr Gesicht war so nah an meinem, dass ihr Atem meine Lippen kitzelte.

Es wäre wirklich toll, sie ohne den Geschmack von Kotze und Blut in meinem Mund zu küssen.

Ich lehnte mich zu ihr und sie kam mir entgegen. Wir waren uns so nah wie noch nie zuvor. Ich glaube, wir haben beide die ganze Zeit über nicht geblinzelt. Ich lehnte mich noch weiter vor, um die Lücke zwischen uns zu schließen, da drückte etwas Kleines, Rundes gegen meine Hüfte.

Die Tablettenschatulle.

Ich sprang auf, als hätte ich einen Stromschlag gekriegt. Zoe war so erschrocken, dass sie fast vom Bett fiel, und ich zog hastig mein Shirt wieder an, während sie sich aufrappelte.

»Danke. Hat echt geholfen«, murmelte ich. Ich hatte mein Shirt falsch rum angezogen und mir beim Versuch, es richtig rumzudrehen, beinahe selbst ins Gesicht geboxt.

»Äh, klar, kein Problem.« Zoe stand neben dem Bett, die Arme auf eine Art um ihren Körper geschlungen, die mir förmlich entgegenschrie, wie unwohl sie sich fühlte.

Na ja, sich unwohl zu fühlen war besser, als tot zu sein.

»Also, pass auf. Wir müssen diese Tabletten nehmen, die uns Madame Schal gegeben hat«, sagte ich.

Ich holte die Schatulle aus meiner Tasche und für den Bruchteil einer Sekunde sah es aus wie der schlimmste Heiratsantrag der Welt.

»Ich weiß nicht, ob das die beste Idee ist«, entgegnete Zoe.

»Ich will ja nicht klugscheißen, Zoe, aber war es nicht deine Idee?« Ich schüttete mir eine Tablette auf die Hand. »Außerdem haben sie mich … na gut, meinen Dad, echt viel Geld gekostet.«

»Was, wenn sie gefährlich sind oder … unerwünschte Nebenwirkungen haben?« Den letzten Teil hatte Zoe vor sich hin gebrummelt und dabei die Spitze ihres Turnschuhs in den Teppich gebohrt.

Trotz allem lächelte ich. »Was für unerwünschte Nebenwirkungen?«, fragte ich.

Sie sah zu mir auf, das Kinn trotzig nach vorn gereckt. »Ich lass dich damit nicht allein fertigwerden, okay? Immerhin bin ich diejenige, wegen der Argo Duff überhaupt auf uns aufmerksam wurde, weil ich dich dazu gebracht habe, mit mir bei Kin-Twin-Discoveries einzubrechen, um mit Bris Dad zu sprechen. Wenn du zur Zielscheibe geworden bist, dann höchstwahrscheinlich wegen mir. Wir hängen da jetzt zusammen drin. Wir beschäftigen uns mit dem Heilmittel, wenn das alles vorbei ist, okay?«

Ich überwand die Distanz zwischen uns mit drei langen Schritten, hob ihr Kinn an und küsste sie. Als ich die Arme um sie schlang, lehnte sie sich gegen mich und erwiderte den Kuss, ihre Hände in meinen Haaren und in meinem Nacken. Es war, als würde ich sie einatmen, es gab nur noch frisch gemähtes Gras und Hautkontakt und elektrisches Knistern. Schließlich lösten wir uns und sahen einander an, immer noch eng umschlungen.

»Sieht wohl so aus, als hätten wir uns noch etwas länger am Hals«, sagte ich grinsend.

»Na ja, statistisch gesehen erreichen Teams ihre Ziele schneller als Einzelkämpfer«, konterte Zoe.

Ich verdrehte die Augen. »War klar. Für dich ist es nur ein Spiel mit Zahlen.«

»Es ist *nicht* nur ein Spiel mit Zahlen. Wir sind ein gutes Team, oder?«

Mein Grinsen wurde breiter. »Stimmt.«

War es so schlimm, dass ich mir innerlich einen Ast freute, dass sie bei mir bleiben wollte, buchstäblich auf Leben und Tod? Ich meine, ja, es war offensichtlich schlimm. Egoistisch. Aber es wäre schön, wenn es noch eine Weile so bliebe und ich mich nicht wieder so allein fühlen würde wie vor der Zeit, als ich Zoe traf. Sie hatte mir nicht gesagt, dass sie total verknallt war oder so, aber das hier war ein gutes Zeichen, oder? Auch wenn ich mich vorher geirrt hatte, was Mädchen und ihre Gefühle anging. Vielleicht wog Zoe wirklich nur Gründe ab, die für uns als Überlebensteam sprachen, oder vielleicht fühlte sie sich einfach schuldig, weil sie mich mit reingezogen hatte. »Du entscheidest, wann wir die Tabletten nehmen«, sagte ich. »Ich dränge dich zu nichts.«

»Dann lass es uns aufschieben. Wir behalten die Tabletten, falls wir unsere Meinung ändern. Aber erst mal wählen wir das Übel, das wir schon kennen …« Zoe steckte die Schatulle in ihren Rucksack und umarmte mich dann wieder. »Jetzt müssen wir uns nur noch darum kümmern, dich vor dem Auftragskillerteam eines Milliardärs zu beschützen«, nuschelte sie in mein Shirt.

»Meinst du echt, er hat ein ganzes Team angeheuert? Im Ernst, ohne dich bräuchte es gar keine Auftragskiller, weil ich über meine Schnürsenkel stolpern und mir den Hals brechen würde.«

»Mhmmmmm«, seufzte Zoe. Sie lehnte sich zurück, um mich anzusehen. »Um dich aus der Ziellinie von Auftragskillern rauszuhalten: Sollen wir uns was zu essen bestellen und doofe Videos auf unseren Handys schauen, bis wir einschlafen?«

»Nur, wenn ich Bari diesmal ein Leckerli geben kann«, antwortete ich. »Ich habe gesehen, dass du welche online gekauft hast. Es wäre nur fair, wenn ich auch mal darf.«

»Na gut. Aber wir können gesunde Snacks mit Zeug aus meinem digitalen Garten erstellen. Ich hab Möhren angebaut«, schlug Zoe vor und holte ihr Handy raus.

Ich lächelte. »Du baust die online *und* im echten Leben an? Du musst zwei grüne Daumen haben.«

»Woher weißt du, dass ich gerne gärtnere?«, fragte sie.

Ich blinzelte. Sogar jetzt wollte ich nicht zugeben, dass ich ihr online nachspioniert hatte, als ich noch dachte, dass sie mich hasst. »Ach, war nur geraten. Du könntest doch nicht so gut auf das Ende der Welt vorbereitet sein, ohne selbst was anzubauen. Außerdem hab ich bei dir zu Hause Samen gesehen«, brabbelte ich.

Sie sah mich mit zusammengekniffenen Augen an. Ich hielt die Luft an.

Sie sah wieder auf ihr Handy. »Echt gute Beobachtungsgabe. Ich hätte dir mehr zutrauen sollen«, sagte sie.

Puh. Gerade so geschafft, die Internet-Stalking-Skills zu verheimlichen.

Wir bestellten ein Festmahl bei einem chinesischen Restaurant und Zoe erstellte eine Playlist mit Hundevideos, die wir beim Essen schauen konnten. Ich war etwas nervös, als ich unsere Bestellung im Foyer abholte, aber außer der Rezeptionistin, die auf ihr Handy glotzte und mich komplett ignorierte, war niemand zu sehen.

Erst beim Essen merkte ich, wie hungrig ich war. Wir hatten zum letzten Mal was gegessen, bevor wir in den Zug gestiegen waren, und es fühlte sich an, als wäre seitdem eine Woche vergangen. Wir aßen im Bett und krümelten die Decken voll, aber das war uns egal. Mir wurde bewusst, dass das vielleicht für eine Weile die letzte Nacht war, die wir zusammen verbrachten. Wir hatten keine Ahnung, was der nächste Tag bringen würde, aber ich hatte nicht das Gefühl, dass er Frühlingsrollen und Videos von Skateboard fahrenden Hunden beinhalten würde.

Zoe schlief als Erste ein. Ihr Kopf lag auf meiner Brust und ich hatte Sorge, sie aufzuwecken, wenn ich zu tief Luft holte, aber sie war komplett weggetreten. Ich nahm ihr das Handy aus der Hand und schob sie sanft auf ihre Seite des Bettes, damit ich das Licht ausschalten konnte. Die Vorhänge waren nicht zugezogen und die Fenster standen offen, weil es ohne Klimaanlage so stickig war. Draußen hatte es aber aufgehört zu regnen und die Straße war ruhig.

Ich sah auf die Uhr. Es war kurz nach Mitternacht an einem Werktag, kein Wunder, dass es so still war. Ich blickte zum Gebäude gegenüber, ein Betonblock mit Wohnungen und einem Flachdach, in dem noch ein paar Lichter brannten. Dort wohnten Leute, die einfach ihr Leben lebten und keinen Schimmer hatten, dass es ein Heilmittel für die KinTwin-Mutation gab. Vielleicht waren sie auch zufrieden mit ihrem Leben und ihren KinTwins wie Mum und Dad. Aisha und Bri.

Aisha. Sollte ich ihr eine Nachricht schicken, ihr von dem Heilmittel erzählen? Wäre sie überhaupt daran interessiert? Zumindest sollte ich ihr die Möglichkeit geben, sich zu entscheiden. Andererseits hatten Zoe und ich es noch nicht mal ausprobiert. Das Todesband zu lösen, wäre natürlich ein super Ergebnis, aber was würde mit unseren Gefühlen füreinander passieren? Madame Scissor konnte es uns nicht sagen. Sie sagte, die Entscheidung läge bei uns.

Ich nahm vorsichtig mein Handy vom Ladekabel, um Zoe nicht zu wecken, entsperrte es und rief Aishas Nummer auf. Ich sollte ihr schreiben. Hatte sie in den Nachrichten vom Zugunglück gehört? Sie hatte mir nicht geschrieben, möglicherweise war der Unfall zwischen all den anderen furchtbaren Meldungen des Tages untergegangen.

Und da war es wieder. Das Schuldgefühl. *Uh.* Vielleicht schrieb ich ihr einfach morgen statt mitten in der Nacht. Sie schlief bestimmt schon.

Ich legte das Handy weg. Meine Augen brauchten einen Moment, um sich an die Dunkelheit zu gewöhnen, nachdem ich auf den hellen Bildschirm gestarrt hatte. Ich richtete den Blick auf die Wand und versuchte, die Flecken, die in meinem Sichtfeld tanzten, wegzublinzeln. Irgendwann waren sie verschwunden. Bis auf einen.

Komisch. Ich kniff die Augen zusammen und er war nicht da, dann öffnete ich sie und sah wieder zur Wand. Ein einzelner roter Punkt auf der Tür zum angrenzenden Badezimmer. Dann bewegte er sich, die Wand hinunter, über den Teppich, aufs Bett, bis auf meine Brust, genau neben Zoes Kopf.

Ich hatte genug Videospiele gespielt, um einen Laser zu erkennen.

»Runter!«, brüllte ich und kletterte, so schnell ich konnte, vom Bett. Zoe schreckte auf und blickte sich verwirrt um, doch ich sah nur, wie nah beim Fenster sie war. Beim Fenster, das sich genau in der Schusslinie des Typen mit dem Sturmgewehr befand, der mich umbringen wollte. Ich packte sie an den Schultern und zog sie auf meine Seite des Bettes, die sich näher an der Zimmertür befand.

Wir rollten uns genau in dem Moment auf den Boden, als die ersten Kugeln das Bettzeug in ein Schneegestöber aus Füllmaterial und Stoff verwandelten.

15

Zoe

Die Schüsse machten mir bewusst, dass ich nicht träumte. Der Lärm war ohrenbetäubend, als würde um uns herum alles explodieren.

Milo zog mich vom Bett und ich landete atemlos auf dem Rücken. Im ganzen Zimmer wirbelten Federn herum wie Blätter in einem Sturm, während unzählige Kugeln in das Bett einschlugen, in dem wir eben noch gelegen hatten. Milo drückte meinen Kopf nach unten und wir duckten uns hinter den Bettrahmen. Er war die einzige Barriere zwischen uns und dem stetigen Kugelhagel, der durchs Fenster kam. Nach ein paar Sekunden hörte er auf und die Stille klingelte in meinen Ohren wie ein Tinnitus.

»Wir müssen hier weg, wahrscheinlich laden sie grad nach oder so. Zoe? Alles gut?« Milo schüttelte mich und ich sah ihn mit leerem Blick an.

»J…ja. Okay, ich brauche nur meinen Notfallbeutel.«

»Hast du sie noch alle? Ne! Wir müssen abhauen. Jetzt!« Milo zeigte auf die Tür.

Ich sog scharf die Luft ein. »Sorry, aber ich brauche den Beutel. Halt die Tür auf, ich bin gleich da.«

Bevor er mich aufhalten konnte, hechtete ich über das Bett auf die Fensterseite, wo sich mein Beutel befand. Sofort setzten die Schüsse wieder ein. Über meinem Kopf brach krachend das Fensterglas und Holzsplitter flogen durch das Zimmer, als die Kugeln erneut in das Bett sowie in die Türen und in die Wand einschlugen. Ich schnappte mir den Beutel und kroch damit ums Bett herum zur Brandschutztür, die Milo offen hielt.

»Schnell, schnell, schnell!«, brüllte er über die Schüsse hinweg.

Ich rollte mich im selben Moment durch die Tür, in dem Milo sie losließ. Das dumpfe Geräusch von Metall auf Holz erklang von der anderen Seite der Tür, aber sie hielt den Schüssen stand.

»Die haben sicher gesehen, dass wir abgehauen sind. Sie werden jede Minute hier sein. Wir müssen weg«, keuchte ich.

Milos Augen weiteten sich. »Ja, das hab ich doch versucht, *dir* zu sagen – was auch immer da noch in dem Beutel ist, war es hoffentlich wert. Los!«

Ich drückte den Riemen meines Notfallbeutels an mich. Er war es immer wert, jetzt ganz besonders. Mom würde es mir nie verzeihen, wenn ich ihn auf meinem ersten Trip verlor.

Wir rannten den Flur entlang und nahmen auf dem Weg in das Stockwerk darunter immer zwei Stufen auf einmal. Ein paar Türen, an denen wir vorbeirasten, gingen auf und verschlafene Gesichter, die von den Schüssen geweckt worden waren, sahen uns hinterher. Wir eilten zur nächsten Treppe, Milo voran, ich dicht hinter ihm, und setzten so unseren Weg bis zur Rezeption fort.

»Ich rufe die Polizei, verstanden? Und kommt ja nicht wieder!« Es war dieselbe Rezeptionistin wie vorhin, die uns durch die Rauchwolke ihrer E-Zigarette hinterherbrüllte.

Wir rannten auf die Straße, die mir plötzlich total leer vorkam. Es wurden keine Kugeln mehr abgefeuert, aber das lag vermutlich daran, dass die Schützen auf dem Weg waren, um uns mit ihren bloßen Händen zu töten.

Milo blieb abrupt stehen. »Wo lang? Wir können nicht einfach drauflosstürmen. Wir müssen es schlau anstellen.«

Ich stützte mich auf den Knien ab, um wieder zu Atem zu kommen, und sah mich zu beiden Seiten um. Auf der einen Seite lag das furchtbar aussehende Sushi-Restaurant, aber es war geschlossen. Dadrin konnten wir uns schon mal nicht verstecken. Auf der anderen Seite stand eine Reihe Elektroautos, die an Ausleihstationen angeschlossen waren.

»Das meinst du doch nicht ernst?«, fragte ich, als ich Milos Blick zu den Autos folgte. »Milo, mehr als zweiundzwanzig Prozent aller DD-Unfälle passieren in Fahrzeugen. Und wir würden bestimmt nicht auf die Verkehrsregeln achten, wenn wir versuchen, diesen Leuten zu entkommen. Besser, wir verstecken uns, bis sie weg sind.«

Milo drückte meine Hand. »Ich weiß, dass du uns beschützen willst, aber niemand feuert Waffen an einem öffentlichen Ort ab, nur um dann einfach so aufzugeben. Und ich gehe lieber hinterm Steuer ein Risiko ein, als mir eine Kugel einzufangen. Vertraust du mir?«

Ich zögerte. Was er sagte, ergab Sinn. Vielleicht war für unsere Sicherheit in diesem Szenario leichtsinniges Verhalten besser? Ich hatte keine Zeit, die Statistiken durchzugehen. Wir mussten eine Entscheidung treffen.

»Ich vertraue dir«, sagte ich.

Er grinste. »Dann los.«

Wir rannten zum ersten Auto und Milo hielt sein Handy an das Bezahlfeld, das aufleuchtete und fragte, wie weit er fahren wollte. Er hielt den Knopf gedrückt, bis KARTENLIMIT ERREICHT dastand, dann drückte er Enter.

Die Autotüren entriegelten sich mit einem Klicken.

Ich rannte zur Beifahrerseite, als die Türen des Betonblocks gegenüber unseres Hotels aufflogen. Zwei schwarz gekleidete Männer stürzten auf die Straße und sahen sich um. Einer hielt den Schaft einer langen Waffe in den Händen. Der andere hatte eine Pistole.

Sie drehten sich in unsere Richtung und einer der beiden zeigte auf uns.

»Steig ein! Los!«, rief ich Milo zu, kletterte ins Auto und hatte gerade meinen Sicherheitsgurt angelegt, als der Motor ansprang.

»Hatte nicht vor, hier Wurzeln zu schlagen!«, brüllte Milo zurück.

Er legte den Rückwärtsgang ein und wir schossen so schnell nach hinten, dass ich nach vorn in meinen Gurt geschleudert wurde. Ich warf einen Blick über die Schulter, um zu sehen, wo die Männer mit den Waffen waren.

Die Straße war leer.

»Wo sind sie hin? Sie waren gerade noch da«, sagte ich.

Milo wechselte den Gang und das Auto machte einen Satz. »Vielleicht haben wir sie abgehängt. Das wäre gut, denn ich glaube, diese Dinger haben nicht die beste Beschleunigung.«

Ich sah zu, wie die Häuser langsam an uns vorbeizogen. Er hatte recht. Es dauerte zehn Sekunden, um auf fünfundsechzig zu kommen, womit wir bereits das Tempolimit überschritten. Am Ende der Straße bogen wir links ab, um so viel Distanz wie möglich zwischen uns und die Schützen zu bringen.

»Was glaubst du, wie sie uns gefunden haben?«, fragte Milo, die Augen auf die Straße gerichtet.

»Die offensichtliche Verbindung ist Madame Scissor. Diese seltsame Beziehung zu ihrem Ex-Mann … möglich, dass sie ihm gesagt hat, wo du bist. Ich weiß es nicht. Argo Duff ist ein einflussreicher Mann, wer weiß, was für Quellen er sonst noch hat?« Ich starrte aus dem Fenster auf die vorbeirauschenden Gebäude. Immerhin gab es so spät keinen Verkehr, um den man sich Sorgen machen musste.

»Zoe, es tut mir so leid«, sagte Milo. Er biss sich fest auf die Lippe.

»Was denn?«

»Dass ich dich mitgenommen habe. Wir hätten vielleicht einfach die Tabletten nehmen sollen, damit wir keine KinTwins mehr sind. Egal, was für komische Nebenwirkungen sie gehabt hätten. Es war egoistisch, mit dir verbunden zu bleiben, dich weiter Gefahr auszusetzen.«

Ich schaute auf meine Hände und zupfte an der Haut um meinen Fingernagel herum. »Milo, wir bleiben zusammen. Sorry, aber du wirst mich nicht los.«

Milo legte eine Hand auf meine. »Okay. Sobald wir anhalten, überlegen wir uns einen richtigen Plan. Ich weiß gerade nicht mal, wo ich hinfahren soll. Irgendeine Idee?«

»Ich schau mal. Fahr einfach weiter.«

Ich holte mein Handy raus und öffnete die Karten-App. Bari versuchte, die digitale Hundeklappe in der oberen Ecke mit seiner Nase aufzustupsen, aber ich wischte ihn weg. *Später, Kleiner. Versprochen.*

Die Stadtkarte von London mit all den Läden und Straßennamen und sich überschneidenden U-Bahn-Haltestellen überforderte mich komplett. Wo sollte ich da anfangen? Nichts war mir vertraut, wir kamen ja beide nicht aus London.

Ich musste jemanden fragen, der es tat.

Ich öffnete SoulBait. Die Suchbegriffe fielen mir ein, während ich tippte: LONDON + KINTWIN + UNTERSCHLUPF.

Es wurden über hundert Ergebnisse ausgespuckt, deshalb filterte ich sie nach Beliebtheit und klickte den ersten Beitrag an. Der Titel lautete DER ANTI-KINTWIN-CLUB. EIN UNTERSCHLUPF FÜR ALLE, DIE EINE ANDERE MÖGLICHKEIT IN ERWÄGUNG ZIEHEN.

»Ich glaube, ich habe einen Ort gefunden, wo wir hinkönnen. Klingt nicht so, als würden wir dort auf jemanden treffen, der mit Argo Duff zu tun hat«, sagte ich zu Milo. »Hör dir das an: *Du bist mit dem KinTwin-Regime nicht einverstanden? Suchst du nach einem Ort, an dem du frei reden kannst? Komm in den Anti-KinTwin-Club. Sieben Tage die Woche geöffnet, von acht bis spät. Freitags zwei Cocktails zum Preis von einem.*«

»Den letzten Satz hättest du nicht vorlesen müssen«, bemerkte Milo grinsend.

»Ich bin einfach ein bisschen durch den Wind, weil auf mich geschossen wurde und wir viel zu schnell fahren. Es könnte sehr gut auch eine Falle sein, aber ich weiß nicht, wo wir sonst hinsollen. Willst du die Wegbeschreibung oder nicht?«

»Wir haben, glaube ich, keine Wahl«, erwiderte Milo. Ich zog den Pin auf der Karte, die dem Beitrag angehängt war, näher heran. Der Club befand sich circa zehn Minuten von uns entfernt. Ich übertrug die Adresse auf das eingebaute Navi im Auto und überließ Milo die Anfahrt. Um mich wenigstens ein bisschen zu beruhigen, scrollte ich durch die anderen Kommentare unter dem Post. Sie erstreckten sich über mehrere Seiten und kamen von echten Accounts mit Profilbildern, von denen manche sogar im Club selbst aufgenommen worden waren. Auf meinem Handybildschirm wirkte alles absolut echt.

»Fast da«, sagte Milo und bog rechts ab.

Ich lehnte mich zurück und betrachtete die Lichter, die von den Regentropfen auf dem Seitenspiegel reflektiert wurden. Da erschien plötzlich ein schwarzer Van hinter uns auf der Straße.

Ich richtete mich auf. »Milo, kannst du bitte bei der nächsten Straße links abbiegen?«

»Warum? Das Navi sagt, wir sollen rechts abbiegen …«

»Tu mir einfach den Gefallen. Bieg links ab, aber blink nicht. Vertrau mir einfach«, bat ich und wiederholte seine Worte von vorhin.

Milo zuckte mit den Schultern und bog an der nächsten Abzweigung so scharf ab, dass wir in unseren Sitzen herumgeworfen wurden. Kurz darauf bog auch der Van hinter uns ab.

»Wir werden verfolgt«, flüsterte ich, als könnten sie uns hören.

»Shit. Bist du dir sicher?«, wollte Milo wissen. Er warf einen Blick in den Rückspiegel und riss die Augen auf. »Der schwarze Van?«

»Ich glaube, dass die beiden Männer deshalb nicht auf uns geschossen haben. Sie haben ihr Auto geholt.« Ich konnte den Blick nicht vom Seitenspiegel lösen. Das Spiegelbild des Vans wurde immer größer.

»Glaubst du, sie wissen, dass wir sie bemerkt haben?«, fragte Milo.

Wie zur Antwort zersplitterte der Seitenspiegel vor meinen Augen in Tausende Scherben, gefolgt vom unverwechselbaren Klang eines Schusses.

»Ist denen, glaube ich, egal. Kannst du sie abhängen?«

»Ich kann's versuchen«, sagte Milo.

Er trat aufs Gaspedal und wir schossen los. Das Auto beschleunigte zwar nicht besonders schnell, aber schnell genug. Außerdem war das Fahrzeug hinter uns ein Van, es hatte also auch nicht so viel Motorkraft.

Milo schielte auf den Punkt auf dem Navi und schwenkte nach rechts aus. »Wenn wir es zu diesem Club schaffen, ist das vielleicht unsere beste Möglichkeit, Hilfe zu finden. Wir müssen nur zuerst diese Typen abschütteln.«

Die Ampel vor uns war rot, doch Milo gab noch mehr Gas. Wir rasten über die Kreuzung und zwei Autos wichen uns hupend aus. Ich warf einen Blick nach hinten. Der Van schlängelte sich zwischen den anderen Autos hindurch, als wären sie gar nicht da.

»Er verfolgt uns immer noch«, sagte ich.

Zwei weitere Schüsse hallten durch die Luft und die Heckscheibe zersprang. Ich hielt schützend die Hände über den Kopf und Milo duckte sich in seinen Sitz.

»Shit. Was jetzt? Wir können nicht vor den Kugeln davonfahren«, stellte Milo fest. Er fuhr einen Schlenker, als der nächste Schuss fiel und eine Laterne rechts von uns in einem Funkenregen aufging.

Ich sah mich verzweifelt nach einer Lösung um, die nicht bedeutete, dass wir beide am Ende tot waren. Rechts und links von uns zweigten Seitenstraßen ab, wir befanden uns also in einer Wohngegend. Das hieß auch, dass es so gut wie keinen Verkehr gab und wir uns nicht in einer Autoschlange einreihen und hoffen konnten, dass unsere Verfolger uns aus den Augen verloren. Uns blieben nur sehr wenige Versteckmöglichkeiten.

Noch ein Schuss von hinten, der diesmal Milos Seitenspiegel traf. »Die zielen immer besser«, brüllte er über das Geräusch von berstendem Glas hinweg.

Ich holte tief Luft. *Keine Panik. Panik ist Zeitverschwendung.*

Milo fuhr weiter und ich sah mir die Straße vor uns an. Wir fuhren auf eine niedrige Brücke zu, ein Schild wies die Maximalhöhe durchfahrender Fahrzeuge aus. Ich schnappte mein Handy, öffnete die Kamera und zoomte die Schrift auf dem Schild heran. Zwei Meter. Zum Glück waren die alten Londoner Straßen mit der modernen Welt so inkompatibel.

Wenn ich von Milo eine Sache gelernt hatte, dann dass es im Leben durchaus Situationen gab, in denen Impulsivität und Risikobereitschaft gut für einen sein konnten.

»Bieg nicht ab. Fahr geradeaus weiter, so schnell du kannst«, wies ich Milo an.

Seine Augenbrauen verschwanden in seinem Haaransatz. »Dein Ernst? Ich habe mal gehört, man soll Zickzack-Linien fahren, wenn jemand auf einen schießt«, erwiderte er. »Wir müssen abbiegen, sonst trifft uns sehr wahrscheinlich ihre nächste Kugel.«

»Nein. Schau dir die Brücke da vorn an – sie ist zu niedrig. Wir sitzen in einem langsamen elektrischen Leihauto, das viel kleiner ist als die Maximalhöhe. Aber der Van hinter uns …«

»Die passen nicht durch«, folgerte Milo. »Und sie werden es vermutlich erst merken, wenn es zu spät ist. Schlau.«

Wieder ertönte ein Schuss und dieses Mal traf er die Frontscheibe. Ich schrie auf, als sich darauf spinnennetzförmig Risse ausbreiteten und Milo vor Schock das Lenkrad rumriss.

»Ich seh nichts. Shit! Ich seh nichts!«

»Ich hab eine Idee«, sagte ich. Ich rutschte tiefer in meinen Sitz und positionierte die Beine aufs Armaturenbrett. Dann löste ich mit einem gezielten Tritt die Scheibe aus dem Rahmen und die einzelnen Glasstücke fielen auf die Straße. Der Wind strömte ins Innere des Autos, raubte mir den Atem und peitschte Haarsträhnen in mein Gesicht.

»Die Brücke«, brüllte ich gegen den Wind an. Sie war genau vor uns, vielleicht fünfzig Meter entfernt. »Fahr auf die Brücke zu.«

»Halt dich fest«, brüllte Milo zurück und trat das Gaspedal bis zum Anschlag durch.

Obwohl wir nicht mehr als achtzig fuhren, fühlte es sich ohne Frontscheibe, die uns vor dem Wind schützte, an, als würden wir auf einer Achterbahn abwärtsfahren. Ich hatte Mühe, meine Augen offen zu halten, und Tränen rollten vor Anstrengung meine Wangen hinab. Ich drehte mich ein letztes Mal zum Van um, der nah genug hinter uns war, dass ich die Gesichter der beiden Schützen auf den Vordersitzen erkennen konnte. Der Beifahrer hielt seinen Kopf aus dem Fenster, hob den langen Lauf seiner Waffe und schloss ein Auge, um zu zielen.

»Geschafft«, schrie Milo.

Ich riss den Kopf wieder herum, als wir unter der Brücke verschwanden. Das plötzliche Erlöschen des Lichts im Schatten der Struktur über uns stürzte mich in absolute Dunkelheit und meine Augen brauchten einen Moment, um sich daran zu gewöhnen.

Was ich aber hören konnte, war das Geräusch, als Metall mit hoher Geschwindigkeit auf zweihundert Jahre alten Backstein krachte. Sie hatten keine Chance. Als wir auf der anderen Seite der Brücke wieder hinaus ins gedämpfte Licht der Straßenlaternen schossen, blinzelte ich und warf einen Blick zurück, um zu sehen, ob wir frei waren. Die Schnauze des Vans steckte im Tunnel, aber das war der einzige Teil, der es hineingeschafft hatte. Im künstlichen Licht war gut zu sehen, dass bereits Rauch unter der Brücke hervor in den Himmel waberte. Es war unmöglich zu erkennen, was mit den Schützen passiert war, die im Van festsaßen.

»Krass, wir haben es geschafft! Wir haben es tatsächlich geschafft!«, jubelte Milo, während wir die Straße entlangrasten.

Ich atmete erleichtert aus. »Ja. Milo, können wir jetzt etwas langsamer fahren? Ich will nicht fürs Zu-schnell-Fahren festgenommen werden, nachdem wir gerade einer Nahtoderfahrung entkommen sind, danke.«

Milo nickte und bewegte seinen Fuß rüber zur Bremse. Wir verlangsamten auf viel anständigere fünfzig. Jedes einzelne Haar an meinem Körper stand zu Berge, als das Adrenalin durch mich hindurchrauschte, und meine Uhr vibrierte ohne Ende, aber es war mir egal. Ich wusste, dass es nicht gut war, aber ich fühlte mich unbesiegbar. Milo und ich hatten erfolgreich Leute abgewehrt, die uns töten wollten. Mit Waffen. Und wir hatten nicht mehr gehabt als einen elektrischen Mietwagen.

Ich lehnte mich zu Milo rüber und küsste ihn auf die Wange, ganz spontan, und er grinste mich an.

»Schau auf die Straße«, sagte ich und versuchte, nicht zu lächeln. Ich wollte nicht, dass es ihm zu sehr zu Kopf stieg. »Und fahr uns zum Anti-KinTwin-Club. Wir müssen das Auto loswerden, wenn wir keine Aufmerksamkeit erregen wollen.«

»Schätze, ich krieg die Anzahlung nicht zurück«, murmelte Milo, hörte aber nicht auf zu lächeln.

Er folgte dem Punkt auf dem Navi, das auf wundersame Weise nicht vom Kugelhagel getroffen worden war, und ich versuchte, mich zu beruhigen. Genauso wie einen Panik umbringen konnte, konnte es auch ein Adrenalinschub. Nervenkitzel-Abhängige trafen mit fünfundachtzig-prozentiger Wahrscheinlichkeit Entscheidungen, die sie später bereuten, hatte ich mal gelesen. Wenn ich wollte, dass Milo am Leben blieb, musste ich einen klaren Kopf bewahren. Ich hatte das dumpfe Gefühl, dass Argo Duff noch viel mehr Leute kannte, die bereit waren, für Geld alles zu tun. Und er verfügte über einen sehr großen Geldtopf.

Nach dem Abstecher unter die Brücke mussten wir ein Stück zurückfahren und bogen um ein Uhr morgens in die Straße ein, in der sich laut SoulBait der Club befand. Das Auto holperte über die Pflastersteine, bis der Bildschirm aufleuchtete.

»Schadenserkennung aktiviert. Zahlung nicht gedeckt. Dieses Fahrzeug wurde zwangsweise deaktiviert.« Eine blecherne Stimme las vor, was auf dem Bildschirm stand, und kurz darauf erloschen alle Lichter auf dem Bedienfeld und das Auto blieb stehen.

»Na gut. Sorry, Auto«, sagte Milo. Er tätschelte das Lenkrad. »Danke, dass du uns heil da durchgebracht hast. Hoffe, du wirst bald repariert.«

Ich schüttelte den Kopf und er zuckte die Schultern, dann stiegen wir aus. Ich rief die Karte auf meinem Handy auf, um zu sehen, wie weit es noch bis zum Club war.

»Es sollte gleich dort sein.« Ich sah vom Bildschirm zu dem Gebäude vor mir auf. »Sieht aber zu aus. Entdeckst du irgendwo Licht?«

»Nein. Vielleicht haben sie geschlossen und wir haben sie verpasst?«, überlegte Milo.

»Sollte da nicht ein Schild sein oder so? Das kommt mir komisch vor.« Ich steckte mein Handy ein und schlang die Arme um mich.

Milo zog mich an sich und legte sein Kinn auf meinen Scheitel. »Keine Sorge. Zumindest haben wir Argo Duffs Schwachmaten abgehängt. Wir denken uns was aus.«

Ich seufzte und sah über Milos Arm hinweg in die Dunkelheit. Eine Gestalt trat ins Licht einer Laterne. Es war ein Junge, nicht viel älter als wir, aber ziemlich klein und in einen langen Regenmantel gekleidet.

»Habe ich gerade gehört, dass ihr über Argo Duff gelästert habt?«, rief er uns zu und lächelte. »In dem Fall glaube ich, dass ihr genau am richtigen Ort seid.«

16

Milo

Normalerweise wäre ich ja nicht einfach mitten in der Nacht irgendeinem Teenager hinterhergelatscht, der mich von einer menschenleeren Londoner Straße in eine dunkle Gasse führt. Aber ich überlebte auch nicht ständig Verfolgungsjagden, es war wohl der Tag der ersten Male.

Zoe drückte meine Hand und ich drückte zurück. Wenigstens war ich nicht allein. Ohne Zoe wäre ich bis jetzt schon mindestens acht- oder neunmal gestorben und da rede ich nur von heute. Ich wusste, dass wir uns irgendwann trennen mussten, bevor Argo Duff checkte, dass sie genauso über alle Sachen Bescheid wusste, wegen denen er mich umbringen lassen wollte. Aber es war schön, dass sie bei mir war.

Der Junge blieb vor einer Metalltür stehen und klopfte dreimal. Ein kleines Fenster öffnete sich einen Spaltbreit, wie eine Luke in einer Gefängnistür, durch die Essen gereicht werden kann.

»Passwort?«, fragte eine Frauenstimme hinter der Tür.

»Muss ich ernsthaft singen, Shirley?«, maulte der Junge.

Ich unterdrückte ein Lachen. Wir waren auf der Flucht vor

einem Killerkommando, standen hier mit einem Jungen, der aus den Schatten aufgetaucht war, und es gab ein geheimes Passwort, das er singen sollte? »Ich würde es ganz gerne hören. Du weißt schon, falls ich es beim nächsten Mal brauche«, sagte ich.

Zoe sah mich schief an.

Die Augen in der Luke huschten von mir zu dem Jungen und wieder zurück. »Wenn du für sie bürgst, muss ich das Passwort hören«, beharrte Shirley.

Der Junge seufzte, warf uns einen Blick über die Schulter zu und räusperte sich. »Verdammte … Na gut. Hem, hem. *Finde Freunde, neue Freunde! Mach dir bloß keine Feinde! Sonst kriegst du die Grippe und springst dem Tod niemals von der Schippe!* Zufrieden?«

»Oh ja«, kam es von Shirley.

Mann, so hatte ich über dieses Kinderlied noch nie nachgedacht. Als ich klein war, hatte ich es oft gehört, aber jetzt gerade schien es die KinTwin-Mutation perfekt zu beschreiben. Ob Argo Duff es als Kind auch gesungen hatte? War er jemals etwas anderes als ein Milliardärsmonster auf einem Egotrip gewesen?

Die Schlösser in der Tür klickten ein paarmal und sie öffnete sich. »Kommt rein, schnell«, sagte Shirley.

Wir schlüpften hinter dem Jungen mit dem zu großen Regenmantel hindurch und an Shirley vorbei, die vermutlich um die Ende zwanzig war und dunklen Eyeliner sowie ein paillettenbesetztes Kleid trug. Hinter der Tür befand sich eine kleine Garderobe, wo Zoe sich weigerte, ihren Notfallbeutel abzulegen, und einen Samtvorhang, der den Raum vom Rest der Bar abtrennte. Wir trugen keine Mäntel und ich war noch nie so froh, dass ich in meinen Klamotten eingeschlafen war und mein Handy und mein Portemonnaie in meinen Taschen steckten.

»Ihr müsst meinen KinTwin entschuldigen«, sagte der Junge und nickte in Shirleys Richtung. »Sie hält sich für besonders witzig.«

»Ich bin witzig. Und du hast immerhin gesungen«, feixte Shirley und ging durch den Vorhang in den Barbereich.

»Shirley ist dein KinTwin?«, fragte ich. »Ich meine, ich hab schon von Altersunterschieden gehört, aber … schön für dich, schätz ich.«

Er warf mir einen genervten Blick zu. »Wir sind nur zehn Jahre auseinander. Und außerdem, ich bin nicht von dem Ufer, an dem man für immer glücklich mit einer Frau zusammenlebt, schon gar nicht mit Shirley. Unsere Beziehung ist rein platonisch.«

Der Junge holte sein Handy raus und Zoe und ich tauschten einen Blick.

»Wie ist so ein Match möglich?«, platzte es aus Zoe heraus. »Ich meine, wenn man keine romantische Beziehung haben kann?«

Der Junge sperrte sein Handy und grinste. »Ihr werdet hier noch viel lernen. Liebe heißt für jeden was anderes. Wir sehen uns beide nicht als … Menschen, die was Festes suchen, wie ihr es wohl nennen würdet. Ich habe kein Interesse an langfristiger Monogamie und Shirl auch nicht. Deshalb klappt das mit uns. Ich stehe auf Jungs, sie steht auf die meisten Menschen mit einem Puls … so wollen wir halt unser Leben leben. Sie ist mein absoluter Lieblingsmensch, wir haben Spaß zusammen. Ich könnte mir keinen besseren KinTwin vorstellen.«

Er ging in den Barbereich und ließ mich und Zoe sprachlos zurück. Als ich jünger war, wünschte ich mir immer, dass Aisha mein KinTwin ist. Es war kein Geheimnis, dass ich total in sie verknallt war, und sie fand es fast schon witzig, als sie sich geoutet und damit meine Träume zerstört hat. Dass wir KinTwins hätten sein können, traf mich ziemlich.

Wobei, so ganz stimmte das auch nicht. Ich hatte Aisha sehr lieb, aber wir ergänzten uns nicht so gut wie Zoe und ich. Aisha und ich brachten uns gegenseitig oft auf die Palme, wir konnten uns im Kino nicht mal Popcorn teilen, weil sie lieber salziges aß und ich süßes. Und sie war allergisch auf Hunde. Aisha war meine beste Freundin, aber sie war nicht meine Seelenverwandte. Madame Scissor hat betont, wie wichtig es ist, die Wahl zu haben, auch wenn man sich damit gegen die Norm stellt.

Mann, KinTwins waren viel komplizierter, als es in den Nachrichten rüberkam.

In dieser Bar war noch weniger los als in dem Club, in dem wir bei uns zu Hause gewesen waren. Ungefähr zwanzig Leute saßen in mit Samt ausgekleideten Nischen und unterhielten sich. Es lief leise Musik und auf einer Bühne stimmte eine vierköpfige Band gerade ihre Streichinstrumente. Der Raum hatte keine Fenster und alles versprühte diesen Untergrund-Vibe, so als würde niemals jemand mitbekommen, dass wir hier waren. Diese Bar war so viel besser als der erste Club, in dem wir nach Madame Scissor gesucht hatten. Die Stimmung war ganz anders.

»Es ist wie eine Flüsterkneipe«, sagte Zoe und schaute sich um.

»Eine was?«

»Diese geheimen Untergrundbars, die es während der Prohibition in den USA gab, in die man nur mit einem Passwort reinkam. Sie waren ein Safe Space, wo sich Gleichgesinnte treffen konnten.«

»Stimmt genau.« Der Junge hatte seinen Regenmantel ausgezogen und stellte sich zu uns an die Bar. »Ich bin übrigens Lonnie. Und bevor ihr fragt, nein, das ist natürlich nicht mein richtiger Name. Wir wollen hier unter dem Radar bleiben und außerdem gab es schon einige Nachahmer-Posts, die andere Orte für sicher erklärten. Man kann heutzutage nicht vorsichtig genug sein.«

Lonnie musterte uns von oben bis unten. Ich folgte seinem Blick und bemerkte eine Glasscherbe, die sich in meine Hemdtasche gebohrt hatte.

»Ist echt wild da draußen«, murmelte ich, zog die Scherbe vorsichtig raus und legte sie neben mir auf die Theke.

Lonnie nickte dem Barkeeper zu, der die Geste erwiderte und die Scherbe in den Mülleimer fegte. Dann gab er Eis in drei Gläser und füllte sie mit einem klaren, sprudelnden Getränk auf.

»Die erste Runde geht aufs Haus. Wir schenken keinen Alkohol aus. Wir wollen hier klar im Kopf bleiben«, erklärte Lonnie. Der Barkeeper stellte unsere Getränke auf ein Tablett, das Lonnie entgegennahm. »Kommt, ich stelle euch ein paar Leuten vor. Nach dem, was ihr draußen gesagt habt, können wir Erfahrungen austauschen. Oh, und überlegt euch, wie wir euch nennen sollen. Denkt euch was aus, aber nehmt nicht eure echten Namen.«

Er schlängelte sich zwischen den Tischen hindurch. Ein paar Leute sahen auf und nickten uns zu, andere waren tief ins Gespräch vertieft. Die Streicherband fing wieder an zu spielen und der Raum wurde von Jazzmusik erfüllt. Nicht wirklich mein Ding, aber Bri hätte es geliebt. Aisha hatte mir mal erzählt, dass sie echt gut Geige spielen konnte. Ich hatte das Gefühl, dass mein Herz stolperte, wie damals, als ich von meinem BMX gefallen war und mir den Arm gebrochen hatte. Aisha hätte jetzt gesagt, dass ich wirklich Heimweh haben musste, wenn ich sogar schon *Bri* vermisste.

Lonnie blieb an einem Tisch in der Nähe der Bühne stehen, an dem vier Leute saßen und sich unterhielten. Sie sahen zu uns auf und ich nahm Zoes Hand und verschränkte meine Finger mit ihren.

»Hey, Leute. Das sind …?« Lonnie wartete darauf, dass wir uns vorstellten. *Shit, stimmt, die Decknamen.*

Zoe war zum Glück vorbereitet. »Ich bin Mary Miller und das ist John Smith. Wir sind erst seit Kurzem KinTwins und wir waren deswegen bei Madame Scissor und ja, das ist auch schon alles.«

Ich sah Zoe mit hochgezogener Augenbraue an. Vage Aussagen waren untypisch für sie. Sprachliche Prägnanz und so. Vielleicht war sie genauso nervös wie ich.

»Ähm, hi. Alles klar?« Ich winkte unbeholfen und ließ die Hand sinken.

»Okay.« Lonnie sah uns stirnrunzelnd an und stellte unsere Gläser auf den Tisch. »Bisschen mundfaul, die beiden. *Mary* und *John* also. Gut. Hier haben wir Bryce, Nell, Hari und Rosebud. Ich lass euch mal ankommen. Viel Spaß.« Lonnie scheuchte uns in die Nische. Wir mussten uns etwas hineinquetschen, aber die anderen rückten zusammen und lächelten uns zu. »Sehr schön. Tschüss dann«, sagte Lonnie und ging zurück zur Bar.

»Willkommen bei den Anti-KinTwins, aber alle, die regelmäßig hier sind, sagen AKT dazu. Seid ihr zum ersten Mal da?«, fragte die Person, die laut Lonnie Nell hieß. Ihr Kopf war kahl rasiert und ein Tattoo bedeckte ihren ganzen Arm, aber es war in dem gedämpften Licht kaum auf ihrer dunklen Haut zu erkennen.

»Ja«, antwortete Zoe. Sie drückte meine Hand unter dem Tisch.

»Super. Da Lonnie euch aufgegabelt hat, habt ihr sicher was zu erzählen. Ich stell euch erst mal alle vor.«

Nells Vorstellungsrunde war sehr ausführlich und detailliert, aber das schien niemandem was auszumachen. Ihr KinTwin war Bryce, eine non-binäre, asexuelle Person aus London. Bryce hatte langes violettes Haar, trug ein Netzshirt und wirkte ziemlich schüchtern. Nell selbst war aromantisch und sie und Bryce lebten sehr glücklich zusammen in einer Wohnung in Camden. Sie hörten allerdings gar nicht gern, wenn jemand sagte, dass sie heiraten oder Kinder kriegen sollten, nur weil sie KinTwins waren. Von Zeit zu Zeit lebten sie sogar getrennt, weil Bryce eine eigene Wohnung besaß, worüber sich die Leute erst recht das Maul zerrissen.

»Das tut mir echt leid. Jeder sollte sich um seinen eigenen Kram kümmern«, sagte ich.

Auf der anderen Seite des Tisches saßen Hari und Rosebud. Sie waren das komplette Gegenteil voneinander: Hari hatte dunkelbraune Haut und trug ein schickes Hemd und einen Schlips, Rosebud hingegen trug eine pinkfarbene Bluse mit Blumenmuster und seine Haut war so blass, dass er aussah wie ein Vampir. Sie waren seit ein paar Jahren KinTwins, aber weil sie polyamor lebten, gab es seit letztem Jahr noch eine dritte Person in ihrer Beziehung. Es war so schon schwer genug, als schwules Paar akzeptiert zu werden, aber sobald Leute rausfanden, dass sie auch außerhalb ihres Seelenbands nach Liebe suchten … Ihre Nachbarn hatten so heftige Sachen zu ihnen gesagt, dass sie sich jetzt nur noch mit gleichgesinnten Paaren hier im Club trafen.

»Mir war gar nicht klar, dass durch KinTwins alles so … kompliziert wird«, gab ich zu. »Ich dachte immer, dass dadurch alles einfacher wird, vor allem für mich. Aber es ist für niemanden einfacher.«

»Ganz genau. Jetzt verstehe ich, warum Lonnie euch reingelassen hat«, sagte Rosebud lächelnd und sein dunkles Haar fiel ihm ins Gesicht.

Als wir mit unserer Geschichte dran waren, kriegte Zoe auf einmal den Mund nicht mehr auf. Vielleicht war sie unter neuen Leuten nervöser, als ich dachte, keine Ahnung, aber sie war schon seit der Verfolgungsjagd komisch drauf gewesen. Andererseits, wie sieht normales Verhalten nach einer Verfolgungsjagd eigentlich aus? Also übernahm ich das Reden und berichtete den anderen von unserem Besuch bei Madame Scissor. Und von den Tabletten. Ich ließ alles raus. »Ihr habt Madame Scissors Tabletten genommen? Wow«, sagte Hari. »Es gibt hier ein paar Leute, die sie auch genommen haben, aber nur, weil sie überhaupt nicht mit ihrem KinTwin klargekommen sind, ganz gleich, wie viel sie gemeinsam hatten. Sie schienen irgendwie traurig darüber zu sein. Bin nicht sicher, ob man an etwas so Großem wie dem Schicksal, wie dem KinTwin-Band, rumpfuschen sollte.«

»Oh echt? Wir haben sie noch nicht genommen. Wir wägen noch unsere Optionen ab.« Ich warf Zoe einen Blick zu und sie zuckte mit den Schultern.

Ich öffnete den Mund, um ihnen auch die andere Sache zu erzählen, dass Argo Duff die KinTwin-Mutation geschaffen und Schicksal rein gar nichts damit zu tun hatte. Aber Zoe drückte wieder meine Hand und schüttelte ganz leicht den Kopf. Sie hatte recht. Die Gefahr, in der ich mich befand, weil ich dieses Geheimnis kannte, war schon groß genug. Die anderen waren nicht mal bei Madame Scissor gewesen und ich wollte sie nicht auch zur Zielscheibe machen.

»Und was ist eigentlich mit Lonnie?«, wechselte ich das Thema. »Er sieht jünger aus als ich. Wie ist er hier gelandet?«

»Ah. Lonnie lebt hier quasi, mit Shirl«, erklärte Bryce. They stellte keinen Augenkontakt her, aber ich wusste, dass they mit mir sprach. »Er ist gerade achtzehn geworden und Shirl, tja, sie hat 'ne harte Zeit hinter sich. Sie haben einen Altersunterschied von, wie viel … zehn Jahren ungefähr? Aber sie stehen eh nicht aufeinander. Sie hatten ein Match und die Regierung verteilte Geld an alle KinTwins, die zusammenleben, also war es das Naheliegendste, dass sie sich eine Wohnung teilen. Außerdem hatte Lonnies Mum Krebs. Sein Dad war ihr KinTwin, der arme Junge sollte also beide Eltern verlieren, bevor er mit der Schule fertig war. Deshalb wollte Shirl unbedingt, dass sie zusammenziehen.«

»Aber … wenn Shirley sein KinTwin ist und ihr diese Bar gehört, hat sie dann nicht von ihren Gästen von Madame Scissor erfahren? Hätte sie nicht rausfinden können, wo sie wohnt, und versuchen können, Lonnies Dad zu retten?«, fragte Zoe.

»Das hat sie«, antwortete Nell, »aber Lonnies Dad hat es abgelehnt. Ich habe gehört, dass Lonnies Mum ihn angefleht haben soll, aber … er hatte Angst, verstehst du? Davor, ohne seine Frau weiterzuleben, davor, was irgendwelche Tabletten aus einer Hinterhofbar anrichten könnten. Er hatte bis dahin noch nie von Madame Scissor gehört. Du weißt doch, wie es ist. Argo Duff lässt nicht zu, dass sich das Gerücht verbreitet. Deshalb findet man nur in unmoderierten Foren wie SoulBait Beiträge über sie. Die meisten Leute, die sie lesen, glauben nicht mal, dass sie wirklich existiert, deshalb gibt es … leider viele traurige Geschichten.«

»Oh Mann, dieser Argo-Duff-Typ ist echt das mieseste Arschloch«, entfuhr es mir.

»Das ist unfassbar traurig«, sagte Zoe.

Sie wischte sich eine Träne weg. Ich legte meinen Arm um sie und drückte ihre Schulter.

»Alles okay?«, flüsterte ich ihr ins Ohr. Die anderen hatten zumindest den Anstand wegzusehen, als sie bemerkten, in welcher Verfassung Zoe war.

»Ja, alles gut … Es ist bloß … ich war immer so besessen davon, zu überleben und alles unter Kontrolle zu haben, dass der Gedanke, dass da draußen jemand herumläuft, der mich jeden Moment töten könnte, mein größter Albtraum war. Ich habe nie darüber nachgedacht, dass die KinTwin-Mutation andere davon abhält, ihr Leben zu leben. Bevor ich dich traf, habe ich genauso gelebt, wie ich es wollte, und jetzt tue ich das auch. Man muss die Leute von diesen ganzen Erwartungen befreien. Das KinTwin-Matching-System verhindert, dass die Menschen ihr Leben in vollen Zügen genießen, das ist so bedrückend.«

»Ich weiß. Aber hey, wir haben ja die Tabletten, wenn wir sie nehmen wollen. Wir haben eine Wahl. Und vielleicht finden wir einen Weg, um allen diese Wahl zu ermöglichen. Uns fällt schon was ein«, versprach ich. Noch eine Träne lief über Zoes Gesicht und ich drückte sie an mich.

»Wie schaffst du es, immer so positiv zu sein?«, wollte Zoe wissen. »Ich habe mich jahrelang auf das Schlimmste vorbereitet, bin immer vom Schlimmsten ausgegangen. Aber du siehst in jeder Situation das Gute. Wie machst du das?«

»Übung«, sagte ich grinsend und Zoe schenkte mir ein schiefes Lächeln. »Weiß ich gar nicht so genau. Vielleicht wegen meiner Eltern, vielleicht wegen Aisha. Unser Motto ist es, das Leben zu genießen. Spring vom höchsten Felsen, tritt noch etwas kräftiger in die Pedale. Kein Moment wird verschwendet. Weißt du, was der schönste Moment für mich war? Als mein Herz raste und ich Schiss hatte und vor Freude vibrierte, alles gleichzeitig?«

Zoe schüttelte den Kopf.

»Gestern. Nicht die Verfolgungsjagd, nicht die Entführung. Sondern als ich dich im Zug geküsst habe. Es war dieser erste Kuss, Zo… ich meine, Mary. Kein Klippenspringen oder Radfahren oder Basejumping ist mit diesem ersten Kuss vergleichbar.«

Sie beugte sich zu mir und drückte ihre Lippen auf meine und ich verlor mich völlig in diesem langen, intensiven Kuss. Ich streichelte mit dem Daumen über ihr Kinn, bis sie sich von mir löste und mich anlächelte.

»Ich dachte, du wärst die Schüchterne«, sagte ich.

»Ich war noch nie schüchtern. Mir ist egal, was andere über mich denken. Ich will einfach keine Zeit verschwenden«, gab sie zurück.

Das stimmte. Zoe wirkte zwar schüchtern, aber sie schreckte nicht gerade davor zurück, anderen ihre Meinung mitzuteilen. Sie hatte vorhin nicht viel gesagt, aber vielleicht musste sie auch nur erst mal alles, was wir gehört hatten, sacken lassen. Immerhin war das ganz schön viel. Wir saßen eine Weile schweigend da, hörten der Band zu und ließen die Stimmung auf uns wirken. Ich war schon lange nicht mehr so entspannt gewesen und ein dumpfes Gefühl sagte mir, dass es nicht anhalten würde, also genoss ich es, solange ich konnte.

»Milo«, begann Zoe schließlich. Sie legte einen Finger an mein Kinn, drehte mein Gesicht zu sich und sah mich mit zusammengezogenen Augenbrauen an. »Ich glaube … vielleicht sollten wir über das Heilmittel sprechen …«

Lonnie wählte genau diesen Moment aus, um seine Hände auf den Tisch zu klatschen. Ich hatte nicht mal bemerkt, dass er rübergekommen war. »Wir haben einen Notfall, Gentlemenschen«, sagte er, sah dabei aber nur mich und Zoe an. »Hat sich rausgestellt, dass man nicht unter dem Radar fliegt, wenn man ein völlig demoliertes Auto, noch dazu ein gemietetes, mitten auf der Straße zurücklässt. Laut unserer Überwachungskamera hängen draußen ein paar sehr robust aussehende, schwarz gekleidete Gentlemen rum. Mindestens einer scheint eine Waffe zu haben. Ihr müsst verschwinden.«

»Verschwinden? Wohin denn?«, fragte ich. Zoe war bereits aufgestanden, aus der Nische getreten und warf sich ihren Notfallbeutel über die Schulter. »Wenn sie draußen sind, wo sollen wir hin?«

»Es gibt eine Hintertür. Ich bin nicht völlig herzlos, aber wir müssen den Club beschützen. Das versteht ihr sicher.«

»Ja klar«, sagte Zoe. Sie drehte sich zu mir und hielt mir ihre Hand hin.

»Aber du wolltest mir gerade etwas sagen«, protestierte ich und schälte mich aus der Sitzecke.

»Es kann warten«, erwiderte sie.

Wir verabschiedeten uns schnell von den anderen und alle im Club sahen zu, wie Lonnie uns an der Bühne vorbei zu einem abgesperrten Notausgang manövrierte.

»Diese Tür führt zur Rückseite des Gebäudes, eine Straße von eurem Auto entfernt. Wenn ihr euch beeilt, können wir euch etwas Zeit verschaffen, falls sie hier auftauchen.«

»Lonnie, ich kann dir nicht genug danken«, sagte ich und wollte noch viel mehr sagen. In der Stunde, die Zoe und ich hier verbracht hatten, hatte ich mehr über KinTwins und mich selbst gelernt als in all den Jahren zuvor, seit die KinTwin-Mutation entdeckt wurde.

»Schon okay. So bin ich eben. Wisst ihr, Shirl und ich haben die Tabletten noch nicht genommen. Vielleicht tun wir es noch, vielleicht auch nicht. Vielleicht leben wir eines Tages in einer Welt, in der wir einfach wir selbst sein können, statt akzeptable Versionen von uns darstellen zu müssen. Wie auch immer es für euch weitergeht, ich wünsche euch viel Glück.« Lonnie lächelte, drückte die Tür auf und spähte hinaus in die Gasse. Es war erst kurz nach drei Uhr morgens, aber weil es Sommer war, ging die Sonne bereits langsam auf. »Sieht frei aus. Los.«

Zoe musste man das nicht zweimal sagen. Sie schoss hinaus in die Gasse, prüfte selbst noch mal alle Richtungen und sah mich erwartungsvoll an.

Als ich hinausgehen wollte, hielt Lonnie mich fest. »Hör zu, Kumpel. Wenn du in Argo Duffs Fadenkreuz geraten bist … musst du versuchen, für 'ne Weile unterzutauchen. Passt auf euch auf, okay? Ihr müsst irgendwann wiederkommen und für ein Getränk bezahlen, nicht vergessen.«

»Das werden wir. Danke.« Ich schüttelte Lonnies schmale Hand.

»Gut. Es gibt hier in der Gegend einige leer stehende Gebäude. Die Population ist nicht mehr, was sie mal war, seit sich die Todesrate verdoppelt hat.« Ich nickte. »Geht über die Straße, biegt rechts ab und noch mal rechts. Gelbes Backsteingebäude mit grünen Fenstern, ihr könnt es nicht verfehlen. Steht schon seit Jahren leer, es wurde nicht mal besetzt. Dort sollten sie euch nicht finden. Versteckt euch und macht einen Plan. Ich will, dass ihr dieses Getränk bestellt, verstanden?«

»Danke, Lonnie. Für alles«, sagte Zoe.

Ich nahm Zoes Hand und wir flohen hinaus in die anbrechende Morgendämmerung.

17

Zoe

Wir fanden das Gebäude, von dem Lonnie gesprochen hatte, auf Anhieb. Alle Eingänge waren mit Brettern vernagelt, aber ein Stück Sperrholz über einem der Erdgeschossfenster auf der Rückseite des Hauses war morsch und Milo und ich konnten es mit etwas Krafteinsatz entfernen.

Im Inneren war es staubig, aber zum Glück nicht feucht. Es gab Spuren von anderen, die vor uns dort gewesen, aber irgendwann in Eile wieder verschwunden waren und nur alte Süßigkeitenverpackungen und fadenscheinige Schlafsäcke zurückgelassen hatten.

Milo lehnte sich gegen eine Wand und verschickte ein paar Nachrichten, was meiner Meinung nach angesichts der Umstände nicht die beste Idee war. Er zeigte mir eine Nachricht auf seinem Handy, die er an Aisha gesendet hatte.

Hey, A. Wir haben 'ne super Zeit in London und bleiben vielleicht noch etwas.

Hätte nur meinen Regenschirm mitnehmen sollen, es pisst übelst. Bis bald! 😘😘

»Was soll das denn heißen?«, fragte ich.

»Na ja, Argo Duff weiß ja schon, dass ich in London bin. Also muss ich das nicht unbedingt geheim halten. Regenschirm war unser … du findest das bestimmt richtig peinlich. Regenschirm ist unser geheimes Codewort.«

Ich hob eine Augenbraue.

»Wenn du klein bist und dir ausmalst, dass du eines Tages mal entführt wirst und dann einen Brief schreiben und behaupten sollst, dass es dir gut geht … dann überlegst du dir ein Codewort, um zu sagen, dass es ein Notfall ist, das aber niemand sonst kennt.«

Ich nickte. »Ich verstehe, was du meinst, ich … ich hatte nur nie so einen Freund oder eine Freundin. Also hab ich auch kein geheimes Codewort.«

Milo legte sein Handy weg und drückte meine Hand. »Du kannst Regenschirm benutzen, wenn du möchtest. Aisha wird nichts dagegen haben.«

»Regenschirm, okay. Auch wenn ich nicht verstehe, was Aisha deiner Meinung nach aus dreihundert Kilometern Entfernung ausrichten kann«, sagte ich.

Milo zuckte die Schultern. »Weiß ich auch nicht. Ich dachte bloß … falls was passiert – was nicht so sein wird –, aber falls … dann sollten die anderen wissen, warum ich mich nicht mehr melde, das ist alles. Vor allem, wenn es für dich noch nicht sicher genug ist, um dich mit ihnen in Verbindung zu setzen.«

Darauf erwiderte ich nichts. Stattdessen dachte ich an Mom und fragte mich, ob ich ihr erzählen sollte, was los war, oder ob sie das nur in größere Gefahr brachte. Zumindest trackte sie mich nicht mehr, was sie hoffentlich aus alldem raushielt. Auf keinen Fall würde ich die Ortungsfunktion selbst einschalten. Sie musste mir einfach weiterhin vertrauen und sie nicht benutzen, sonst verfiel sie noch in Panik und Panik war schlecht. Aisha saß immer noch zu Hause fest, umgeben von Presseleuten, wenn ich den Meldungen auf meinem Handy Glauben schenken konnte. Die öffentliche Aufmerksamkeit schützte sie, außerdem hatte nicht Aisha Madame Scissor aufgesucht, sondern wir. Argo Duff würde sie in Ruhe lassen. *Hoffentlich.*

Ich hatte sowieso kein geheimes Codewort, das ich Mom schicken konnte. Was für Milo und Aisha wahrscheinlich bloß ein lustiges Spiel gewesen war, als sie klein waren, stellte sich jetzt als hilfreichere Überlebensstrategie raus als der gesamte Inhalt meines Notfallbeutels. Mom hatte gesagt, dass sie mir vertraute, also musste ich auch an mich selbst glauben. Wir konnten das hier schaffen. Operation Regenschirm war nur eine Vorsichtsmaßnahme.

Ein Gedanke drängte sich mir auf. »Warte mal, was ist mit Mobilfunkmasten? Wenn Argo Duff so einflussreich ist, wie alle sagen, kann er uns vielleicht orten?«

»Ha, bin ich darauf etwa besser vorbereitet als die berühmte Überlebenskünstlerin Zoe Quinn?« Milo lächelte und zeigte mir seinen Handybildschirm, auf dem er ein paar Befehle eintippte. »Ich nutze einen VPN. Aisha und ich haben den installiert, weil alle guten Fernsehserien immer auf den regionalen amerikanischen Streamingdiensten laufen und alle Programme, die unsere Handys scannen, denken dann, wir befänden uns in Amerika. Außerdem soll mein Aufenthaltsort nicht ständig an meine Eltern übermittelt werden. Ich brauche meine Privatsphäre. Und ich hab einen Nachrichtendienst im Internet verwendet, nicht das Telefonnetz, so sollten sie uns nicht aufspüren können.«

»Das ist … echt schlau«, sagte ich, ärgerte mich, weil mir das nicht selbst eingefallen war, und machte schnell mein eigenes Handy aus. Vielleicht machte einen dieses Überlebenszeug kurzsichtig. Milo hatte das hier durch sein Bedürfnis nach mehr Trash-TV herausgefunden und es war ein ziemlich genialer Move. »Ist aber bestimmt auch nicht ganz wasserdicht?«

Milo zuckte die Achseln. »Es funktioniert beim Filmeschauen, vielleicht sind wir damit fürs Erste sicher, sollten aber auf der Hut sein? Ich glaube, es war es wert, die Nachricht zu schicken. Vertrau mir, sie wird sie verstehen.«

»Okay. Wir bleiben wachsam, ruhen uns aber erst mal hier aus.«

Milo nickte. »Zoe … hör zu. Ich habe viel über unsere Sicherheit nachgedacht und … Ich finde, wir sollten die Tabletten nehmen«, sagte er.

Mein Kopf flog so schnell herum, dass mein Nacken knackte.

»Wie kommst du darauf, nach allem, was ich im Hotel gesagt habe?«, fragte ich, bevor mir bewusst wurde, dass das vielleicht eine zu heftige Reaktion war, und einen Schritt zurücktrat. Ich konnte Milo nicht sagen, wie stark meine Gefühle für ihn waren. Er hatte schon viele Freundinnen gehabt. Er würde mich wahrscheinlich komisch finden. »Ich meine … wir hängen da zusammen drin, schon vergessen?«

»Das stimmt schon. Aber gerade entscheiden wir uns nicht füreinander. Nicht wirklich jedenfalls. Du hast die anderen in Lonnies Bar und Madame Scissor doch gehört. Ich weiß, wir sind erst am Anfang, aber soll unsere ganze Beziehung auf dem durchgeknallten Plan eines exzentrischen Milliardärs aufbauen? Wir müssen herausfinden, ob das zwischen uns echt ist. Ich glaube, dass es das ist. Vertraust du mir?«

Ich schluckte so laut, dass Milo es bestimmt hören konnte.

»Ich weiß. Ich weiß, dass du recht hast. Es ist nur … was, wenn es anders wird, nachdem wir das Band durchtrennt haben? Was dann?«

»Dann sollte es einfach nicht sein. Und wir sind frei«, erwiderte er. »Können frei wählen … was auch immer das bedeutet. Ich hab eine Scheißangst davor, die Tablette zu nehmen, okay? Genauso wie davor, umgebracht zu werden und auf der Flucht zu sein und … vor noch vielen anderen Sachen. Aber ich bin derjenige von uns mit einem Ablaufdatum. Uns wurde ein Ausweg geboten, die Chance für dich zu leben.«

Ich setzte ein Lächeln auf und hoffte, dass man mir meine schreckliche Angst nicht ansehen konnte. Vor ein paar Tagen hätte ich alles dafür getan, am Leben zu bleiben. Aber jetzt? Mom hatte sich seit so langer Zeit zurückgezogen. Dad war tot. Ich hatte bis jetzt keine Freunde gehabt und … *jemanden*, der sich wirklich für mich interessierte. Mein Leben hatte endlich wieder einen Sinn.

»Komm«, sagte er, ging durchs Zimmer und holte die Tablettenschatulle aus der Seitentasche des Notfallbeutels, in der ich sie im Hotel versteckt hatte. Milo drückte mir die Schatulle in die Hand und ich schloss kraftlos die Finger darum. »Wir machen es zusammen. Madame Scissor sagte, dass wir beide eine Tablette nehmen müssen, damit es funktioniert.«

Ich schluckte, dann schüttete ich die Tabletten auf meine Hand, wo sie hin und her rollten, weil ich so stark zitterte. Ich wollte mutig sein. Konnte ich es? Doch die Pillen gaben mir keine Antwort. Sie blieben einfach rund und pinkfarben und stumm.

Das Heilmittel bedeutete Kontrolle und Kontrolle war das Gegenteil von Chaos. War das wirklich so schlimm?

»Okay. Hast gewonnen. Ich hole uns Wasser, dann tun wir es«, gab ich nach, die Worte tropften mir von den Lippen wie Gift.

Sah Milo etwa einen winzigen Moment lang enttäuscht aus? Nein, der Schatten, der sich auf sein Gesicht gelegt hatte, verschwand so schnell wieder, wie er aufgetaucht war.

Ich ging zur Küchenzeile hinter dem Empfangsbereich und kramte zwei Gläser hervor. Dann öffnete ich mit zitternden Händen den Deckel der Wasserflasche aus meinem Notfallbeutel. Ich hatte Angst, stand aber nicht so neben mir, dass ich es wagte, alte Wasserhähne in einem verlassenen Gebäude zu benutzen.

Einerseits war meine Freiheit nur eine winzige Tablette weit entfernt. Andererseits … bedeutete Freiheit nicht immer Sicherheit. Milo glaubte, dass ich ohne unser Seelenband sicherer wäre, aber ich konnte nicht mehr ohne ihn sein, nicht, seit ich wusste, wie es mit ihm war.

Ich gab Milo ein Glas. Es fühlte sich mehr nach einem seltsamen Trinkspiel als nach einer lebenswichtigen Entscheidung an, aber dadurch wurde es nicht weniger beängstigend.

Wir mussten beide eine Tablette schlucken, damit es funktionierte. Wenn Milo seine nahm … konnte ich doch bestimmt noch ein paar Tage damit warten und darüber nachdenken?

»Bereit?«, fragte er.

Nein, dachte ich.

Ich zwang mich zu einem Lächeln und nickte. »Wir zählen von drei runter. Drei.«

»Zwei.«

»Eins«, flüsterte ich.

Milo legte sich die Tablette auf die Zungenspitze und spülte sie mit seinem Wasser runter. Er hatte die Augen geschlossen und ich fällte meine Entscheidung in Sekundenschnelle. Ich legte die Tablette wieder in die Schatulle, dann schloss ich den Deckel und trank mein Wasser. Er bekam nichts davon mit.

»Äh … hat es geklappt?«, fragte er einen Augenblick später.

Mein Herz raste. Milo durfte nicht wissen, was ich getan hatte. Ich bemühte mich, gleichmäßig zu atmen und meinen Puls zu verlangsamen.

Alle Dinge, wegen denen er die Tablette im Club plötzlich nehmen *wollte*, hielten mich davon ab. Er hatte recht, seine Gründe waren logisch nachvollziehbar und vernünftig. Aber meine Gefühle waren nicht vernünftig. Sie waren nicht logisch nachvollziehbar und ich wollte sie genauso wenig verlieren, wie ich Milo verlieren wollte. Er würde es irgendwann herausfinden, vielleicht. Aber vielleicht hatte er bis dahin seine Meinung geändert. Fürs Erste musste ich ihn in dem Glauben lassen, dass ich sie genommen hatte. Ich schluckte noch mal, Schuldgefühle steckten in meiner Kehle fest wie das Fremdkörpergefühl der Tablette, die ich nie genommen hatte.

»Schwer zu sagen, ohne einen von uns umzubringen. Vielleicht, wenn einer von uns starke Schmerzen hätte? Drück doch mal auf eine deiner Prellungen«, schlug ich, um eine ruhige

Stimme bemüht, vor. Ich hatte das Gefühl, ihn gerade hintergangen zu haben. Aber es war zu unserem Besten. Ich half doch uns beiden damit, oder? Wir durften einander nicht verlieren, nicht jetzt. Manchmal ist es besser, eine Entscheidung für jemand anderen zu treffen, als ihm die Wahl zu lassen.

»Uff, kann's kaum erwarten«, brummte er.

Ich wappnete mich.

Er zog sein Shirt über der Stelle an seiner Hüfte hoch, wo sich ein gewaltiger lilafarbener Bluterguss befand. So fest er konnte, drückte er darauf und biss vor Schmerzen die Zähne zusammen.

Es war die reinste Folter und von der Anstrengung, den Schmerz nicht auf meinem Gesicht zu zeigen, lief mir eine Schweißperle von der Stirn in die Augenbraue. Gerade, als ich es nicht mehr länger hätte aushalten können, ließ er los und sah mich an. Aber ich hatte es verdient. Der Schmerz machte meine Schuldgefühle etwas erträglicher, wenn auch nur für ein paar Sekunden.

»Und?«

Erleichterung. Die Erleichterung war so groß, dass ich fast nach Luft geschnappt hätte.

»Nichts«, sagte ich.

»Und sind deine Gefühle … anders? Also, für mich?«, fragte er.

Offensichtlich nicht. Aber er wusste nicht, warum.

Ich lächelte. So einfach würde er es mir nicht entlocken. »Sorry, wer bist du?«

»Nicht lustig«, erwiderte er und zog mich näher zu sich. Ich vergrub mein Gesicht an seiner Schulter.

»Komm, lass uns hinlegen. Wir haben echt lange nicht mehr geschlafen«, wechselte ich das Thema, damit die Schuld für eine

Weile aufhörte, an mir zu nagen. »Hoffen wir einfach, dass dein VPN-Trick funktioniert hat. Schlafmangel könnte uns genauso schnell umbringen wie Argo Duffs Auftragskiller.«

Milo gähnte. »Hast recht. Und meine Pläne funktionieren immer. Vertrau mir, Zoe, wir sind sicher. Zumindest fürs Erste.«

Als er nicht hinsah, ließ ich die Tablettenschatulle wieder in meinem Beutel verschwinden. Mir war schlecht, aber das war der Preis für das, was ich getan hatte. Ich konnte die Tablette jederzeit nehmen, sobald ich noch mehr Vertrauen in unsere Beziehung hatte, sobald ich sicher war, dass sie echt war. Und ich würde doch merken, wenn es so weit war, oder?

Warum fühlte ich mich dann nicht besser?

Dem Aussehen des Eingangsbereichs und den über den Wänden verteilten Postern mit den lächelnden Models nach zu urteilen, musste in diesem Gebäude mal eine Zahnarztpraxis gewesen sein. Wir liefen es einmal komplett ab, um uns zu versichern, dass wir wirklich allein waren, und fanden im oberen Stockwerk weitere Behandlungsräume, entschieden uns aber dafür, unten zu schlafen, falls wir schnell abhauen mussten. Aus den Stühlen im Wartezimmer ließ sich leicht eine Art Bett bauen und Milo stöberte ein paar zahnförmige Kissen auf, die wir auf die harten Plastiksitze legen konnten. Wir benutzten nicht die herumliegenden Schlafsäcke, das wäre zu weit gegangen, aber es war nicht kalt und Milo kuschelte sich beim Einschlafen eng an mich.

Ich wusste, dass ich es ihm sagen sollte, aber ich konnte es nicht, nicht jetzt. Es gab keinen richtigen Zeitpunkt dafür, aber er musste es irgendwann erfahren. Ich starrte meinen Beutel auf der anderen Zimmerseite an, in dem mein Geheimnis steckte. Ich würde es ihm sagen.

Nur noch nicht jetzt.

Als ich aufwachte, war es wieder dunkel. Wir hatten den ganzen Tag geschlafen, aber ich war immer noch müde. Milos Arm lag schwer auf meiner Hüfte und sein Brustkorb hob und senkte sich langsam. Er schlief tief und fest.

So vorsichtig ich konnte, befreite ich mich von seinem Arm und ließ ihn auf eins der Zahnkissen zurückfallen. Er rührte sich nicht, als ich durchs Zimmer zu einem der Fenster ging. Die Fenster in diesem Raum waren ebenfalls mit Brettern vernagelt, hatten aber Fensterläden aus Metall, in die Löcher gebohrt waren, damit sich keine Feuchtigkeit bildete, und aus dem richtigen Winkel konnte man durch diese runter auf die Straße blicken.

Draußen schien alles ruhig zu sein. An der Ecke flackerte eine Laterne und warf Schatten auf die Straße. Dann bewegte sich einer der Schatten.

Mir stockte der Atem. Ich war müde und hatte mich vielleicht geirrt. Wir hatten viel durchgemacht, eventuell sah ich schon Dinge, die gar nicht da waren. Ich beobachtete das flackernde Licht, bis meine Augen tränten.

Der Schatten bewegte sich wieder. Diesmal war es nicht nur einer, es waren fünf. Sobald sie die zweite Laterne erreicht hatten, die nicht flackerte, war klar, dass es keine Schatten waren. Es waren Menschen, komplett in Schwarz gekleidet, die sich als eine Einheit bewegten. Ein Killerkommando.

Der Anführer hielt etwas vor sich, das herumzappelte. Es war eindeutig eine Person, die jedoch viel kleiner war als die Männer. Sie hatten doch bestimmt kein Kind dabei, oder? Ich kniff die Augen zusammen, als sie unter einer weiteren Laterne hindurchgingen. Sie kamen näher und die ins Metall gebohrten Löcher waren winzig, deshalb veränderte ich meine Position vor dem Fenster, um eine bessere Sicht zu haben. Die Geisel war ein Junge, nicht viel älter als Milo oder ich, sein Gesicht und sein Mantel waren blutverschmiert.

Ich trat vom Fenster zurück und hielt mir die Hand vor den Mund. Diese zu große Jacke würde ich überall wiedererkennen. Es war Lonnie.

Ich schnappte mir meinen Notfallbeutel, lief zurück zu Milo und rüttelte ihn wach.

»Mmmm … hey … Was ist los?«

Der letzte Teil klang gedämpft, weil ich ihm mitten im Satz den Mund zugehalten hatte. »Sei still. Wir müssen weg. Duffs Leute sind draußen und sie haben Lonnie. Er ist … er ist verletzt, ich glaube nicht, dass er uns freiwillig verraten hat. Aber wir müssen verschwinden. Jetzt«, flüsterte ich.

Milos Augen weiteten sich und ich nahm die Hand von seinem Mund. Er nickte, stand auf, zog sich die Schuhe an und wir gingen gemeinsam zum Fenster, um unsere Optionen abzuwägen.

Sie waren nicht mehr da. Die Straße war leer, als hätten sie nie existiert.

»Sicher, dass du sie gesehen hast?«, fragte Milo.

Ich sah ihn entschlossen an. »Milo, das war kein Traum. Sie waren genau dort«, zischte ich. Ich lief vor dem Fenster auf und ab, die Löcher wechselten von blickdicht zu offen zu blickdicht und wieder zu offen, aber Milo hatte recht. Da war niemand.

Milo gähnte und rieb sich die Augen. »Okay, ich schau noch mal …«

Das Geräusch von berstendem Holz war im Vergleich zur Stille der Straße so laut, dass wir beide vor Schreck in die Luft sprangen. Ich wirbelte herum und sah durch das Loch zwischen den Brettern über dem Fenster auf der Rückseite, durch das wir eingestiegen waren, schwarze Uniformen. Und das Loch wurde immer größer. Das erste Gesicht, das darin erschien, war blutüberströmt. Lonnie.

Er riss die Augen auf. »Lauft! Lauft! Lauft!«, schrie er.

Ein riesiger Arm schubste ihn zur Seite und einer der maskierten Männer zwängte sich durch das Loch.

Wir hatten keine Zeit, um uns schuldig zu fühlen, weil wir Lonnie zurückließen, oder um darüber nachzudenken, wie wir hier rauskommen sollten. Ich rannte auf den Ort zu, der am weitesten von unseren Verfolgern entfernt lag: die Treppe, die nach oben zu den Behandlungsräumen führte. Ich spürte Milos Schritte auf den Stufen hinter mir und rannte weiter, ohne mich nach ihm umzusehen.

»Hier lang.« Auf dem Treppenabsatz packte mich Milo am Arm und rannte nach links, auf ein Behandlungszimmer zu, das er vorher bei unserer Runde durchs Haus kontrolliert hatte. Er trat die Tür auf. Ich warf einen Blick zurück und genau in diesem Moment erreichte der erste der Männer den oberen Treppenabsatz.

»Wir sitzen in der Klemme«, rief ich. Wir schlossen die Tür, aber ich konnte noch sehen, dass die übrigen Männer aufgeholt hatten und in unsere Richtung zeigten. Keine Spur von Lonnie.

Ich schnappte mir den Zahnarztstuhl, den Wagen mit den Behandlungsinstrumenten und den Hocker für die Zahnhygienikerin und schleuderte sie in Richtung der Tür. Dann klemmte ich den Wagen unter die Türklinke, wobei ich mich um ein Haar an den scharfen Instrumenten geschnitten hätte, die darauf noch immer für einen Patienten bereitlagen, der niemals kommen würde. Ich trat einen Schritt zurück, als an der Klinke gerüttelt wurde. Die Konstruktion hielt fürs Erste, aber sie würde nicht lange standhalten. Diese Typen hatten Waffen. Sie würden es irgendwie hier reinschaffen.

Milo stand am Fenster und versuchte, es aufzustemmen.

»Was machst du da? Wir können da draußen nirgendwohin«, sagte ich, durchquerte den Raum mit zwei großen Schritten und sah durch die Scheibe. Die Fenster des Raumes waren nicht mit Brettern verrammelt und hinter diesem hier lag ein Flachdach, das an das Gebäude anschloss, allerdings ging es dahinter steil nach unten.

»Es gibt immer einen Weg«, knurrte Milo. Er zog am Schiebefenster, bis sich seine Fingerspitzen weiß färbten.

Hinter uns hämmerte jemand gegen die Tür. Dem Beben des Türrahmens nach unter vollem Krafteinsatz.

»Ha!«, rief Milo. Ich wirbelte zu ihm herum, er hatte das Fenster aufbekommen und kalter Wind strömte ins Zimmer. »Los, ich habe eine Idee.«

Er kletterte raus und ließ sich ungefähr einen halben Meter nach unten auf das Dach fallen. Die Tür würde nicht mehr lange halten, und weil es keinen anderen Ausweg gab, schwang ich ebenfalls meine Beine über das Fensterbrett.

Gerade, als ich in der Hocke landete, hörte ich hinter mir einen lauten Schlag. Sie waren drin. Milo zog mich auf die Füße. »Schnell«, sagte er. »Wir müssen springen.«

»Springen?«, fragte ich ungläubig, aber er kam nicht zum Antworten. Eine Kugel zischte an seinem Kopf vorbei und explodierte neben unseren Füßen in einem Splitterregen.

»Sie schießen. Wir müssen in Deckung gehen. Los jetzt!«, brüllte Milo.

Er zerrte mich hastig hinter sich her, auf den Rand des Gebäudes zu. Die Kugeln kamen uns so nah, dass ich schwören könnte, eine pfeifen gehört zu haben, als sie an meinem Ohr entlangsauste. Das Ende des Daches kam rasch näher, aber wir wurden nicht langsamer. Vor uns lag der drei Meter tiefe Abgrund zwischen diesem Gebäude und dem daneben.

Die Erkenntnis traf mich wie eine Ladung Backsteine. Ich konnte nur noch daran denken, wie viele Leute letztes Jahr gestorben waren, weil sie beim Selfies machen von Häusern gestürzt waren. Siebenundzwanzig – eigentlich vierundfünfzig, wenn man ihre KinTwins mitzählte, was man immer tun sollte.

»Wir können nicht springen«, rief ich. »Ich schaffe das nicht.«

»Vertrau mir. Ich hab das schon mal gemacht, und wenn Aisha es schafft, schaffst du es auch«, erwiderte Milo.

Was das Problem daran ist, immer auf alles vorbereitet zu sein? Es lässt keinen Raum für spontane, verrückte Ideen. Aber Milo hatte seinen Mut und sein Selbstbewusstsein schon vorher eingesetzt, um uns aus Schwierigkeiten zu befreien. Ich wusste, dass ich ihm vertrauen konnte. Er konnte sein Leben weiterleben und mich trotzdem vor Schlimmerem bewahren. Das war mir inzwischen klar geworden.

Die Dachkante war nur noch wenige Schritte entfernt. Unter meinem Ärmel vibrierte meine Uhr und mein Herz schlug mir gefühlt in der Kehle. Wie viele Menschen starben noch mal an einer Panikattacke?

Eine Kugel schlug in den Schornstein links von uns ein und eine Wolke Ziegelstaub stob in die Luft. Wenn ich sprang, hatte ich immerhin eine höhere Überlebenschance, als wenn mich eine Kugel in die Brust traf.

Ich lief schneller, damit ich neben Milo war und er mich nicht mehr hinter sich herzerren musste. Wir rannten zusammen, Hand in Hand, und ganz am Ende des Daches sprang ich so fest ab, wie ich konnte.

Dann flogen wir. Meine Beine bewegten sich weiter, als würde ich rennen, aber unter meinen Füßen befand sich nur Luft. Alles passierte wie in Zeitlupe, sogar mein Herz schien ein paar Schläge lang ausgesetzt zu haben. Ich sah nach unten und meinte, dass aus der Gasse ein kleines, blutverschmiertes Gesicht zu uns heraufblickte.

Die Landung war so hart, dass mir komplett die Luft wegblieb. Wir überschlugen uns ein paarmal und ließen uns los, weil wir unsere Hände brauchten, um unsere Körper irgendwie abzubremsen. Als ich aufstand, war meine Hose voller Löcher und Blut tröpfelte an meinen Beinen herab bis zu den Knien, aber ich nahm es kaum wahr. Das lag wieder am Adrenalin. Wenn wir nicht gerade vor Kugeln und Auftragskillern davongelaufen wären, hätte ich vielleicht verstehen können, warum Milo diese Aktivitäten so viel Spaß machten.

»Lauf weiter«, wies Milo mich an und packte mich am Handgelenk. Der Kugelhagel hatte aufgehört und ein Blick zurück verriet mir, dass ein Schornstein die Sichtlinie des Fensters versperrte. Jetzt rannten die Männer dahinter hervor, die uns gefolgt waren, als ihnen klar geworden war, was wir vorhatten.

Das Dach, auf dem wir gelandet waren, war ebenfalls flach, aber mit Kies überzogen, der sich bei der Landung in meine Haut gebohrt hatte. Milo rannte auf das nächste Dach in der

Straße zu, aber das war nicht flach, sondern schräg und mit Ziegeln gedeckt.

»Wie sollen wir uns darauf halten?«, rief ich ihm zu und deutete voraus.

Hinter uns hörte ich das Knirschen von Kies, als unsere Verfolger genauso unsanft landeten wie wir. Sie waren kräftig, aber wir waren schneller und leichter. Mein Laufbandtraining machte sich bezahlt. Wenn wir so weitermachten, konnten wir sie abschütteln. Sie hatten keine Zeit, um anzuhalten und auf uns zu zielen, bevor wir das nächste Dach erreicht hatten.

Wenn wir den Sprung überlebten, konnten wir es schaffen.

»Wir halten uns an dem Kabel fest.« Milo deutete auf den Dachfirst, wo eine alte Fernsehantenne emporragte, von der aus ein Kabel über die Ziegel und an der Seite des Gebäudes herunter verlief, wo es außer Sichtweite geriet. »Wir ziehen uns daran hoch und verschwinden von hier. Bereit?«

Nein. Nein, ich war nicht bereit für einen zwei Meter weiten Sprung über einen tiefen Abgrund, um mich an einem winzigen, rostigen Kabel festzuhalten, das dort sicher schon seit Jahrzehnten Wind und Regen ausgesetzt gewesen war. Ich war aber auch nicht bereit zu sterben, noch nicht. Ich nahm Milos Hand und nickte ihm zu.

»Dann los. Drei … zwei … eins … spring!«

Wir segelten durch die Luft und hielten auf das Dach vor uns zu. Milo streckte die Finger nach dem Kabel aus, das immer rostiger und dünner aussah, je näher wir kamen. Seine Fingerspitzen streiften die Dachkante und wir krachten in die Ziegel, Milo links neben mir, eine Hand um das Kabel geschlossen.

Ich war zu weit rechts. Ich verfehlte es.

Die Ziegel unter mir verschoben sich und ich fing an, nach unten zu schlittern wie ein Kind auf einer Rutsche, direkt auf die Kante zu. Milo packte mich blitzschnell am Handgelenk, was mich zwar abbremste, wodurch ich aber unter ihm in einem Halbkreis umherschwang. Als der Radius seines Arms ausgeschöpft war, schlug ich gegen die Ziegel, aber er hielt mich so fest, dass ich wusste, er würde mich nicht fallen lassen.

Das alte Kabel auf dem Dach hatte nur leider andere Pläne. Als Milo durch mein Gewicht nach unten gezogen wurde, gab es nach und löste sich. Ziegel rutschten in alle Richtungen davon, weil die Klemmen, mit denen es befestigt war, aus den Verankerungen gerissen wurden.

Und dann konnte ich die Männer, die uns verfolgten, nicht mehr sehen. Ich konnte das andere Dach nicht mehr sehen, weil ich von den Ziegeln abrutschte und auf den Betonboden in der Gasse unter uns zustürzte. Es war nicht so tief, dass man sich etwas brechen würde, nicht, wenn man fiel, statt zu springen, aber es war tief genug, um sich wehzutun. Ich rutschte über die kaputte Regenrinne und Milo konnte mein Handgelenk nicht länger festhalten.

Der Fall dauerte weniger als eine Sekunde. Danach war da nur noch Schmerz, der meine Beine hinaufschoss, als wir auf den harten Betonboden knallten. Milo landete in der Hocke, direkt neben mir, und ihm knickten die Beine weg.

Ich versuchte aufzustehen, aber es war zu viel. Ich war benommen, als hätte mir jemand auf den Hinterkopf geschlagen, nicht auf die Beine. Milo wollte sich aufsetzen und sackte wieder in sich zusammen wie eine Marionette, der die Schnüre durchgeschnitten worden waren.

Ich blinzelte, sah aber nur Punkte und Sterne und verschwommene Umrisse. Wir mussten aufstehen. Wer weiß, wie viele Männer hinter uns her waren? Wir hatten keine Zeit, es herauszufinden. Einige von ihnen waren vielleicht hier unten. An ihrer Stelle hätte ich mich aufgeteilt. Uns umzingelt.

Mit letzter Kraft reckte ich mich nach dem Beutel auf meinem Rücken, schloss die Hand um mein Geheimnis und stopfte es tief in meine Hosentasche, so tief, dass niemand merken würde, dass es dort war.

Dann streckte ich die Hand nach Milo aus, um mich zu vergewissern, dass er wirklich da war, um ihm zu sagen, dass wir hier wegmussten. Aber er war nicht da. Etwas verdunkelte das Licht, das von der Straße hereinfiel, und zwei Schatten ragten über mir auf. Ich versuchte, ihre Gesichter zu erkennen, doch sie wurden von schwarzen Ski-Masken verdeckt.

Sie sagten nichts, als sie mich an den Schultern packten und auf die Füße zerrten. Sie sagten auch dann nichts, als sie mich und Milo in den Laderaum des Vans warfen, hinein in die Stille und Dunkelheit.

18

Milo

Wir steckten tief in der Scheiße.

Das hatte ich schon oft gedacht, wenn ich vergessen hatte, meine Hausaufgaben abzugeben und mir Mr Manus damit drohte, mich aus der Fußballmannschaft werfen zu lassen. Oder als Mum Aisha und mich mal mit fünfzehn hinter dem Haus beim Rauchen erwischt hat. Aber ich glaube, bis zu diesem Moment war mir nicht klar gewesen, wie tief die Scheiße wirklich sein konnte.

Während der Fahrt im Van war das Gefühl langsam wieder in meine Beine zurückgekehrt. Nichts war gebrochen, das war schon mal gut, aber es ging mir allmählich echt auf den Senkel, so rumgeschubst zu werden. Wer hätte gedacht, dass ich das mal sagen würde? Klar, meine Leichtsinnigkeit hatte uns ein paarmal vor Schwierigkeiten bewahrt, aber eben auch einige verursacht. Und zwar so richtige. In den letzten Tagen war mehr passiert, als ich mir je hätte vorstellen können. Zugunglücke, Verfolgungsjagden, ein spontaner Sprung von Dach zu Dach … Es war mir nicht mehr so schlecht gegangen, seit ich mir bei einem Sturz von meinem BMX die Arme gebrochen hatte.

Ich würde alles tun, um jetzt in diesem Rettungswagen zu liegen.

Stattdessen saß ich hier in einem schäbigen Keller an einen Heizkörper gefesselt, gegenüber von der ebenfalls gefesselten Zoe. Bei unserer Ankunft hatten sie uns Säcke übergestülpt und ich hatte keine Ahnung, wo wir waren. Ich wusste nur, dass die Fahrt ungefähr eine halbe Stunde gedauert hatte. Natürlich hatten sie uns sofort die Handys und Zoes Beutel weggenommen, als sie uns aus dem Van zogen, also konnten wir nicht versuchen, sie zu benutzen.

Wir saßen hier fest mit nichts als den Klamotten, die wir trugen, gefesselt und ohne Möglichkeit, jemanden zu kontaktieren oder dass uns jemand fand. Perfekt.

»Immerhin haben sie mich nicht gleich umgebracht«, sagte ich irgendwann. »Das ist doch was.«

Wir saßen schweigend da, nachdem wir eine halbe Stunde lang um Hilfe gerufen hatten. Zoe meinte, dass wir besser unsere Stimmen schonen sollten, aber meine Gedanken rasten. Wenn ich angespannt war, konnte ich den Mund nicht halten, so war es schon immer gewesen. Aisha war genauso.

Aber Zoe? Sie verstummte. Genauso wie in der Bar oder als wir uns fertig gemacht hatten, um in diesen bescheuerten Club zu gehen. Wenn ihr Kopf ratterte, fand das nur innen drin statt. Und das machte mich nervös.

»Zoe, ich weiß schon, Stimme schonen und so. Aber rede mit mir. Wir brauchen einen Plan. Du hast immer einen Plan, richtig?«

»Diesmal nicht«, antwortete Zoe. Sie sah mich dabei nicht mal an, sondern starrte auf den Boden.

Ich atmete tief durch. Es sah nicht gut aus für uns, aber es war noch nicht vorbei. Ich konnte zumindest Zoe retten. »Vielleicht lassen sie dich gehen, wenn du versprichst, nichts zu sagen, und ich verspreche zu bleiben«, schlug ich vor.

Zoe riss den Kopf hoch. »Auf keinen Fall. Du wirst dich nicht für mich opfern. Das darfst du nicht.«

»Zo, hör zu«, fing ich an. Der saure Geschmack von Galle stieg mir in den Mund und ich schluckte ihn runter. Ich wollte nicht sterben, natürlich nicht. Aber wenn die Fesseln und der Keller und die Typen in den verdammten Ski-Masken bedeuteten, dass es genau darauf hinauslief, dann konnte ich wenigstens sie retten. »Es hatte einen Grund, dass wir die Tabletten genommen haben. Du kannst immer noch hier rauskommen. Spiel nicht die Heldin.«

»Ich dachte, Madame Scissor hat gesagt, dass *du* der Held bist«, entgegnete Zoe, aber ihre Stimme brach bei den letzten Worten.

»Ne. Ich hab es schon mal gesagt und sage es noch mal: Das bist immer du. Aber diesmal musst du es nicht sein. Es gibt keinen Grund, weshalb wir beide … es hier nicht rausschaffen sollten.« Ich hatte Probleme, den Satz zu beenden, schaffte es aber irgendwie doch.

Zoe sah mich an. »Milo, ich muss dir unbedingt was sagen.«

Ich war bereit, ihr zuzuhören, aber dann kratzte es außen an der großen Metalltür, hinter der sie uns eingesperrt hatten. »Warte. Da kommt jemand. Überlass mir das, Zo, okay?«

»Aber …«

Die Tür öffnete sich quietschend und einer der Männer trat herein. Er trug etwas im Arm, das aussah wie … ein Stapel gefalteter Klamotten? Ein zweiter Mann mit einer riesigen Waffe folgte ihm.

Der Typ mit den Klamotten kam auf uns zu, der mit der Knarre blieb in der Tür stehen. »So. Umziehen. In zehn Minuten sind wir wieder da. Beeilung und keine Spielchen, sonst war's das für euch. Kapiert?«

»Oh ja, das haben wir kapiert«, sagte ich mit einem Blick auf die Waffe.

Der Klamotten-Typ legte den Stapel in eine Ecke und löste dann unsere Fesseln von den Heizkörpern. Ich rieb mir über die Stelle, wo der Strick gewesen war, und Zoe tat es mir nach. Die beiden Typen waren wenigstens so anständig, uns allein zu lassen, sobald sie uns losgemacht hatten, aber ich konnte keine Schritte hören, die sich entfernten. Sie warteten vor der Tür und es gab keine Fenster, alles hier drin war vom Boden bis zur Decke verrammelt. Nichts, das man als Waffe benutzen konnte. So blöd waren sie nicht.

Ich half Zoe auf und wir begutachteten die Klamotten. »Was zur Hölle ist das?« Ich zog eine schwarze Anzugjacke, eine passende Hose und ein gebügeltes weißes Hemd aus dem Stapel. »Und ist das … das ist eine Fliege. Wurden wir entführt oder gehen wir zum Abschlussball? Entscheide dich mal, Duff.«

Zoe zog das Outfit aus dem Stapel, das für sie bestimmt war, einen roten Jumpsuit, dessen Hosenbeine so weit waren, dass er fast aussah wie ein Kleid. Die Träger und die Taille waren mit kleinen Pailletten besetzt. Er sah verdammt teuer aus.

»Na ja, zumindest zwingen sie mich nicht, ein Kleid anzuziehen«, bemerkte Zoe.

Ich zuckte mit den Schultern. Was hatten wir für eine Wahl?

Entweder zieht ihr die albernen Sachen an oder ihr kriegt eine Kugel in den Kopf. Echt keine leichte Entscheidung.

Zoe zog sich hinter einem der riesigen Heizkessel um, aber ich drehte mich trotzdem zur Wand, um ihr etwas Privatsphäre zu geben. Ich zog mir die Hose und das Hemd über und war erleichtert, dass die Fliege eine zum Anstecken war. Es gab sogar Schuhe für uns, für mich brandneue, glänzende Loafer und für Zoe rote Doc Martens. Ich ließ den obersten Hemdknopf offen, was vielleicht ein bisschen kindisch war, aber ich würde diesem Milliardär-Psychopathen nicht all seine Wünsche erfüllen. Kleine Rebellionen und so.

»Zo? Kann ich mich umdrehen?«, rief ich.

»Ja, ich bin, glaub ich, eh fertig«, gab Zoe zurück.

Ich drehte mich um und betrachtete sie. Klar, wir waren im Keller einer mutmaßlichen Mörderfabrik gefangen und mindestens einer von uns würde heute Nacht vermutlich sterben. Aber wir würden echt gut aussehen, während wir den Abgang machten. Zoes Jumpsuit passte ihr wie angegossen, die Pailletten reflektierten das Licht der Neonröhren und die Docs waren bereit, ein paar Zehen zu zertrümmern.

»Mann, du siehst … mega aus. Einfach mega«, entfuhr es mir.

Zoe lächelte zum ersten Mal, seit wir hier waren, und in meinem Bauch tummelten sich plötzlich lauter Schmetterlinge. »Du kannst dich aber auch sehen lassen.«

»Du siehst fast so aus, als hättest du eine Stylistin gehabt oder so«, sagte ich, lief um Zoe herum und begutachtete sie von allen Seiten. Es war kein Kleid, das hätte Zoe niemals getragen, und es waren keine Schuhe mit Absätzen, denn dann wäre sie lieber barfuß gegangen. Ihr Outfit war schick, aber passte total gut zu ihr.

»Eine Stylistin hatten wir, glaube ich, auch. Hast du mal auf das Schild geguckt?«

»Nö. Hat mich nicht interessiert, wie viel Kohle Duff für uns und den nächsten Zug in seinem beschissenen Spiel ausgegeben hat.«

»Hier, schau auf meins. Es ist hinten in meinem Jumpsuit.«

Zoe drehte sich um und hielt ihre kurzen Haare hoch, sodass ich ihren Nackenansatz sehen konnte. Ich ließ einen Finger unter den Stoff des Jumpsuits gleiten und versuchte, den Stromschlag zu ignorieren, den ich immer spürte, wenn ich sie berührte. Ich fand das Schild, zog es heraus und reckte den Hals, um lesen zu können, was darauf stand: MME SCISSOR. DESIGNS VON NINA.

»Designt von der Noch-Ehefrau unseres Entführers, die er töten würde, wenn er könnte. Ist ja mal gar nicht gruselig«, sagte ich.

Ich steckte das Schild wieder unter den Saum und ließ die Hände über Zoes Schultern und ihre nackten Arme gleiten. Sie wirbelte herum und wir standen so dicht voreinander, dass sich unsere Nasen fast berührten.

Ich legte meine Stirn an ihre. »Wir stehen das durch«, flüsterte ich. Ich wusste nicht, ob es stimmte, aber ich hoffte es.

»Ich weiß«, antwortete Zoe.

Jemand schlug laut gegen die Tür und wir lösten uns voneinander. »Fertig dadrin? Zeit fürs Essen.«

Ich sah Zoe mit hochgezogener Augenbraue an. Essen? Es ärgerte mich, dass ich so lange nichts gegessen hatte, dass mein Magen beim Gedanken daran knurrte.

»Sie führen uns wie Schweine zur Schlachtbank«, murmelte Zoe.

Die Tür wurde geöffnet und unsere bewaffneten Freunde standen zu beiden Seiten des Durchgangs und bedeuteten uns mit einem Nicken, vor ihnen herzugehen. Ich nahm Zoes Finger zwischen meine und drückte sie fest.

Der Gang, durch den wir geführt wurden, ähnelte stark dem Raum, in dem sie uns gefangen gehalten hatten. Wir befanden uns im Keller von einer Art Industriegebäude. Am Ende des Flurs gab es einen Aufzug, mit dem wir auch schon bei unserer Ankunft gefahren sein mussten, soweit wir das mit den Säcken über den Köpfen mitbekommen hatten.

Wir stiegen in den Aufzug und der Typ mit der Waffe drückte den obersten Knopf, Stockwerk fünfundzwanzig. Als sich die Türen schlossen, dudelte doch tatsächlich Fahrstuhlmusik aus den Lautsprechern und ich wollte am liebsten hysterisch loslachen. Ich musste mir auf die Lippe beißen, um mich davon abzuhalten, und Zoe warf mir einen Blick zu, der besagte, dass sie mir eine reinhauen würde, wenn ich mich nicht zusammenriss. Aber mal ehrlich – das hier war der Unterschlupf eines bösen Milliardärs und er hatte nicht mal dafür gezahlt, dass er etwas anderes als lizenzfreie Musik spielen konnte? Aisha würde diese Story feiern, falls ich den Tag heute überlebte.

Der Aufzug fuhr so schnell nach oben, dass ich Druck auf den Ohren hatte, und nach weniger als einer Minute öffneten sich die Türen wieder. Wir traten hinaus auf einen weichen Teppichboden in einem so großen und weitläufigen Zimmer, dass es sich anfühlte, als würden wir das Spielfeld in einem Fußballstadion betreten. Eine Wand war komplett verglast und man hatte einen krassen Ausblick über die Stadt. Von hier konnte man die ganzen leeren Gebiete sehen, von denen Lonnie gesprochen hatte, die dunklen Straßenzüge, in denen keine Lichter brannten. Davon abgesehen war London aus einer Höhe von über zwanzig Stockwerken immer noch super beeindruckend.

Das Appartement, das noch größer war als mein Haus, war auf verschiedene Ebenen aufgeteilt, die sich bis nach oben zur Decke erstreckten. Es gab mehrere Galerien, von denen aus man auf die Stadt blicken konnte, und ein paar Kronleuchter hingen auf unterschiedlichen Höhen und beleuchteten den Raum. Ich war so damit beschäftigt, mir alles genau anzusehen, dass mir der Tisch vor mir gar nicht auffiel, bis Zoe mich anstupste.

Vor dem Aufzug stand ein riesiger Mahagonitisch, auf dem sechs Gedecke mit goldenem Besteck angerichtet waren. Zwei Stühle waren unbesetzt, wahrscheinlich für uns bestimmt, aber die anderen vier waren besetzt, worauf mich Zoe offensichtlich hatte aufmerksam machen wollen.

Uns am nächsten saß Madame Scissor, die mit noch mehr Seidenschals und Armreifen behangen war, aber uns nicht ansah, als wir den Raum betraten. Ihr gegenüber saß der Mann, den ich aus dem Fernsehen kannte, aber noch nie persönlich getroffen hatte, Argo Duff. Er trug dasselbe wie immer: Jeans und ein weißes T-Shirt. Er stand mit gefalteten Händen auf, als würde er uns den anderen gleich als seine Lieblingsmenschen vorstellen.

Er war auch kleiner, als es im Fernsehen wirkte.

Normalerweise würde jemand mit einem so strahlend weißen Lächeln den ganzen Raum blenden, aber ich konnte nicht aufhören, die zwei verschwitzten, verängstigten Mädchen auf den anderen beiden Stühlen anzustarren. Eine hatte glatte schwarze Haare, die andere rote Locken. Ich hatte fast jedes Wochenende mit ihnen verbracht, seit sie KinTwins wurden. Aisha und Bri.

»Was soll der Sch…?«, fing ich an, bevor mir der Lauf einer Waffe ins Kreuz gestoßen wurde, und ich verstummte.

»Willkommen, Kinder«, sagte Argo. Er sprach mit derselben seidenweichen Stimme, mit der er bei seinen jährlichen Konferenzen im Fernsehen neue Funktionen der DD-App vorstellte. »Setzt euch, bitte. Wir haben auf euch gewartet.«

Duff deutete auf die leeren Stühle, die zu jeder Seite des Tisches zwischen ihn und seine Noch-Ehefrau und Bri und Aisha gequetscht waren. Zoe wurde zu Madame Scissor geführt und ich hatte das große Missvergnügen, neben dem reichsten Arschloch der Welt zu sitzen. Immerhin saß Aisha rechts von mir.

Ich warf ihr und Bri einen Blick zu und bemerkte, dass sie auch krass teure Klamotten trugen, wahrscheinlich weitere Designs von Madame Scissor. Bri trug ein grünes Minikleid aus Seide und Aisha einen goldenen Sari, der ordentlich über ihre linke Schulter drapiert war. Bri sah aus, als hätte sie geweint. Mein Magen verkrampfte sich. Ich blinzelte Aisha zu, versuchte, lautlos mit ihr zu kommunizieren, was wir immer so gut beherrscht hatten. Meine Augen schrien: *Was macht ihr hier?* Aber ihre braunen Augen blieben so groß wie die Teller auf dem Tisch vor uns.

Dann kapierte ich es. Der Hilferuftext mit dem Codewort. Regenschirm. Sie mussten nach London gekommen sein, um uns zu suchen, und was wäre ein besserer Ausgangspunkt dafür gewesen als die Zentrale von KinTwin-Discoveries? Bris Dad wusste genau, wo sie sich befindet. Und verdammt, Bris Dad dachte bestimmt, dass es dort sicher war. Immerhin arbeitete er für die Firma. Als Aisha sich Sorgen gemacht hatte, kamen ihre Eltern sicher gern für die Reisekosten auf. Vielleicht spazierten die beiden zur Rezeption, Aisha verlangte zu wissen, wo wir waren, und Argo Duff verstand, wie sie mit uns zusammenhingen.

»Nun, da alle hier sind, wäre wohl eine Vorstellungsrunde angebracht«, sagte Duff. Er klatschte einmal in die Hände und die Wachen, die mich und Zoe zu unseren Plätzen geführt hatten, nahmen ihre Position neben den anderen bewaffneten Typen ein, die bereits im Raum verteilt standen. »Milo, Zoe, ihr kennt ja unsere Überraschungsgäste, Aisha und Bri.«

Bri machte ein finsteres Gesicht. Sie konnte es nicht leiden, wenn Leute mehr wussten, als sie durchblicken ließen, und er kannte sogar ihren Spitznamen, also musste er sie online ausspioniert haben. Aisha schwieg.

»Habt ihr nichts zu sagen, Mädels? Nicht mal, nachdem ihr euch mit Lügen an meinen Sicherheitsleuten vorbeimogeln wolltet und dabei erwischt wurdet?«

Bri schaute auf, Abscheu stand ihr ins Gesicht geschrieben. Falls es etwas gab, das sie mehr hasste, als wenn jemand sie und Aisha »Mädels« nannte, dann musste das erst noch gefunden werden.

Scheinbar lag ich mit meiner Vermutung richtig. Das hier *war* die Zentrale von KinTwin-Discoveries. Warum überraschte es mich, dass Duff über seiner Arbeitsstelle wohnte wie ein schlechter Superschurke? Ich starrte aus dem Fenster mir gegenüber und beobachtete, wie die Sonne den Himmel über London pink färbte. Es war noch nicht richtig hell, aber hell genug, um den Balkon zu erkennen, der sich über die gesamte Länge der Fensterfront erstreckte. Normalerweise wäre das hier ein echt cooler Ort gewesen, wenn ich nicht gleich umgebracht werden würde.

»Tja, immer noch reges Schweigen. Kann ich verstehen nach den ganzen Informationen, die ich nach eurer Ankunft mit euch teilen musste, Mädels. Du musst wissen, Milo, Nina hat mir alles erzählt und ich habe Aisha und Bri genau darüber informiert, was du so getrieben und wie du alle hier Anwesenden in so große Gefahr gebracht hast.«

Ich sah Madame Scissor wütend an, die jedoch nichts sagte, sondern bloß ihren leeren Teller anstarrte und an der goldenen Gabel herumnestelte. Was machte sie überhaupt hier? Ich dachte, sie hasste Duff?

»Er hat niemanden in Gefahr gebracht«, entgegnete Zoe mit hochgerecktem Kinn. »Wir können für uns selbst denken, danke.«

»Nein, nein. Ich danke *dir*, Zoe. Danke für die Info, dass du mir wirklich zuhörst«, sagte Duff.

Er gab einem seiner Schergen ein Zeichen und der Typ stellte sich mit gezogener Waffe hinter Zoe. Ich erhob mich halb von meinem Stuhl, aber Aisha umklammerte warnend mein Handgelenk. Ich setzte mich wieder.

»Na, na«, tadelte Duff, der meine Reaktion beobachtet hatte. »Wäre doch eine Schande, euch beide auf einen Streich zu entleiben und entleben, oder?«

»Tja, das wäre nicht so leicht, weil wir unser Band durchtrennt haben«, konterte ich und Adrenalin breitete sich in meinen Adern aus wie ein Lauffeuer. Schätze, er hielt nicht alle Karten in der Hand. Zoe sah trotzdem verängstigt aus. Vielleicht hätte ich lieber den Mund halten sollen.

»Oh wirklich? Lasst es uns prüfen«, sagte Duff.

Er schnipste wieder mit den Fingern und sein Scherge schlug Zoe hart mit dem Kolben seiner Waffe gegen den Kopf. In dem

Moment, in dem er die Waffe erhob, warf ich mich nach vorne, nur Aishas Hand auf meinem Arm hielt mich davon ab, einen Hechtsprung quer über den Tisch zu machen. Doch dann konnte ich nicht mehr stehen, mich nicht bewegen, der Schmerz in meinem Kopf war unerträglich. Es fühlte sich an, als hätte ich volle Kanne eins übergezogen gekriegt.

An der linken Schläfe.

Ich sackte auf meinem Stuhl zusammen und Aisha beugte sich über mich. »Milo? Hörst du mich? Wo tut es weh?«, fragte sie.

Ich blinzelte und sah Sternchen, aber dahinter erschien Zoe. Sie hielt sich den Kopf und formte Worte mit den Lippen. Das war der Schmerz, den ich fühlte. Hatte Madame Scissor uns angelogen? Wirkte das Heilmittel gar nicht? *Nein, das kann nicht sein.* Die anderen in Lonnies Bar hatten gesagt, sie würden Leute kennen, die es genommen hatten.

Ich sah Zoe stirnrunzelnd an. Sie versuchte immer noch, mir etwas mitzuteilen. Nur was? Ich konzentrierte mich auf ihre Lippen, aber durch den pochenden Schmerz in meiner linken Schläfe fiel es mir schwer und auch Zoe hatte Probleme. Sie hielt sich dieselbe Stelle, da, wo der Scherge sie getroffen hatte. Und der Schmerz, den ein KinTwin fühlte, war nicht mal so stark wie der der anderen Person. Wenn es mir also schon so wehtat, musste es für sie kaum auszuhalten sein.

Konzentrier dich, Milo. Was sagt sie? Ich kniff die Augen zusammen und versuchte, jedes Wort einzeln von ihren Lippen abzulesen.

Es ... tut mir leid. Das war es. Sie sagte es wieder und wieder wie ein Mantra. Wie jemand, der um Vergebung bittet. Ich hob den Kopf und sah Tränen in ihren Augen, aber ich nahm an, dass die vom Schlag auf den Kopf kamen. Vielleicht aber auch nicht. Vielleicht tat ihr wirklich etwas leid.

Ich sah zu Madame Scissor. Sie starrte immer noch auf die goldene Gabel, als hätte diese eine Lösung parat. Dann sah ich zu Duff und seinem selbstzufriedenen Grinsen, bevor ich den Blick wieder auf Zoe richtete.

Ich hatte immer noch Schmerzen. Wofür Zoe sich wohl verantwortlich fühlte, denn sie versuchte, mir zu sagen, dass es ihr leidtat. Madame Scissor hatte betont, dass wir beide die Tabletten nehmen mussten, um das Band zu durchtrennen. Mir stockte der Atem.

Die Tablette wirkte. Zoe hatte sie nur nicht genommen. Sie hatte so getan als ob, es aber nicht über sich gebracht, unser Band zu durchtrennen. Sie gab mir nicht dieselbe Chance, die ich ihr gab.

Zoe hatte die Kontrolle übernommen. Wir waren immer noch KinTwins.

19

Zoe

Milo sah mich an, als wäre ich diejenige, die ihm einen Schlag ins Gesicht verpasst hatte, nicht der Typ mit der Waffe.

Wobei er damit eigentlich auch recht hatte.

Mein irrationales Festhalten an unserer Beziehung hatte ihm bereits Schmerzen bereitet, und wenn mir etwas noch Schlimmeres passieren sollte, würde es ihn das Leben kosten. Das Band zu durchtrennen, wäre für uns beide sicherer gewesen, aber ich hatte es einfach nicht gekonnt. Ich hatte nicht mal daran gedacht, wie gefährlich es für Milo werden könnte, wenn ich verletzt werden würde, was mir so gar nicht ähnlich sah. Normalerweise hätte ich über jede einzelne mögliche Konsequenz nachgedacht, aber mein Egoismus hatte mich geblendet. Es war schon schlimm gewesen, dass ich die Tablette nicht genommen hatte, aber so zu tun als ob und dann zu lügen, war noch viel schlimmer. Wenn ich nicht den Impuls gehabt hätte, die Tablette tief in meiner Hosentasche zu verstecken, hätten sie sie gefunden und mir genau wie den Rest meiner Sachen weggenommen. Wie mein Handy. Bari.

Ich hätte gerade alles dafür gegeben, Bari um Rat fragen zu können. Oder um einfach nur seinen digitalen Bauch zu kraulen.

Mein Kopf tat weh, aber in meiner Brust breitete sich eine andere Art von Schmerz aus. Milo sah mich an wie eine Fremde, also hatte er verstanden, was ich ihm sagen wollte. Alles, was er gerade fühlte, all das körperliche und emotionale Leid, ging auf meine Kappe.

Warum hatte ich ihm nicht einfach gesagt, dass ich das Band nicht durchtrennen wollte? Das war echt typisch für mich. Ich traute anderen nicht zu, das Richtige zu tun. Ich war genauso paranoid wie Mom. Ich war kontrollierend. Ich war so furchtbar wie Argo Duff und bei diesem Gedanken wurde mir schlecht.

»Sieht so aus, als wären unsere frischgebackenen KinTwins nicht auf demselben Stand«, feixte Duff. »Wie schade. Ich finde, wir sollten mit dem Essen beginnen, dann können wir uns weiter unterhalten. Bedienung!«

Binnen von Sekunden, nachdem Duff den Satz beendet hatte, kam ein Team aus Frauen in Kochuniformen um die Ecke, wahrscheinlich aus der Küche, wo auch immer die sich befand. Teller um Teller wurde das Frühstück aufgetischt, von frischen Brötchen über verschiedene Wurstsorten bis hin zu knusprigen Spiegeleiern. Es gab Dinge, die ich aufgrund der täglichen Lieferkettenprobleme seit Monaten nicht gesehen hatte. Schokomuffins. Pancakes. Eine riesige Auswahl an frischem Obst. Das Aufgebot war so extravagant, dass es an ein Renaissance-Gemälde erinnerte. Ich dachte an *Das letzte Abendmahl* und verdrängte den Gedanken lieber schnell wieder.

Bis die Köchinnen fertig waren, hatte das Pochen in meinem Kopf nachgelassen, was immerhin bedeutete, dass es Milo besser gehen musste. Ich versuchte, seinen Blick aufzufangen, aber er vermied es, mich anzusehen. Aisha warf mir ein mitfühlendes Lächeln zu und Bri drückte mein Knie, aber ich verdiente es nicht. Ich hatte gelogen und jetzt musste ich dafür bezahlen.

»Bitte. Esst. Ihr müsst ausgehungert sein«, sagte Duff.

Ich wollte nichts anrühren, aber beim Anblick des Festmahls vor uns lief mir das Wasser im Mund zusammen. Wenn wir das hier überleben wollten, musste ich etwas essen. Die Überlebenskünstlerin in mir sagte, dass ich immer essen musste, wenn ich die Gelegenheit dazu bekam, vor allem, wenn nicht klar war, wo ich meine nächste Mahlzeit herbekommen würde.

»Warte«, zischte Bri, als ich mir Eier auftun wollte. »Was, wenn er es vergiftet hat?«

»Es ist nicht so einfach, Gift in einem Gericht zu verteilen, Bri, vor allem, wenn es warm ist. Wenn Mister Duff uns lieber tot sehen würde, würde er uns mit einem der sechs Sturmgewehre in diesem Raum erschießen lassen. Und das sind bloß die sichtbaren Waffen«, erwiderte ich.

Bri wurde blass.

»Sehr gut, Zoe. Und sehr wahr. Ich bin außerdem beeindruckt von deiner Gabe, Details wahrzunehmen. Das bewundere ich auch sehr an meiner Frau. Oder, Nina, meine Liebe?«

Duff streckte den Arm über den Tisch aus, um Madame Scissors Hand zu nehmen. Sie zog sie nicht weg, schloss aber auch nicht die Finger um seine. Sie ließ einfach zu, dass er sie hielt, als würde er ein Brötchen liebkosen, nicht die Hand der Frau, die er liebte.

Eine Übelkeitswelle rollte über mich hinweg und ich legte meine Gabel hin.

»Es reicht mit den Spielchen. Warum sind wir hier? Was wollen Sie?« Aisha schlug auf den Tisch, als hätte sie das Sagen. »Ich weiß, dass Sie uns alles über Ihre Frau und meinen besten Freund erzählt haben und ja, okay, hab verstanden, dass Sie jetzt wollen, dass wir alle tot sind, weil wir schon zu viel wissen. Warum spielen Sie dann noch mit uns? Wenn Sie uns eh umbringen, wie Zoe gesagt hat, warum erschießen Sie uns nicht einfach?«

Mir klappte der Mund auf. Milo starrte Aisha mit aufgerissenen Augen an. Bri wurde jetzt so blass, dass ich Sorge hatte, ihre Durchblutung wäre nicht mehr stark genug, um ihr Gehirn zu versorgen.

Duff lächelte. »Aisha, wenn es nach mir ginge, würde ich euch alle auf der Stelle erschießen, in Stücke hacken und im nächstbesten Müllcontainer entsorgen lassen.«

Das ließ Aisha verstummen. Milo legte ihr einen Arm um die Schultern.

»Aber«, fuhr Duff fort, »ihr habt euch als schwer zu fangen erwiesen. Erst wart ihr von Presse umzingelt, und als sich zwei von euch davongemacht haben und nach London gekommen sind, seid ihr mir immer wieder entwischt. Ziemlich nervig, vor allem, wenn man bedenkt, dass ich Zoe zuerst gar nicht auf dem Schirm hatte, bis meine Agenten die Hotelbuchung fanden. Ich konnte einfach nicht glauben, wie nah ihr zwei euch gekommen seid, wo ihr euch doch mit meiner schönen Frau getroffen habt, um für immer das Seelenband durchtrennen zu lassen.«

»Warum haben Sie uns dann bisher nicht getötet? Wir sind alle an einem Ort. Warum haben Sie uns hergebracht?«, fragte ich.

Duff lachte. Es war ein unschönes Geräusch, das eher klang wie der Motor eines alten Autos, der nicht starten wollte. »Du denkst, dass ich euch eingeladen habe? Oh nein. Meine Frau hat dieses Essen einberufen.«

Ich erstarrte. Milo fing meinen Blick auf, nur für den Bruchteil einer Sekunde, bevor er sich wieder Duff zuwandte.

Ich bin sicher, dass ich gelesen habe, dass es Argo Duff war, der seine Mitarbeiter zum Essen einlud, wo er sie dann feuerte, nicht seine Frau. Ich schluckte schwer gegen den Kloß in meinem Hals an. Was sollte das hier?

»Ich glaube Ihnen nicht«, sagte Milo zwischen zusammengebissenen Zähnen. »Sie haben uns noch nicht getötet, weil Sie es nicht wagen. Sie haben nicht den Mumm dazu.«

»Ach wirklich?« Duff hob eine Augenbraue, dann stand er auf und zog eine Handfeuerwaffe aus einem Holster an seiner Hüfte.

Er zielte damit auf eine der Köchinnen, die gerade damit beschäftigt war, etwas auf einem Serviertisch in der Zimmerecke zu arrangieren.

Duff zog einen Hebel am Lauf der Waffe und es klickte. Die Köchin hatte immer noch nichts mitbekommen. Niemand bewegte sich.

Er drückte ab.

Das Geräusch ließ mich zusammenfahren und ich prallte gegen den Tisch. Die Köchin kippte vornüber auf den Servierwagen und riss bei ihrem Sturz Teller und geschliffene Kristallgläser mit sich. Es war ein perfekter Kopfschuss, genau zwischen die Augen. Sie starrte uns vom weichen Teppichboden aus an, der mit ihrem Blut getränkt war.

Im selben Moment hörten wir Krach aus der Küche. Es klang, als würden noch mehr Teller runterfallen, und Duff bedeutete einem seiner Männer mit einem Fingerschnipsen, nachsehen zu gehen. Ein paar Sekunden später kam der Mann wieder. Er hatte sich eine Leiche über die Schulter geworfen, die er neben der Frau ablud, die Duff erschossen hatte. Es handelte sich ebenfalls um einen Koch.

Duff runzelte die Stirn und steckte seine Waffe weg. »Wie schade. Ich hätte es nicht getan, wenn ich gewusst hätte, dass Geoffrey ihr KinTwin war. Er ist der beste Konditor, den ich habe. Oder besser gesagt, *hatte*.«

Duff setzte sich hin und strich die Serviette auf seinem Schoß glatt. Bri fing wieder an zu weinen.

»Liebes, willst du jetzt übernehmen? Um ehrlich zu sein, so sehr ich diese ausgelassenen Spielchen auch genieße, ich frage mich langsam, was genau du den vier Quälgeistern und mir so dringend zu sagen hast«, sagte Duff. Er spießte zwei Fruchtstücke mit seiner Gabel auf, während einer seiner Schergen ein weißes Tischtuch über der Köchin und dem Koch ausbreitete.

Madame Scissor blickte zum ersten Mal, seit wir da waren, auf und erhob sich langsam, als würde sie gleich eine Rede auf einer Hochzeit halten. Sie saß links neben mir und ich sah, wie sie beim Aufstehen ein goldenes Messer über ihr Platzdeckchen schob und in einer Tasche ihres Kleides verschwinden ließ. Die Bewegung war so fließend, dass es außer mir niemand mitbekam. Wenn Duff es gesehen hätte, hätte er ihr sofort Einhalt geboten. Ich konnte mir keinen Reim darauf machen, wofür sie ein Messer brauchte. Die Planung eines gemeinsamen Frühstücks mit ihrem Noch-Ehemann, vor dem sie sich laut eigener Aussage versteckte, erschien mir doch ein bisschen fragwürdig.

»Ja danke, Argo«, erwiderte Madame Scissor. Sie wandte sich der Reihe nach an uns. »Zoe, Milo. Danke, dass ihr mich besucht habt. Und danke, dass ihr mir klargemacht habt, dass Liebe mehr ist als die Idee von Seelenverwandtschaft.«

»Äh … gern geschehen?«, sagte Milo.

Er sah mich an und ich zuckte mit den Schultern. Worauf wollte sie hinaus?

»Und danke euch, *beau* Aisha und Bri. Es tut mir so leid, dass ihr hier mit reingezogen wurdet. Aber ich verspreche, dass es bald vorbei sein wird.«

Duff grinste wieder, sein stinkreiches Lächeln, gesprenkelt mit Spinat- und Eistückchen. Mir drehte sich der Magen um. Was meinte sie damit, dass es bald vorbei sein würde?

»Jetzt ist es an der Zeit, reinen Tisch zu machen«, fuhr Madame Scissor fort. Diesmal wandte sie sich an ihren Mann. »*Mon chéri,* ich kam mit der Absicht her, dir von Zoe und Milo zu erzählen. Ich bin froh, dass sie als Zeugen dabei sind, aber du bist derjenige, mit dem ich sprechen wollte.«

Duff sah überrascht aus und zum ersten Mal, ob im Fernsehen oder leibhaftig, schienen ihm die Worte zu fehlen. »Was? Du kannst jederzeit mit mir sprechen – warum lädst du diese Kinder ein und organisierst das alles, wenn du mit mir sprechen willst?«

»Weil mir klar war, dass du die Kinder töten würdest, bevor ich mit dir reden konnte. Außerdem weiß ich, wie sehr dir ein wenig *théâtre* gefällt«, sagte Madame Scissor schlicht.

Das Blut gefror mir in den Adern.

»Das ist doch … Nina, was soll das? Warum kümmern dich diese Kinder, warum jetzt?« Duff hörte mit einem Mal auf, so zu tun, als wüsste er, was vor sich geht, und knallte sein Besteck auf den Tisch.

Da erkannte ich, was er wirklich war. Kein Milliardär, kein

smartes Arschloch, das die Chancen ergriffen hatte, die sich ihm geboten hatten. Er war ein Kind. Ein Kind, dem man sein ganzes Spielzeug weggenommen hatte.

Auch wenn Kinder normalerweise keine bewaffneten Wachmänner haben, die sie mit einem Fingerschnips herumkommandieren können.

Madame Scissor hob eine Augenbraue. »Siehst du? Ich habe deine Aufmerksamkeit. Und du musst dir anhören, was ich zu sagen habe.« Sie wandte sich an mich und lächelte. »Zoe, warum, denkst du, hat mein Mann die KinTwin-Mutation entwickelt?«

Ich warf einen Blick zu Milo am anderen Tischende, der genauso leer und betäubt aussah, wie ich mich fühlte. »Ich habe keine Ah… Geld, sagten Sie doch? Er hat es getan, um noch reicher zu werden, und jetzt ist er der reichste Mann der Welt.«

»Ich bin immer noch hier, falls ihr es vergessen habt«, murmelte Duff.

»Falsch«, gab Madame Scissor zurück und ignorierte ihren Mann. »Argo wusste ganz genau, wie gefährlich die KinTwin-Mutation war, und er hat sie trotzdem in Umlauf gebracht. Denk nach, Zoe. Warum sollte man wollen, dass derjenige, den man doch so sehr liebt, mit dem man mehr erlebt hat als mit irgendjemandem sonst, stirbt, nur weil man selbst gestorben ist? Wir sind nicht bei *Romeo und Julia.* Das hier ist das echte Leben. Das würde doch niemand wollen, oder?«

Die Erkenntnis überkam mich plötzlich und ersetzte die Taubheit durch ein Kribbeln, das meine Arme hoch- und runterlief. »Weil Ihr Mann Sie nicht loslassen wollte. Wenn er Sie nicht haben konnte, im Leben und nach dem Tod, dann sollte es auch niemand sonst.«

»Korrekt. Das zwischen uns ist keine Liebe. Es ist ungesund, es ist giftig. Und dieses Gift hat mein Mann auch allen anderen aufgehalst, nur um sein Ego zu füttern und, als netten kleinen Bonus, auch sein Bankkonto.« Alle am Tisch saßen mit heruntergeklappter Kinnlade da, als sich alle Teile zusammenfügten. »Ich liebe dich, Argo, tief in meinen dunkelsten Abgründen. Und ich weiß, dass du mich auch liebst, und die Spielchen, die wir miteinander spielen. Sogar den Schmerz, den wir einander zufügen. Aber mir ist klar, dass das keine gesunde Form von Liebe ist und ganz sicher keine Form von Liebe, die man anderen aufzwingen sollte. Wir müssen sie jetzt freilassen.«

»Hetero-Liebe ist manchmal echt seltsam«, murmelte Bri gerade laut genug, dass ich es hören konnte.

»Der Teil mit der Liebe bei Seelenverwandten ist echt. Liebe hat verschiedene Formen, aber dieser Teil des Prozesses funktioniert tatsächlich«, fuhr Nina fort. »Trotz allem werde ich niemals jemanden so lieben wie meinen Mann. Aber der geteilte Schmerz, wenn sich dein KinTwin verletzt, und das Todesband? Das ist ungesund. Und es muss aufhören, auch wenn das bedeutet, dass wir Liebe wieder auf altmodische Weise finden müssen.«

Der ganze Tisch starrte Madame Scissor an. Argo Duff war der Erste, der das Schweigen brach.

»Nina … verstehe ich das richtig? Nachdem du jahrelang vor mir weggelaufen bist, dich geweigert hast, das Heilmittel zu nehmen, damit wir weiterhin verbunden sind, willst du jetzt, dass ich … was? Alle heile? Die Welt rette?« Duff kniff sich in den Nasenrücken und schloss die Augen.

»Ja, *mon chéri.* Sieh dir diese Kinder an. Sie sind unschuldig, *non*? Und sie hatten zu große Angst vor dem Mittel, falls sich dadurch ihre Gefühle zueinander verändern, auch wenn es ihnen das Leben gerettet hätte. Bitte, Argo. Ich komme zu dir zurück. Ich werde das Heilmittel nicht nehmen. Aber du musst den Leuten die Wahl lassen. Die Welt da draußen geht zugrunde. Flugzeuge stürzen vom Himmel, Menschen fallen einfach tot um und Kinder werden zu Waisen … es geht zu weit. Ich habe über die Jahre so viele Leute kennengelernt, denen es deshalb schlecht geht. Das Treffen mit Milo und Zoe war sozusagen der Tropfen, der das Fass zum Überlaufen gebracht hat. Wir müssen es wieder umkehren.«

Madame Scissor sah von Milo zu mir und lächelte, in ihren Augen standen Tränen. Ich hatte plötzlich das Bedürfnis, Milo zu berühren, seine Hand zu halten, aber ich konnte ihn nach meinem Verrat nicht mehr einschätzen.

Duff ließ seine Nase los und lachte wieder dröhnend wie ein Automotor. »Warum bist du plötzlich so besessen von diesen Kindern, Nina? Und wie kommst du darauf, dass dieser ganze Unfug meine Meinung ändern würde?« Er fuchtelte mit den Armen herum. »Ich hatte nie Interesse daran, die Welt zu retten. Oder an Liebe. Mir gehören alle Wasseraufbereitungsfirmen, Schienenfahrzeughersteller und auch die größte Dating-App der Welt. Verstehst du es nicht? Jedes Zugunglück, jedes Mal, wenn ein Damm bricht und Wasser kontaminiert wird, jeder einzelne Tod ist Musik in meinen Ohren. Mehr Pfund auf der Bank, mehr Jobs, die für meine Teams entstehen. Mir gehört der Aktienmarkt, *weil* ich der Vorbote des Todes bin. Jeder weiß, dass man den Fährmann in der Unterwelt bezahlen muss. Tja, und dieser Fährmann hat rausgefunden, wie man auch mit den Lebenden Geld machen kann. Das gebe ich nicht auf. Verstehst du es immer noch nicht? Ich habe es für dich getan, für uns. Damit wir für immer zusammenbleiben können und es hat sich auf noch so viele andere Arten ausgezahlt. Ich habe alles in der Hand, auch dich. So sehr liebe ich dich. Ich habe die Welt verändert, nur für uns.«

Madame Scissor verdrückte eine Träne. Duff wischte sich den Mund mit seiner Serviette ab und stand auf. Milo hatte die Stirn gerunzelt und drückte Aishas Schulter so fest, dass sich seine Knöchel weiß färbten. Mein Herz warf sich gegen meinen Brustkorb wie ein echter Hund, nicht wie Bari, der geduldig auf meinem Handy wartete. Mein Leben war so einfach, so leicht gewesen.

Und gleichzeitig auch nicht. Ich hatte überlebt, aber nicht *gelebt*. Sogar Mom hatte das bei unserem letzten Gespräch verstanden. Wenn ich auf diese Art starb, nach der ganzen Überlebenskünstler-Vorbereitung, hatte ich wenigstens gesagt, was ich zu sagen hatte. Ich hatte angefangen zu leben, auch wenn es erst kurz vor meinem Tod war.

»Jetzt bist du endlich sprachlos, meine Liebste«, seufzte Duff. »Genug davon. Es langweilt mich. Erschießt sie alle. Natürlich nicht Nina, aber ich will, dass sie zuschaut. Ich kümmere mich später um sie. Und macht es auf dem Balkon. Dann kann man es später leichter wegwaschen.«

»Bitte, nein. Tut das nicht«, flehte Bri, als einer von Duffs Handlangern sie und mich an den Schultern packte und uns aus den Stühlen hob. Ich fühlte mich seltsam ruhig, denn immerhin verstand ich dieses Verhalten besser als die Frühstücksparty. Selbsterhaltung um jeden Preis. Dieses Mindset konnte ich nachvollziehen. Ich hasste es, weil ich Teile meines alten Ichs darin erkannte, aber ich verstand es.

Aisha wirbelte herum und biss den Mann, der sie vom Stuhl zerren wollte, wofür sie einen harten Schlag ins Gesicht kassierte. Bri keuchte und wurde durch den Stoß etwas nach rechts geschleudert. KinTwins zu sein bedeutete, das Schlechteste aus zwei Welten abzukriegen, das war mir jetzt klar. Es konnte einen aus Liebe egoistisch handeln lassen, wie mich, als ich Milo angelogen hatte, und es konnte Schmerzen verursachen. Aber wir konnten gerade nichts dagegen ausrichten.

Milo wollte sich auf den Wachmann stürzen, der Aisha geschlagen hatte, aber ein anderer hielt ihn fest. Wir wurden raus auf den Balkon geführt. Die Sonne war mittlerweile aufgegangen. Die Nacht war gar nicht so kalt gewesen, aber in dieser Höhe peitschte der Wind richtig und fühlte sich auf meinen nackten Armen an wie tausend Nadelstiche. Duff blieb drinnen, hinter dem Fenster, außerhalb der Schusslinie. Er stand mit verschränkten Armen da, als wäre er von allem äußerst gelangweilt.

Liebe war, wie ich feststellen musste, echt eine sehr merkwürdige Angelegenheit.

Am anderen Ende des Balkons standen ein Tisch und Stühle, aber Duffs Männer ließen uns neben zwei Topfpflanzen an der niedrigen Steinmauer Aufstellung beziehen. Jedes andere Gebäude hatte Sicherheitsgeländer, aber das würde ja die Aussicht stören, und hier war wahrscheinlich alles nach Duffs genauen Vorstellungen gebaut worden. Die Männer stellten mich und Milo und Bri und Aisha jeweils zu zweit auf und Madame Scissor stand ein Stück abseits, von wo aus sie zuschauen konnte. Ich fragte mich, ob das Blut von meinem Schädel auf ihr Kleid spritzen würde oder nicht. Ich fühlte mich wie im Delirium, wie in einem Traum. Ich sah zu Milo, der durch das Fenster Duff beobachtete. Vor lauter Anspannung zuckte ein Muskel an seinem Kiefer. Aisha schrie Worte, die ich nicht wiederholen möchte, und Bri schluchzte. Die Männer hoben ihre Waffen und zielten auf uns.

Ich packte Milos Hand und sein Kopf flog zu mir herum, als wäre er überrascht, mich zu sehen.

»Es tut mir leid«, sagte ich. »Ich bin so ein Vollpfosten. Wenn es nicht schon offensichtlich ist … Ich mag dich, Milo Spencer, okay? Ich mag dich sehr. Ich mag dein … Grinsen und deinen Dreitagebart. Ich mag, wie ich durch dich mutiger werde, auch wenn es manchmal bedeutet, etwas Leichtsinniges zu machen. Ich mag sogar, wie ich dank dir in Aisha und Bri meine ersten richtigen Freundinnen gefunden habe. Ich wusste nicht, was mit diesen Gefühlen geschehen würde, wenn wir das Heilmittel nehmen. Und ich wollte dich auch nicht verlieren, aber das ist keine Entschuldigung. Ich bin nicht besser als dieser scheiß Argo Duff. Ich bin ein Kontrollfreak durch und durch. Es war falsch, dir durch Lügen deine Entscheidung zu rauben. Es war mehr als falsch, es ist unverzeihlich.«

Milos Angespanntheit fiel von ihm ab. Er grinste sein breites Grinsen und gleichzeitig rollte ihm eine Träne über die Wange. »Ich weiß. Ich weiß, warum du es getan hast, und ich weiß, warum du es bereust. Glaub mir, niemand ist so schlimm wie er. Du hattest gute Gründe, auch wenn es die falsche Entscheidung war. Er hatte keine. Es war ’ne Scheißaktion, Zoe, ganz ehrlich, aber … ich verstehe es, glaub ich. Und ich vertraue dir immer noch. Du dachtest, dass du das Richtige tust, und trotzdem hat es dich belastet.« Er beugte sich zu mir und flüsterte: »Außerdem ist es das erste Mal, dass du zugegeben hast, dass du mich magst.«

Ich lächelte zurück. »Übertreib's nicht.«

Milo nickte und wir mussten uns wieder dem Geschehen vor unseren Nasen widmen. Wir drehten uns zu Duffs Wachmännern.

»Beende diesen Irrsinn«, flehte Madame Scissor. Sie wollte einen Schritt auf uns zumachen, aber einer der Männer richtete seine Waffe auf sie und sie erstarrte. Natürlich würden sie sie nicht töten. Sie war immer noch mit Duff verbunden.

Ihrem Gesichtsausdruck nach kam Madame Scissor diese Erkenntnis im selben Moment wie mir. Ihr Lächeln wandelte sich langsam zu einem entrückten Grinsen. Sie drehte sich zum Fenster, winkte ihrem Mann knapp mit ihrer manikürten Hand zu und dann sprang sie auf das Balkonmäuerchen.

Chaos brach aus. Duff rannte auf den Balkon. Seine Männer ließen die Waffen sinken und warteten auf Anweisungen. Sogar Aisha hörte auf zu schreien. Alle starrten Madame Scissor an, die auf der Mauer stand wie eine Superheldin, mit den Händen an den Hüften und weit auseinanderstehenden Beinen. Im starken Wind flatterte ihr Schal hinter ihr wie ein Cape. Sie lächelte immer noch.

»Nina! Nina, komm da runter«, brüllte Duff gegen den Wind an. Er streckte eine Hand nach Madame Scissor aus, deren Reaktion darin bestand, auf der Stelle zu springen, als würde sie gleich wegfliegen.

Aber sie konnte nicht fliegen. Das war uns allen klar. Ich lehnte mich über die Mauer und beim Anblick des fünfundzwanzig Stockwerke tiefen Abgrunds schlingerte mein Magen. Die Autos waren so klein, dass sie wie Spielzeuge aussahen. Die Menschen waren so weit weg, dass man sie für Ameisen halten konnte.

Ich sah zu Madame Scissor, die mich direkt anschaute. Immer noch grinsend, immer noch mit wehendem Schal. Duff rief seinen Männern etwas zu und sie formierten sich in einem Halbkreis um sie herum. Sie zwinkerte mir zu.

»Bonne chance, mes amis«, rief sie. Sie warf uns einen Handkuss zu, würdigte ihren Ex-Mann, der immer noch brüllte, dass sie da runterkommen sollte, keines Blickes und machte einen Schritt nach hinten in die Luft.

20

Milo

Alles passierte so schnell, dass mein Gehirn kaum mit meinen körperlichen Reaktionen mithalten konnte. Duff schoss nach vorne und warf seine Hände mit solchem Schwung über die Balkonmauer, dass er fast selbst hinüberkippte. Einige seiner Schergen ließen ihre Waffen fallen und packten ihn an den Beinen, um ihn am Abstürzen zu hindern. Sie hatten noch nicht gerafft, dass das ziemlich sinnlos war, weil Madame Scissor bereits gefallen war. Gleich würden ihre Eingeweide auf dem Bürgersteig verteilt und Argo Duff von seiner eigenen Entwicklung entleibt und entlebt werden. In mancher Hinsicht war das irgendwie poetisch.

Zoe beugte sich über die Mauer, um zu sehen, was unterhalb davon vor sich ging. Ich wusste nicht, ob ich den Anblick des Absturzes ertragen konnte, aber Zoe hatte diesen intensiven Blick, den sie immer aufsetzte, wenn sie über etwas nachdachte, deshalb wagte ich es und lugte über ihren Kopf. Bri und Aisha taten es mir nach.

Auf der anderen Seite der niedrigen Betonmauer hielt Duff Madame Scissors Schal fest umklammert, der sich um ihr Handgelenk gewickelt hatte, und versuchte, sie daran hochzuziehen. Sie baumelte achtzig Meter über dem Boden.

All das passierte binnen weniger Sekunden.

»Argo, lass mich los«, schrie Madame Scissor, der Wind wehte ihre Worte zu uns herauf. »Dieses eine Mal, bitte. Lass mich los.«

»Du weißt, dass ich das nicht tun kann«, brüllte Duff zurück.

Seine Männer hielten ihn weiterhin fest, einer beugte sich vor und versuchte, Madame Scissors Hand zu erwischen, aber sie schlug ihn immer wieder weg. Sie sah mich und Zoe an und lächelte. Dann griff sie in ihren Ärmel und zog eines der goldenen Messer vom Tisch daraus hervor.

»Es ist vorbei, *mon chéri*«, rief sie. Dann stach sie auf Duffs Hand ein, die an ihrem Schal festhielt.

Er schrie und sie auch, als beide den Schmerz spürten, den das Messer verursachte. Madame Scissor ließ sich von ein bisschen Schmerz aber nicht aufhalten. Sie stieß das Messer so fest in Duffs Hand, dass es noch tiefer in sein Fleisch drang und Blut hinunter auf ihr Gesicht spritzte, dann drehte sie es. Angesichts dieses Horrors klappte mir der Mund auf. All das Blut und der Schmerz, den beide fühlen mussten.

»Milo, komm«, flüsterte Zoe mir ins Ohr. Ich wendete den Blick ab, froh, dass mich etwas von der Szene, die sich gerade abspielte, wegholte, und alle drei Mädchen starrten mich an. Zoe legte sich einen Finger auf die Lippen und nickte in Richtung von Duffs Männern. Sie standen um ihren Boss gedrängt, die Waffen waren vergessen und hingen lose an ihnen herunter.

Niemand achtete auf uns.

»Wir müssen hier weg«, zischte Zoe und ich nickte. Ich sah

ein letztes Mal zu Madame Scissor, die immer noch genauso laut schrie wie ihr Ex, während sie das Messer in ihn bohrte. Dann rannten wir.

Wir stießen die Glastür auf, die zurück ins Apartment führte, rasten durch den Raum, vorbei am verlassenen Esstisch, den toten Angestellten und den riesigen Kronleuchtern. Eine der noch lebenden Köchinnen spähte aus der Küche hervor, erhaschte einen Blick auf uns und verschwand wieder. Sie wollten nichts mit dem, was draußen vor sich ging, zu tun haben und glücklicherweise hatte Madame Scissors Stunt alle von Duffs Handlangern in Panik versetzt und nach draußen getrieben.

Wir erreichten den Aufzug und Aisha drückte eine Million Mal auf den Knopf. Ich wusste, was in ihr vorging. Wir mussten hier weg und niemand konnte sagen, wie lange es Argo Duff gelang, Madame Scissor festzuhalten, bevor sie ihren Willen bekam. Klar, sobald sie … weg war, wäre Duff es auch. Aber das hieß nicht, dass es auch seine Männer aufhalten würde. Wir wussten zu viel und diese Firma gab ihnen ein Dach über dem Kopf. Wir konnten uns also nicht darauf verlassen.

»Hey, Aish«, sagte ich, während wir auf den Aufzug warteten und versuchten, wieder Luft zu bekommen. »Wie habt ihr uns gefunden?«

»Na ja, du hast das Regenschirm-Codewort benutzt und da wusste ich, dass etwas nicht stimmte. Dann bin ich zu Zoe nach Hause gegangen, um rauszufinden, ob ihre Mutter irgendwas weiß. Sie sagte, sie könne die Ortungsfunktion an Zoes Handgelenk einschalten, weil, hallo, wir haben uns Sorgen gemacht. Zoes Mom war nicht so wild darauf, ihre Privatsphäre zu stören, aber als wir ihr sagten, dass es ein Notfall war, weil du das Codewort benutzt hast, war sie dabei. Der Punkt auf der Karte hat sich plötzlich nicht mehr bewegt, als ihr in dieser Straße wart, daher wussten wir, dass die Ortung hier komplett abgeschaltet worden sein musste, und Zoes Mom war sich sicher, dass Zoe das niemals getan hätte. Dann fragte Bri ihren Dad, wo in London sich die Zentrale von KinTwin-Discoveries befindet, und so weiter. Wir sind echt schlau, weißt du?«, antwortete Aisha.

Ich grinste. »Yep, weiß ich.«

»Ich bin stolz auf Mom, weil sie wirklich versucht hat, mir zu vertrauen, aber ich bin auch froh, dass sie auf euch gehört hat. Vielleicht fängt sie ja an, meinen Freunden auch zu vertrauen. Danke, Aisha«, sagte Zoe.

»Kein Ding. Warum dauert das denn so lang?«, regte sich Aisha auf, drückte erneut wie wild auf den Aufzugsknopf und ignorierte völlig, dass ich sie gerade schlau genannt hatte. »Memo an mich selbst: Wenn ich jemals reich und böse genug bin, um ein Penthouse über meiner zwielichtigen Firma zu besitzen, dann hat es einen eigenen Aufzug.«

Sie warf einen Blick über ihre Schulter, durch die Glasscheibe auf den Balkon dahinter. Niemand schien bemerkt zu haben, dass wir fort waren. Noch nicht zumindest. Duffs Männer standen immer noch so dicht zusammen, dass wir von drinnen nicht sehen konnten, was da draußen vor sich ging.

»Hey, Zo«, sagte ich. Sie sah mich an. »Das ist wahrscheinlich nicht der richtige Zeitpunkt für ein ernstes Gespräch, aber solange wir hier eh nur rumstehen und auf diesen bescheuerten Aufzug warten … vor ein paar Minuten dachte ich, dass wir gleich sterben würden, und das hat deine Lüge, dass du die Tablette genommen hast, irgendwie relativiert. Ich weiß ja, warum du es getan hast. Und ich bin immer noch ein kleines bisschen sauer und versteh mich nicht falsch, zu lügen war uncool, aber ich bin auch irgendwie froh darüber, dass wir das Gleiche fühlen, weißt du? Schätze, was ich sagen will, ist … ähm …«

Ich verlor den Faden und Zoe stellte sich auf die Zehenspitzen und küsste mich sanft auf die Lippen. Trotz allem machte mein Herz einen Hüpfer wie bei Stunts auf meinem BMX und ein warmes Gefühl breitete sich von meinem Kopf bis in die Zehen aus. Als sie sich von mir löste, grinste ich wie bekifft.

»Manchmal sind Taten lauter als Worte«, sagte Zoe. Sie nahm meine Hand. »Und danke, dass du es verstehst.«

»Ähm, Leute? Ich störe ungern euren Moment, aber, äh, ich glaube, wir haben ein Problem.« Bri deutete aus dem Fenster und wir schauten zum Balkon.

Die Wachmänner traten zurück. Duff stand aufrecht da, mit einem farbenfrohen Schal in der Hand, der Ärmel seines Hemds blutgetränkt. Er sah uns an. Seine Männer standen benommen um ihn herum und warteten auf Anweisungen. Er öffnete den Mund, um etwas zu sagen.

Dann fiel er zu Boden wie ein Sack Kartoffeln.

Ich blinzelte. Erst rührten sich die anderen Männer nicht, aber dann bemerkte uns einer von ihnen. Seine Hand bewegte sich zu der Waffe, die über seiner Schulter hing.

Hinter uns kündigte sich der Aufzug mit einem »Ping« an. Die Türen glitten auf und tauchten uns in grelles Licht.

»Okay, Zeit abzuhauen«, bemerkte Aisha.

Wir stürzten so schnell in den Aufzug, dass ich über den gefliesten Boden schlitterte. Aisha prallte gegen mich, aber Bri und Zoe schafften es, reinzuspringen und die Knöpfe ausfindig zu machen.

»Wohin?«, fragte Bri und scannte die Schilder über jedem Knopf. Es war alles dabei, von REZEPTION über ENTWICKLUNG bis hin zu KELLER, wo wir offensichtlich festgehalten worden waren, bevor die seltsamste Frühstücksparty der Welt stattgefunden hatte.

»Babe, in meinen Worten schwingt Liebe mit, aber: ist mir egal. Entscheide dich einfach schnell«, erwiderte Aisha.

Die Türen standen immer noch offen und Duffs Männer waren inzwischen wieder im Appartement und rannten durch den riesigen Raum auf uns zu. Mit erhobenen Waffen.

Zoe trat vor und drückte den »Türen schließen«-Knopf. Sie glitten genau in dem Moment zu, als der erste Mann den Esstisch in der Mitte des Appartements erreichte.

»Drück irgendeinen«, kreischte Aisha.

»Ist ja gut, ich mach ja schon«, zischte Bri zurück.

Sie drückte auf REZEPTION und mein Magen überschlug sich, als der Aufzug den Turm hinabsauste.

»Die Rezeption ist bestimmt da, wo Leute reinkommen, oder? Das ist dann der beste Ausweg für uns. Gute Wahl, B«, lobte Aisha.

Bri verdrehte die Augen.

»Wartet«, sagte Zoe. »Gerade ist jemand von diesem Gebäude gefallen und im Inneren suchen Wachmänner nach uns. Sie werden davon ausgehen, dass wir mit dem Aufzug ins Erdgeschoss fahren, und per Funk andere Wachmänner rufen, die dort auf uns warten. Ich finde, wir sollten woanders aussteigen.«

Ich biss mir auf die Lippe. Sie hatte recht und die Zeit, eine andere Entscheidung zu treffen, war begrenzt. Die digitale Anzeigetafel über der Tür zählte die Stockwerke schnell runter. Wir fuhren bereits am neunzehnten Stock vorbei.

»Und wo?«, fragte Aisha.

Zoe blinzelte. Sie hatte das Problem erkannt, aber ohne ihren Beutel voller Tricks, der uns schon in so vielen Situationen geholfen hatte, kam sie nicht weiter.

Fünfzehnter Stock.

Ich überflog die Knöpfe. Im Keller gab es bekanntlich keinen Ausgang, und allem, was wir gesehen hatten, nach zu urteilen, war das da unten ein einziges Labyrinth. Wir mussten aber noch vor dem Erdgeschoss aussteigen oder die Türen würden sich dort öffnen und wir hätten wieder dasselbe Problem. Das bedeutete, dass wir in einem der Büro- oder Forschungsstockwerke rausmussten, die oberhalb der Rezeption lagen.

Der zehnte Stock raste vorbei.

Ich entdeckte einen Knopf, dessen Beschriftung meinem Hirn einen kurzen Stromstoß versetzte, und haute drauf. Fünfter Stock: FORSCHUNG UND ENTWICKLUNG.

»Sorry, willst du mehr über das Todesband erfahren oder willst du lieber am Leben bleiben?«, fragte Aisha.

»A, hör zu. Der fünfte Stock liegt hoch genug, dass sie uns dort nicht vermuten würden, und weit genug unten, dass wir den Rest laufen können, wenn wir ein Treppenhaus und so was wie einen Notausgang finden«, erwiderte ich. Ich nahm Zoes Hand. »Außerdem muss ich die ganze Zeit an Madame Scissor denken. Sie hat sich für uns geopfert und sie wollte die Welt retten. Keine Ahnung, wenn es irgendwo Infos über das Heilmittel gibt …«

»Dann bei Forschung und Entwicklung. Schlau«, beendete Zoe den Satz. Ich grinste sie an. Sie hatte mich verstanden. »Und ich habe noch das.« Sie kramte in ihrer Tasche und holte die kleine pinkfarbene Tablette hervor. »Selbst wenn wir nichts finden, gibt es bestimmt jemanden, der die hier analysieren und herausfinden kann, was drin ist. Es ist immerhin etwas.«

»Genau«, sagte ich. »Ist jetzt eh zu spät.«

Die Türen glitten im fünften Stock auf. Zu beiden Seiten erstreckte sich ein weißer Flur mit Glaswänden, hinter denen sich Labore befanden. Es war noch früher Morgen, aber hinter den Scheiben wuselten bereits Leute in Laborkitteln herum. Überall blinkten und surrten riesige Maschinen und es gab reihenweise Computer. Wir verließen den Aufzug und duckten uns sofort, damit uns niemand sah.

»Ähm, glaubt ihr, dass sie wissen, dass die Frau vom Boss gerade vom Dach gesprungen ist, oder …?«, flüsterte Aisha.

»Aisha, das ist echt unsensibel«, zischte Bri sie an. »Madame Scissor hat … fragwürdige Entscheidungen getroffen, aber sie hat versucht, die Dinge wieder geradezurücken.«

»Sorry, Babe, stimmt ja. Du weißt doch, dass ich Witze reiße, wenn ich gestresst bin. Und ich bin gerade echt verdammt gestresst.«

Ich drückte Aishas Arm. »Wir schaffen es hier raus. Los. Sie haben Überwachungskameras und werden uns bald bemerken. Wir müssen die Treppe finden«, sagte ich.

Wir marschierten in der Hocke über den Fliesenboden und versuchten, die Glasscheiben, so gut es ging, zu meiden. Bereits nach einer Minute brannten meine Waden. Sobald wir die Treppe gefunden hatten, würden wir rennen müssen. Außerdem sollten wir wirklich nach Hinweisen auf das Heilmittel suchen, aber ich hatte keinen Plan, wo wir damit anfangen sollten.

Wir bogen um die erste Ecke, Zoe vor mir, Aisha und Bri hinter mir. Ich prallte gegen Zoe, die ohne Vorwarnung angehalten hatte.

»Was macht ihr denn hier? Habt ihr euch bei einer Führung verlaufen oder so?« Die schroffe Stimme gehörte einem weiteren Wachmann mit einer Pistole am Gürtel.

Wir standen auf und hoben die Hände über die Köpfe.

Der Wachmann lachte amüsiert. »Schon gut, Leute. Beruhigt euch. Ist nicht das erste Mal, dass welche von euch von einer Führung abgehauen sind. Ich werd euch schon nicht erschießen.«

Mein Herz pochte so laut, dass ich es in meinen Ohren hörte, so als wäre ich unter Wasser. Vielleicht ging das hier gut aus. Der Wachmann wusste nicht, wer wir waren. Es ergab Sinn, dass nicht alle Wachmänner dieselbe Sicherheitsfreigabe hatten wie das Todeskommando im Penthouse. Vielleicht würde er uns zum Ausgang bringen, ohne Fragen zu stellen.

Eine Sekunde später ging ein Alarm los. Er klang wie der Feueralarm in der Schule und zusätzlich ertönte eine automatisierte Durchsage.

»ACHTUNG, EINDRINGLINGE. ALARMSTUFE ROT. GEFÄHRLICHE INDIVIDUEN AUF DER FLUCHT. NOCH MAL: ALARMSTUFE ROT. UNMITTELBARE LEBENSGEFAHR. MITARBEITENDE, BLEIBEN SIE AUF IHREN ARBEITSPLÄTZEN. NIEMAND DARF DAS GEBÄUDE VERLASSEN.«

Der Alarm ging weiter, nachdem die Durchsage vorbei war. Ich beobachtete, wie sich die Erkenntnis auf dem Gesicht des Wachmannes abzeichnete, dass die Alarmstufe Rot und wir vier vielleicht zusammenhingen. Das Lächeln rutschte aus seinem Gesicht und er zog seine Pistole und richtete sie auf uns. Ich trat vor Zoe und hielt den Arm schützend vor sie, aber sie stellte sich nicht komplett hinter mich.

Die Hand des Wachmanns, mit der er die Pistole hielt, zitterte. »Was ist hier los? Wer seid ihr?«, wollte er wissen. Keiner von uns sagte etwas. Zoe bewegte sich nach links und die Pistole folgte ihrer Bewegung. »Hey, Mädchen. Keine Bewegung, hast du gehört? Keine. Bewegung.« Der Wachmann hob einen zitternden Finger an sein Headset und sprach hinein. »Fünf-neun-acht-sechs hier. Ich glaube, ich, ähm, habe die Feinde gefunden. Warte auf Anweisung«, sagte er. Die Farbe wich aus seinem Gesicht, während er sich die Antwort anhörte.

Im Labor zu unserer Rechten hatten die Forschenden mitgekriegt, was vor ihrem Fenster los war. Einige von ihnen kauerten sich angsterfüllt am Computerterminal zusammen. Was lachhaft war, weil wir nur ein paar Kids waren und zudem nicht diejenigen, die eine Waffe auf jemanden richteten.

»Verstanden, Sir«, erwiderte der Wachmann schließlich.

Er legte die andere Hand, die jetzt sogar noch stärker zitterte, wieder an die Waffe, sagte aber nichts mehr. Nach allem, was wir auf dem Balkon gesehen hatten, konnte ich mir vorstellen, welche Anweisung er übers Headset bekommen hatte. Er sollte uns töten, aber er würde es auf keinen Fall allein schaffen, alle von uns zu erwischen. Ich musste ihn überwältigen. Ich musste versuchen, den Mädchen eine Chance zum Wegrennen zu verschaffen.

Neben mir bewegte Zoe sich wieder und ich drehte mich zur Seite, um zu sehen, was sie machte. Sie steckte sich etwas in den Mund und schluckte. Mir klappte die Kinnlade runter. Sie hatte die Tablette genommen, aber warum? Warum jetzt? Damit wir nicht beide starben, wenn es so weit war?

Aber es bedeutete, dass ich ihn angreifen konnte. Es bedeutete, dass alle drei Mädchen es hier rausschaffen konnten, auch wenn wir gerade unser einziges Beweisstück verloren hatten. Jetzt war allerdings keine Zeit, darüber nachzudenken.

»Ey, ich hab doch grad gesagt, dass ihr euch nicht bewegen sollt«, brüllte der Wachmann und richtete die Waffe wieder auf Zoe.

»Ziel nicht auf sie. Hey! Nimm mich«, rief ich und wedelte mit den Armen, um seine Aufmerksamkeit auf mich zu lenken. Zoe bewegte sich immer noch nicht, egal, wie sehr ich versuchte, sie zurückzudrängen. Es war, als wäre sie am Boden festgeklebt. Sie stand leicht geduckt da, ignorierte mich komplett und hielt den Blick fest auf den Wachmann gerichtet. Und da kapierte ich, was sie vorhatte, warum sie die Tablette genommen hatte.

Wir waren uns doch ähnlicher, als ich gedacht hatte.

»Zoe, nein!«, schrie ich und wollte sie an der Schulter packen.

Aber sie war bereit. Sie wusste, dass ich versuchen würde, sie aufzuhalten, und sie wusste, dass sie es vielleicht nicht schaffen würde, einer Kugel auszuweichen. Sie hatte die Tablette genommen, um unser Band zu durchtrennen. Mit Leichtigkeit duckte sie sich unter meinen ausgestreckten Armen hindurch und griff an.

Aisha versuchte, Zoes Jumpsuit zu fassen zu kriegen, aber sie war zu schnell. In gebückter Haltung rammte sie ihre Schulter gegen die Hüfte des Wachmanns. Mein Herz setzte kurz aus, als er den Finger über dem Abzug krümmte.

Doch nichts passierte. Es gab keinen Schuss, keine Kugel traf und tötete Zoe. Stattdessen wurden die Augen des Wachmanns sehr groß, als ihm klar wurde, dass sie nicht aufgeben würde, und er ließ die Waffe fallen. Zoe rammte ihre Schulter mit vollem Karacho in seinen Bauch. Die Wucht ließ ihn mit dem Kopf gegen die Glasfront eines der Labore prallen und er glitt daran herab, mit geschlossenen Augen und eindeutig bewusstlos.

Ich hoffte, dass sein KinTwin gerade nicht Auto fuhr, denn sonst hätte er oder sie einen echt beschissenen Tag.

Aisha, Bri und ich rührten uns nicht. Die Leute im Labor schienen genauso geschockt zu sein.

Zoe war mitten im Flur schlitternd zum Stehen gekommen. Sie hob die Waffe auf, drehte sie in ihrer Hand und überprüfte das Patronenlager.

»Sie ist geladen, aber er hat sie nicht entsichert«, sagte sie und sah mich schulterzuckend an. »Glaube nicht, dass unser Freund hier sie schon mal benutzen musste. Bisschen schade, dass ich unser einziges Beweisstück runtergeschluckt habe, aber ich wollte nicht riskieren, dass mein KinTwin oder ich selbst umgebracht werden.«

Ich starrte sie an. »Wenn du so was noch mal machst, bring ich dich höchstpersönlich um«, sagte ich. Ich schloss die Distanz zwischen uns mit zwei großen Schritten und zog sie an mich.

»Klingt fair«, murmelte sie in den Ärmel meiner Anzugjacke.

Ich löste mich von ihr und bemerkte, dass sie immer noch die Waffe in der Hand hielt.

»Die wird uns vielleicht helfen, neue Beweise zu finden«, rief Aisha, deutete auf die Waffe und lächelte den Leuten im Labor zu. »Lasst uns ’ne Runde mit ein paar Wissenschaftsnerds quatschen.«

21

Zoe

Alle lächelten mich an, weshalb es mir noch schwererfiel, nicht den ganzen Fliesenboden vollzukotzen.

Keine Ahnung, was da über mich gekommen war, aber in dem Moment, als der Wachmann die Waffe auf mich richtete, wusste ich, dass Milo gleich sein Leben opfern würde, um uns zu retten. Ich hätte mir nie träumen lassen, vor allem nicht in meinen Überlebensplänen oder in meinen Vorbereitungsübungen, dass ich mal so etwas tun würde. Nur in Filmen warfen sich Leute vor eine Kugel und normalerweise schaltete ich solche Filme aus. Ich hatte mich nie als Heldin betrachtet. Aber Milo glaubte an mich und ich wusste, dass ich etwas tun musste.

Und am Ende hatte es ja auch gar keine Kugeln gegeben, vor die ich mich hätte werfen können, also konnte ich diese blöden Filme weiterhin abschalten. Falls wir hier lebend rauskamen.

Was mir zusätzlich Sorgen bereitete, waren meine Gefühle für Milo. In der Situation eben hatte ich nichts anderes wahrgenommen als die Schauer, die mir das Adrenalin über den Rücken jagte, aber würden Milo und ich uns auch dann noch mögen, wenn das alles hier vorbei war, oder war das gemeinsame Trauma alles, was uns zusammenschweißte? Würde unsere Beziehung es überstehen? Konnte die Tablette überhaupt so schnell gewirkt haben?

Ich hatte keine Zeit, um darüber nachzudenken. Aisha trat auf mich zu und nahm mir die Waffe ab, ganz vorsichtig, dann drehte sie sich wieder zu dem Fenster, hinter dem die Wissenschaftlerinnen und Wissenschaftler sich in ihrem Labor noch immer vor uns wegduckten.

»Seht ihr? Die haben Schiss. Sie geben uns dieses Heilmitteldingsrezept oder was auch immer, wenn sie denken, dass wir ihnen sonst das Hirn wegpusten. Wer braucht schon Geiseln, wenn dein KinTwin die eine Person ist, für die du sterben würdest?«

Ich sah zu, wie sie die Waffe in ihrer Hand wog. Aisha spuckte zwar große Töne, aber wie sie dastand mit diesem Ding, mit dem man jemanden töten konnte, wirkte sie plötzlich wie ein kleines Mädchen. Ihre Hände zitterten leicht und sie konnte uns nicht in die Augen schauen. Ich fühlte ein Stechen in der Magengrube. Das hier war nicht richtig.

Aisha öffnete die Labortür und ließ die Pistole wie eine Puppe an ihrer Seite baumeln. »Alles klar. Wir haben eine Waffe. Jemand von euch hat doch sicher Zugang zum Heilmittel für diese KinTwin-Sache. Lasst uns tauschen.«

Milo, Bri und ich folgten ihr ins Labor. »Wir müssen uns beeilen«, drängte Bri. »Sie schicken bestimmt gerade Leute in diesen Stock. Ich erinnere mich daran, wie Dad mal bei Alarmstufe Rot auf der Arbeit festsaß ... wisst ihr noch, der Tag des Flugzeugabsturzes? Das war nur Alarmstufe Blau. Rot klingt schlimmer als Blau, oder?«

Die Waffe hing immer noch schlaff in Aishas Hand. Einer der Wissenschaftler fing an zu schluchzen.

»Aisha. Wir müssen es nicht so machen. Leg das Ding weg«, sagte ich.

Aisha sah erst mich an, dann die Pistole und legte sie schließlich auf eine Bank in der Nähe. Dann nahm sie einen tiefen Atemzug, als wäre sie grade aus tiefem Wasser aufgetaucht. »Zum Glück. Ich wusste nicht mal, wie ich das Teil halten sollte, ohne auszusehen wie jemand aus einem schlechten Film.«

Bri ging zu ihr und legte einen Arm um sie.

Ich machte einen Schritt nach vorne und hielt meine Handflächen hoch, um zu signalisieren, dass die Waffe weg war und wir friedliche Absichten hatten. Milo stand links von mir, die Arme verschränkt, aber er unterbrach mich nicht. »Wir tun Ihnen nichts, wirklich nicht. Aber es gibt etwas, wobei Sie uns helfen können, und ich glaube, das werden Sie, wenn wir es Ihnen erklären.«

»Wobei könnten wir euch schon helfen?«, meldete sich einer der Wissenschaftler, ein kleiner Mann mit Brille, der in einem Bürostuhl saß, zu Wort. »Alarmstufe Rot bedeutet, dass es einen Todesfall im Gebäude gegeben hat, und dann stürmt ihr Wahnsinnigen mit einer Waffe hier rein. Ihr habt Kenny, den Sicherheitsmann, ausgeknockt. Warum sollten wir euch überhaupt helfen?«

»Genau. Denkt ihr, wir wurden noch nie in Geiselhaft genommen?«, ergänzte eine andere Wissenschaftlerin mit einem unordentlichen blonden Dutt. »Leute sind immer wieder wütend über unsere Arbeit. Wir werden oft bedroht. Ihr seid nicht die ersten.«

Ich dachte an das Gespräch, das wir mit Bris Dad geführt hatten, als Milo und ich in sein Büro eingebrochen waren. Er hatte auch gesagt, dass er es satthabe, dass immerzu alle wütend seien. Dass er von Madame Scissor gehört hätte und wofür sie stehe. Vielleicht konnten wir dort ansetzen, um sie zu überzeugen?

»Ich verstehe, warum die Leute wütend sind. Aber ich glaube, dass wir es zusammen in Ordnung bringen können«, erklärte ich.

Die Wissenschaftlerinnen und Wissenschaftler scharrten mit den Füßen, sagten aber nichts mehr.

»Hören Sie zu. Sie sagten, Alarmstufe Rot bedeutet, dass jemand gestorben ist. Es war Madame Scissor. Ich weiß, dass Sie sie kennen. Sie ist eben vom Dach dieses Gebäudes gesprungen. Wir waren dabei, wir haben es gesehen.«

Der Mann mit der Brille nahm sie ab und rieb sich über den Nasenrücken. »Moment. Wenn Nina gesprungen ist, heißt das ...«

»Argo Duff, Ihr böser Chef? Entleibt und entlebt. Er ist tot«, sagte Milo freiheraus.

Die Gruppe sah einander an und brach in Gemurmel aus.

»Bitte, wir haben nicht viel Zeit.« Ich versuchte, ihre Aufmerksamkeit zurückzugewinnen. Milos Blick huschte ständig zwischen der Tür und dem Fenster beim Aufzug hin und her, in Erwartung des nächsten Angriffs.

»Madame Scissor war unsere Freundin. Wir sind wegen des Heilmittels zu ihr gegangen – bitte beleidigen Sie uns nicht, indem Sie so tun, als wüssten Sie nicht, wovon ich rede«, fuhr ich fort. Einige der Forschenden sahen zu Boden und vermieden Augenkontakt mit mir. »Es ist egal, dass Sie davon wussten und nichts getan haben. Es ist nur wichtig, dass Sie jetzt etwas tun, sonst ist Madame ... ich meine Nina, umsonst gestorben. Duff ist tot. Er kann Ihnen nichts tun. Wenn Sie uns Zugang zum Heilmittel verschaffen, werden wir damit zur Presse gehen. Wir halten Ihre Namen raus, versprochen.«

Niemand sagte etwas. Niemand sah mich an. Ich schaute zu Milo. Uns lief die Zeit weg. Wir könnten jetzt wegrennen, durch den Notausgang am Ende des Flurs, aber wir waren so nah dran. Nach allem, was passiert war, konnten wir nicht mit leeren Händen gehen.

»Mein Dad arbeitet für KinTwin-Discoveries«, sagte Bri. Alle Augen richteten sich auf sie und ihre Ohren liefen rot an. »Äh, er ist Doctor Smythe, ich bin Bri. Ich weiß, dass es ein guter Job ist und dass hier zu arbeiten, Sie nicht zu schlechten Menschen macht. Aber Sie haben doch sicher alle schon jemanden an das DearlyDeparted-Syndrom verloren? Bei mir waren es meine Tante und mein Onkel, am selben Tag. Meine Tante starb an Krebs. Mein Onkel dann offensichtlich auch.«

»Meine Cousins, *Allah yerhamo.*« Aisha drückte Bris Hand.

»Mein Patenonkel und meine Patentante«, sagte Milo.

»Mein Dad«, flüsterte ich. Milo legte mir die Hand auf den Rücken und ich schluckte die Tränen runter. »Bri hat recht. Wir können nicht zulassen, dass das weiterhin passiert. Bitte. Ich weiß, dass Nina eine Affäre mit einem KinTwin-Techniker hatte, jemand Einflussreichem in der Forschungsabteilung, der das Heilmittel entwickelt hat. Kannte ihn hier jemand? Vielleicht hat er Ihnen seine Entwicklung anvertraut und Sie könnten ihn rächen, indem Sie sie mit der Welt teilen? Wir wissen, dass Duff ihn hat töten lassen. Helfen Sie uns. Bitte. Wir brauchen keine Angst mehr vor ihm zu haben.«

Als ich fertig war, sah ich mich im Raum um. Keine Veränderung. Das machte jahrelange Konditionierung mit einem. Ich wollte mich gerade an Milo wenden und ihm sagen, dass wir gehen und versuchen sollten zu entkommen, als ich eine leise Stimme hörte.

»Sein Name war Ralph«, sagte die Stimme. Sie gehörte zu einer Wissenschaftlerin, die nicht größer als eins fünfzig sein konnte und die jetzt aus der Gruppe heraustrat. Sie hatte graue Haare und ihre Augen huschten nervös zwischen uns hin und her. »Doctor Ralph Davies. Ich bin Doctor Mara Giles. Ralph war mein bester Freund, bis … Er war der Klügste von uns. Wir sind zusammen bei KinTwin-Discoveries aufgestiegen.« Sie wischte sich über die Augen. »Ich wusste, dass etwas Schlimmes passiert sein musste, aber es jetzt von euch zu hören … Danke, dass ihr uns die Wahrheit erzählt habt. Ihr Kids seid noch so jung und so mutig. Ihr hättet Gewalt einsetzen können, aber ihr habt es nicht getan …«

»Nicht, dass wir es nicht versucht hätten«, murmelte Aisha, und Bri stupste sie an.

»Aber ihr habt es nicht. Ihr seid anders als Duff und seine Schergen. Euch steht daher die Wahrheit zu.«

Die Frau zog einen Schlüssel hervor, der an einer langen Kette um ihren Hals hing. Sie schlurfte durch den Raum zu einer Reihe Schließfächer, öffnete eine der Türen und nahm etwas heraus. Dann kam sie zurück und zeigte mir einen USB-Stick, der auf ihrer Handfläche lag, einer von der Sorte, die man benutzte, wenn man seine Daten nicht in eine Cloud laden wollte. Er war nicht größer als mein Daumen und besaß eine kleine Halterung, an der man ein Schlüsselband anbringen konnte, um ihn nicht zu verlieren.

»Hier ist alles drauf, was Ralph über das Heilmittel wusste

und über Duff, sogar, wie er dieses ganze Schlamassel in Gang gesetzt hat. Ralph war ihm schon auf der Spur, lange bevor er etwas mit Nina angefangen hatte. So haben sie sich wahrscheinlich … ist jetzt ja auch egal. Nimm ihn.« Sie drückte mir den Stick in die Hand und schloss meine Finger darum. »Geht. Die Feuertreppe ist gleich dort drüben. Wenn sie kommen, schicke ich sie in die falsche Richtung. Lauft.«

»Danke«, sagte Milo. Von den anderen Wissenschaftlerinnen und Wissenschaftlern kam kein Mucks. Manche schienen sich allerdings zu schämen.

»Okay, danke und danke. Los!« Aisha packte mich am Arm und holte mich zurück ins Hier und Jetzt. Uns blieben nur wenige Minuten, bis die Wachleute uns fanden. Wir mussten hier weg.

Ich lächelte Dr. Giles noch mal zu, dann rannten wir zur Feuertreppe, über der ein leuchtendes grünes Schild hing. Da die Warnung für Alarmstufe Rot immer noch ertönte, löste ich keinen Feueralarm aus, als ich die Tür öffnete. Auf dem Weg nach draußen mussten wir über den bewusstlosen Wachmann steigen, aber ich sah, dass sich sein Brustkorb langsam hob und senkte. Es ging ihm gut und seinem KinTwin ebenfalls, wo auch immer er oder sie war. Wir ließen die Waffe zurück.

Der Ausgang führte zu einer Treppe, die wir hinuntersprinteten, indem wir zwei oder drei Stufen auf einmal nahmen. Je schneller wir hier rauskamen, desto besser.

Ich hielt den USB-Stick fest in der Hand, weil Madame Scissor nicht feministisch genug drauf gewesen war, um meinem Jumpsuit Taschen einzunähen. Ich würde ganz sicher nicht unser einziges Beweisstück verlieren. Ich hatte die Tablette bereits genommen und war geheilt, aber nicht jeder hatte diese Möglichkeit.

Es dauerte bestimmt eine Weile, bis der Körper die Tablette verdaut hatte, und ich war nicht mal sicher, ob sich die Wirkung schon zeigte, aber ich musste die ganze Zeit darüber nachdenken, wie anders hinterher vielleicht alles sein würde. Hatten meine Gefühle sich verändert? Wird man zu Seelenverwandten gemacht oder führt einen das Schicksal zusammen? Ich hatte noch nie ein gutes Verhältnis zum Schicksal. Als wir auf dem letzten Treppenabsatz waren, grinste Milo mich an, beflügelt vom Adrenalin und dem Gedanken an Freiheit. Ich durfte jetzt nicht darüber nachdenken. Ich musste einfach abwarten.

Aisha erreichte als Erste die Tür, die zur Straße führte, und stieß sie auf. Nachdem wir uns eine Weile nur im Notlicht des Betonturms aufgehalten hatten, blendete uns das Tageslicht und es dauerte einen Moment, bis sich unsere Augen daran gewöhnt hatten. Wir hielten uns die Hände vors Gesicht und stolperten hinaus an die frische Luft.

Um uns herum herrschte das reinste Chaos. Mindestens ein Dutzend Polizeiwagen mit blitzendem Blaulicht standen kreuz und quer auf der Straße verteilt und blockierten die Zufahrt. Der riesige, gläserne Wolkenkratzer gegenüber reflektierte die Worte, die einige Stockwerke über unseren Köpfen prangten: KINTWIN-DISCOVERIES: HEIMAT DER DEARLYDEPARTED-APP.

»Wir sind auf der Vorderseite der Zentrale«, stellte ich fest. »Ich bin mir ziemlich sicher, dass Duffs Balkon wegen der Aussicht nach vorne rausging, also heißt das …«

»… Madame Scissor ist auf dieser Seite abgestürzt«, beendete Milo den Satz.

Wir liefen hinter einem Polizeiwagen entlang und betrachteten das Geschehen über die blinkenden Lichter hinweg. An der Stelle, an der ich Madame Scissors Leiche vermutete, drängten sich mehrere uniformierte Menschen neben einem Krankenwagen zusammen. Aber sie hatten ihren Körper nicht mit einem Tuch abgedeckt, damit die Polizei ihre Arbeit machen konnte. Neben einem Sanitäter stand ein kleines elektronisches Gerät auf dem Boden, von dem aus Kabel mitten in die Menschentraube hineinführten.

»Ist sie noch … hat sie den Sturz überlebt?«, fragte ich Milo und deutete auf die Rettungskräfte.

Bevor er antworten konnte, flog die Tür des Notausgangs, durch die wir eben gekommen waren, auf. Wir wirbelten herum und sahen, wie eine Gruppe bewaffneter Wachmänner herausstürmte.

»Da sind sie«, rief einer von ihnen. Er gestikulierte zu einem Polizisten, der in der Nähe stand, woraufhin sich mehrere von ihnen umdrehten, um zu sehen, was los war. »Das sind die Kinder, die sie umgebracht haben, Officer. Sie haben Nina Duff vom Dach gestoßen. Wir haben es mit eigenen Augen gesehen. Dann bedrohten sie unser Wissenschaftsteam mit einer Waffe und stahlen geheime Informationen. Nehmen Sie sie fest.«

Ich machte einen Schritt zurück und Milo folgte mir, als wäre er an mir festgeklebt.

»Wovon reden die?«, fragte Aisha, die noch blasser war als sonst.

»Mann, es ist vorbei. Warum können sie das nicht einfach akzeptieren?«, brummte Milo.

Die Wachmänner ließen ihre Waffen sinken, aber jemand in einer grellgelben Warnweste stach mir ins Auge. Ein Polizist lief um sein Auto herum und sagte etwas in sein Funkgerät.

»Das können sie doch nicht ernst meinen?«, entfuhr es Bri. Wir waren alle ein paar Schritte nach hinten gegangen und standen jetzt in einer Reihe, genau wie vorhin auf dem Balkon. Dieses Mal mussten wir aber nicht mit einem Schießkommando fertigwerden, sondern mit den Einsatzkräften der Metropolitan Police.

»Lauft!«, brüllte Aisha und rannte los.

Sie wollte Bri mit sich ziehen, doch die stand da wie festgenagelt, zu verängstigt, um sich zu bewegen. Innerhalb von Sekunden wurde Aisha von einem Polizisten, der hatte kommen sehen, dass sie wegrennen würde, zu Boden geworfen. Im nächsten Moment legte sich die schwere Hand eines weiteren Polizisten auf meine Schulter. Er forderte mich auf, die Hände hinter den Kopf zu heben.

Milo, Bri und ich taten, was uns gesagt wurde, aber Aisha schrie wie am Spieß, während zwei Polizisten sie zu einem Auto schleiften. Unsere Hände wurden uns auf den Rücken gelegt und das kalte Metall von Handschellen bohrte sich in meine Handgelenke. Wie Sträflinge wurden wir zu drei Polizeiwagen geführt und weitere Polizisten eilten herbei, um die Türen zu öffnen.

Sie trennten uns voneinander.

Milo wollte etwas zu mir sagen, schaffte es aber nicht, weil er zu dem Auto links von mir gezerrt und ihm eine Hand auf den Kopf gelegt wurde, um ihn zum Einsteigen zu zwingen. Während ich selbst in ein Auto befördert wurde, fragte ich mich, ob ich ihn jemals wiedersehen würde. Oder Mom. Oder Bari. Wenn Madame Scissor überlebt hatte, hieß das, dass auch Duff noch lebte. Und er war definitiv einflussreich genug, um uns einsperren und den Schlüssel verschwinden zu lassen.

Und dann war da noch die sich langsam zersetzende Zeitbombe in meinem Magen. Die Tablette. Wann würde ihre Wirkung einsetzen? Würde ich Milo plötzlich nicht mehr mögen, ihn vielleicht sogar vergessen? Oder würde sich nichts ändern und ich ihn für immer hinter Gittern sitzend vermissen? War das schlimmer? Und wenn ich ins Gefängnis kam, wäre ich dann zumindest mit Bri und Aisha zusammen dort?

Du musst atmen. Erinnere dich an dein altes Mantra. Panik ist keine Lösung. Ich hatte ja noch nicht mal mit einem Anwalt gesprochen, die Wachmänner waren verzweifelt und klammerten sich an jeden Strohhalm. Oder?

Aber was, wenn Duff noch am Leben war?

Das Polizeiauto fuhr an der Stelle vorbei, wo Madame Scissor lag. Einige der Rettungskräfte waren zum Krankenwagen gegangen, um eine Trage zu holen, und ich erhaschte einen Blick auf ein paar bunte Schals auf der Straße. Nicht weit entfernt, wuchsen zwei Baumkronen über den Eingang des Gebäudes und um Madame Scissors Körper herum lagen überall Äste. Hatte ein Baum ihren Sturz abgebremst? Es war so unwahrscheinlich. Aber das galt doch für alles in dieser Welt, in der wir lebten.

Neunundneunzig Prozent würden einen Sturz aus dem zehnten Stockwerk nicht überleben. Madame Scissor war aus mehr als der doppelten Höhe abgestürzt.

Das Auto bog ab und wir entfernten uns von den Schals und den Blaulichtern und den kaputten Bäumen. Wir rasten an den Gebäuden vorbei, durch die Milo und ich uns geschlängelt hatten, um dem Van zu entkommen. Wir passierten das Hotel, in dem Kugeln geflogen waren und vor dem jetzt ein Polizeiabsperrband hing. Wir fuhren durch Straßen, die von weißen Reihenhäusern gesäumt waren, die mich an das Haus von Madame Scissors Bruder erinnerten. Hatten wir das alles wirklich überlebt, neben Zugunglücken und Flugzeugen, die vom Himmel gefallen waren, um so zu enden? Ohne einander?

Wir hielten vor dem Polizeirevier. Und ich hatte mich noch nie so einsam gefühlt.

22

Milo

Es ist schon schräg, wie schnell man sich an Dinge gewöhnt.

Ich fuhr mit heruntergelassenen Scheiben. Es waren Schulferien, wobei die Schule nach dem Flugzeugabsturz gar nicht mehr richtig weitergegangen war und wir schon seit Wochen freihatten. Zudem befanden wir uns mitten in einer Hitzewelle.

Wir waren nur ein paar Stunden lang auf der Polizeiwache festgehalten worden. Weil wir minderjährig waren, riefen sie unsere Eltern an und Mum und Dad waren mit einer ganzen Riege von Anwälten im Schlepptau gekommen. Tatsächlich waren wir auch nur so lange dort, weil unsere Eltern Auto fahren mussten, denn die Bahnstrecke war nach dem Unfall, den Zoe und ich miterlebt hatten, gesperrt.

Zoes Mom wirkte wie versteinert, als sie auf die Wache kam. Sie hatte einen Notfallbeutel wie den von Zoe dabei und knibbelte die ganze Zeit an der Haut um ihren Daumennagel herum, während meine Eltern mit ihr sprachen. Sie blutete sogar. Zoe erzählte mir später, dass sie nicht gern lange Strecken fuhr. Ziemlich cool von ihr, dass sie den ganzen Weg auf sich genommen hat, um sie abzuholen. Mehr noch, es war verdammt mutig. Dass sie die Ortungsfunktion eingeschaltet und Aisha zugehört hatte, als die ihr sagte, dass etwas nicht stimmte, hatte Aisha und Bri wirklich dabei geholfen, uns zu finden. Sie war eine echte Heldin. Ich wollte sie umarmen, aber sie wich mir aus und fummelte an ihrer Maske herum. Daraufhin zeigte Zoe mir, wie der Ellbogengruß geht, und ich rede mir ein, dass ihre Mom hinter ihrer Maske sogar etwas gelächelt hat.

Bris Dad war außer sich. Er konnte nicht fassen, dass uns die Firma, bei der er arbeitete, festgehalten hatte. Irgendwie schaffte er es, an die Aufnahmen der Überwachungskameras zu kommen, weil ein Arbeitskollege ihm etwas schuldete, was für uns ein absoluter Volltreffer war. Man konnte darauf sogar sehen, dass Aisha die Waffe nicht auf die Wissenschaftlerinnen und Wissenschaftler gerichtet hatte, die wir um Hilfe gebeten hatten. Das hatten wir Zoe zu verdanken.

Dann erschien Dr. Giles, die Wissenschaftlerin, die uns den USB-Stick gegeben hatte, und entlastete uns vollständig. Die Polizei war nicht gerade supergut darin, das ganze DNA-und-Wissenschaftszeug darauf zu entschlüsseln, aber Dr. Giles konnte ihnen dabei helfen. Sie fertigten eine Kopie an, um eine Ermittlung über KinTwin-Discoveries zu starten, aber seitdem hatten wir noch nichts davon gehört. Glücklicherweise haben sie Zoe den Stick zurückgegeben, sagten ihr aber, sie würde gegen das Gesetz verstoßen, wenn sie die Daten darauf während einer laufenden Ermittlung veröffentlichte, oder so ähnlich.

Der Showdown in der KinTwin-Discoveries-Zentrale war jetzt drei Wochen her. Die Schnitte und Prellungen, die immer noch am Abheilen waren, erinnerten mich daran, dass alles wirklich passiert war, aber für Außenstehende war es nicht ersichtlich. Mit der schier göttlichen Macht von haufenweise Geld und dem Besitz der halben Welt gelang es Argo Duffs Leuten, trotz der Polizeiermittlungen die ganze Sache unter Verschluss zu halten. Am Hochhaus war keine Presse aufgetaucht und es gab nur eine Nachrichtenmeldung darüber, dass Duffs Frau vom Dach gestürzt war.

Wie durch ein verdammtes Wunder hatte Madame Scissor überlebt. Auf dem Weg nach unten war sie in einen riesigen Baum gekracht, hatte sich mehr Knochen gebrochen, als man sich vorstellen kann, und sich die Lunge punktiert, aber sie war am Leben. Meine letzte Info war, dass sie in irgendeinem schicken Londoner Krankenhaus immer noch im Koma lag. Es kursierten Gerüchte, vor allem auf SoulBait, dass sie und Argo Duff sich ein Zimmer teilten. Wie sein KinTwin lag er im Koma. Niemand wusste, ob sie jemals aufwachen würden, und er hatte genug Geld, um sie beide für immer am Leben zu erhalten, wenn die Person mit der Vollmacht über seinen Besitz es so wollte. Ich verwette meinen Arsch, dass ein Typ wie er strenge, rechtskräftige Anweisungen hinterlassen hatte, dass lebenserhaltende Maßnahmen nicht ausgeschaltet werden durften. Es war irgendwie Karma, weil Argo ja selbst der Grund dafür war, dass er und Madame Scissor KinTwins waren.

Ich parkte vor dem Café, ging rein und setzte mich an einen Tisch vor meinem Lieblingsfenster, von dem aus ich Leute beobachten konnte. Niemand wollte etwas von mir. Sogar die Presseleute von der Story mit den neun juwelenbehangenen Gefangenen hatten mich fallen lassen. Es war totenstill um mich geworden. Alles war wieder so wie zu der Zeit, bevor ich wusste, wer mein KinTwin war.

Na ja, nicht ganz.

Ich sah ein Mädchen vor dem Fenster, nur eine Glasscheibe trennte uns voneinander. Mein Date war da. Sie tippte auf ihrem Handy herum, dann hob sie den Kopf und unsere Blicke trafen sich. Sie lächelte mich an.

»Hi. Schön, dich hier zu sehen«, sagte sie, als sie vor mir stand.

Ich küsste sie sanft und rückte ihr einen Stuhl zurecht.

»Find ich auch. Ich stalke dich nämlich. Bin nur nicht so gut darin, es heimlich zu tun«, sagte ich und nahm wieder gegenüber von ihr Platz.

Diesmal grinste sie. Es war immer noch ungewohnt, sie so oft lächeln zu sehen, aber mein Herz schwoll jedes Mal an wie ein Luftballon, egal, ob sie finster dreinblickte oder lachte, und selbst dann, wenn sie wütend auf mich war. Auch nachdem sie ihre Tablette genommen hatte, hatten sich meine Gefühle nicht verändert. Ich musste darauf vertrauen, dass sie mir sagen würde, falls sie mich irgendwann nicht mehr mochte. Wenn einen kein Todesband mehr zwanghaft zusammenhielt, bekam Vertrauen eine ganz neue Bedeutung.

»Wann kommen Aisha und Bri?«, fragte Zoe.

Aisha und Bri waren noch weniger in alles involviert gewesen als wir, aber sie hatten sich ebenfalls bedeckt gehalten. Sie hatten überlegt, sich die Tabletten von Madame Scissors Bruder zu holen, um ihr Seelenband aufzulösen, sich aber letztendlich dagegen entschieden.

Zoe hielt sie für plemplem. Und das sagte eine, die behauptet hatte, dass sie die Tablette genommen hatte, obwohl das gelogen war. Aber letztendlich hatte sie es doch getan und es hatte sich nichts verändert, außer dass ich mir jetzt den Zeh stoßen konnte, ohne Angst zu haben, dass sie es auch spürte. Sie fragte Aisha immer mal wieder, warum sie das Band nicht durchtrennen wollte, jetzt, da sie wusste, dass die Tabletten wirkten, aber Aisha meinte nur, dass sie nicht bereit dazu war. Wir respektierten das. Wenn wir anderen das Heilmittel aufzwängten, wären wir kein Stück besser als Argo Duff. Man musste selbst entscheiden können. Liebe war eine Entscheidung und am Ende gewann sie immer.

Lonnie war von dieser Entwicklung begeistert. Wir hatten ihn in einem Krankenhaus in der Nähe ausfindig gemacht, nachdem wir von der Polizei entlassen worden waren. Zum Glück hatte er keine ernsthaften Verletzungen. Die Vorstellung, dass ihn jemand geschlagen hatte, ließ mich immer noch kochen vor Wut, aber er war nicht nachtragend. Ich freute mich darauf, Aisha und Bri zu unserem nächsten Besuch im Anti-KinTwin-Club mitzunehmen.

Aisha und Bri kamen zehn Minuten nach Zoe im Café an. Ich fand ja schon vorher, dass sie unzertrennlich wirkten, aber seit allem, was mit Argo Duff passiert war, waren sie förmlich an der Hüfte zusammengewachsen. Bei Zoe und mir war es anders, aber das lag nicht daran, dass die Tabletten unsere Gefühle füreinander verändert hätten. Wir waren einfach anders und anders war cool.

Wie um das zu unterstreichen, holte Zoe ihr Handy raus und wischte nach oben, um mit Bari zu spielen. In Argo Duffs Haus waren uns alle unsere Sachen abgenommen worden, aber die Polizei hatte sie für uns zurückholen können. Ich hatte Zoe noch nie so glücklich gesehen wie in dem Moment, in dem sie ihr Handy einschaltete und feststellte, dass Bari noch da war. Ich versuchte, ihr zu erklären, dass es ein Back-up von ihm in der Cloud gegeben hätte, falls sie ein neues Handy gebraucht hätte, aber davon wollte sie nichts wissen.

»Zo, kannst du diesen digitalen Energievampir mal weglegen und dich konzentrieren? Wir müssen was besprechen«, sagte Aisha.

Ich sah sie mit zusammengekniffenen Augen an, aber sie zuckte bloß mit den Schultern. Zoe steckte ihr Handy wieder in die Hosentasche. Ich fuhr unter dem Tisch mit dem Finger ihren Oberschenkel entlang bis zu ihrer Hand und verschränkte unsere Finger.

»Okay, A. Spuck's aus. Warum hast du uns herbestellt?«, wollte ich wissen.

Bevor Aisha etwas erwiderte, blickte sie über ihre Schulter, als wäre sie in einem Spionagefilm, dann beugte sie sich über den Tisch, wie um uns in ein Geheimnis einzuweihen. »Wir müssen der Presse das Zeug auf dem USB-Stick zuspielen.«

»Sorry, sag das noch mal«, sagte ich. Ich sah zu Zoe, die wiederum in ihren grünen Tee starrte. Bri wich meinem Blick ebenfalls aus. »Moment. Warum habe ich das Gefühl, dass ich der Letzte bin, der davon hört?«

»Wir wollten es dir sagen, Milo«, setzte Zoe an. Sie lehnte sich zu mir und streichelte mit dem Daumen über mein Handgelenk. Maaaann, sie wusste, wie sehr ich das mochte. »Aber wir hatten etwas Sorge, dass du vielleicht nicht dabei bist. Also brauchten wir erst einen Plan, den wir dir vorstellen können.«

»Ah verstehe, es gibt einen ganzen Plan. Großartig«, erwiderte ich. »Wie heißt euer geheimer Gruppenchat? *Keine Jungs erlaubt?«*

Aisha verdrehte die Augen. »Oh, bitte, M. Du weißt doch, dass meine Yoni so heißt.« Sie grinste, als ich so tat, als würde ich auf den Tisch kotzen. »Aber mal ernsthaft, es ist keine große Sache. Wir reden erst seit letzter Woche drüber. Hör's dir an.«

Ich seufzte. »Warum interessiert es euch überhaupt? Ihr beiden wollt ja nicht mal die Tabletten nehmen.«

»Nur weil wir keinen Bedarf haben, heißt das nicht, dass wir das Recht, frei entscheiden zu können, nicht befürworten«, entgegnete Bri.

Ich sah von Aisha zu Bri zu Zoe. Sie waren sich offensichtlich einig, wollten aber, dass ich auch zustimmte. »Na gut. Aber sagt mir eins: Angenommen, wir tun es und veröffentlichen die Daten. Selbst wenn wir es anonym machen, werden doch alle, die noch bei KinTwin-Discoveries arbeiten, wissen, dass wir es waren. Machen wir uns damit nicht zur Zielscheibe?«

Irgendwie machte KinTwin-Discoveries weiter, selbst ohne seinen unerschrockenen Anführer. Als sich die Neuigkeit über Argo Duffs Zustand verbreitete, verloren seine Aktien ein wenig an Wert, aber es änderte nichts am großen Ganzen. Die KinTwin-Sache war inzwischen größer als Duff. Schon seit Langem eigentlich, Regierungen in aller Welt nutzten die DD-App und bezahlten nach wie vor viel Geld dafür. Duff und Madame Scissor hatten keine Kinder, zum Glück, und ich hatte keine Ahnung, wer den Laden jetzt führte, aber wer auch immer es war, die Person war vermutlich genauso machthungrig und geldgeil wie Argo Duff. Sie würde es nicht gelassen hinnehmen, wenn wir das Heilmittel in Umlauf brachten.

»Das haben wir uns auch schon gefragt«, räumte Zoe ein. »Wir würden natürlich einen Fake-Account einrichten und es auf einer Plattform veröffentlichen, die nicht moderiert wird, wie Soul-

Bait, und das Internet sein Übriges tun lassen. Sobald die Formel in die Hände der richtigen Leute gefallen ist – rivalisierende Pharma-Unternehmen –, wäre die Sache geritzt. Aber selbst dann würde alles ziemlich stark auf mich hindeuten.«

Zoe nippte an ihrem Grüntee, als hätte sie gerade nicht etwas total Beängstigendes gesagt.

»Aber wir müssen es machen. Wenn nicht, sind wir genauso schlimm wie sie, oder? Wir können niemanden zwingen, das Heilmittel zu nehmen. Sonst könnten wir es einfach in die Wasserversorgung einspeisen, wie Duff es gemacht hat. Liebe ist eine Entscheidung. Wir müssen den Leuten die Wahl lassen. Bei Liebe geht es nicht nur um Leben oder Tod. Zumindest sollte es das nicht. Die Welt könnte wieder neu aufgebaut werden. Wir könnten eine Menge Menschen retten. Bitte, Milo«, sagte Zoe.

Sie stellte ihren Tee ab und nahm meine Hände. Sie waren ganz warm von der Tasse und ihre Augen so groß und dunkel, dass ich mich in sie hätte hineinfallen lassen können. Mein Herz sprang wie ein Pingpongball in meinem Brustkorb herum und mir wurde klar, dass ich die Diskussion verloren hatte.

»Auszeit, Leute.« Aisha beugte sich vor, wedelte vor unseren Gesichtern herum und der Zauber war gebrochen. Sie grinste von einem Ohr zum anderen. »Zo, hast du gerade das L-Wort benutzt? Hast du gerade gesagt, Liebe ist eine Entscheidung? Heißt das, ihr zwei seid …«

»A, lass gut sein. Du übertreibst«, sagte ich streng.

Aisha hob in gespielter Ergebung die Hände. Bri versteckte sich hinter der Karte und versuchte, nicht zu lachen.

Ich zwinkerte Zoe zu, die sich in die Wange biss und ein Lächeln unterdrückte. Wir hatten es noch nicht zueinander gesagt, was okay war. Gefühle waren kompliziert. Was ich aber wusste, war, dass wir mehrmals während unseres Londonausflugs füreinander gestorben wären. Buchstäblich. Uns verband etwas, das tiefer ging als das KinTwin-Band. Seitdem wir die Tabletten genommen hatten, waren mein Vertrauen zu ihr und mein Respekt für sie sogar noch größer geworden. Weil ich jetzt wusste, dass es echt war und dass wir uns füreinander entschieden.

Aber das würde ich Aisha nicht sagen, weil sie mich sonst bis ans Ende meiner Tage damit aufziehen würde.

»Na gut, ihr gewinnt. Ich werde nicht derjenige sein, der der Rettung der Menschheit im Weg steht«, sagte ich. Ich war immer noch nicht total glücklich darüber, aber die drei hatten recht, wie immer. Es war nicht an mir, es zu entscheiden. Außerdem hatten Zoe und ich in den letzten Wochen einiges überlebt. Damit würden wir auch fertigwerden.

Aisha quietschte erfreut und holte ihr Tablet aus der Tasche. »Zoe, der Stick?«, fragte sie.

Zoe zog einen langen, zu einer Kette geknoteten Schnürsenkel unter ihrem T-Shirt hervor, an dem der USB-Stick hing. Seitdem sie ihn von der Polizei wiederbekommen hatte, trug sie das Ding sogar zum Schlafen, aber ich verstand, warum. Es war wahrscheinlich der wichtigste USB-Stick der Welt, ohne Witz.

Aisha steckte ihn an ihr Tablet, lud etwas auf dem Bildschirm und drehte ihn dann zu uns. Mehrere Fenster mit Informationen über das Heilmittel ploppten auf, von Buchstabenreihen, die mir nichts sagten, über Gewichtsmaße bis hin zu Graphen und sogar Tortendiagrammen.

Um ehrlich zu sein, verstand ich auch alles andere nicht, aber ich vertraute Dr. Giles. Sie hatte auf der Polizeiwache ihren

Kopf für uns hingehalten und wir hatten sogar Bris Dad gebeten, sich die Daten anzusehen. Er bestätigte uns, dass sie echt waren, hatte aber zu große Angst, mehr damit zu machen, was verständlich war. Nach der Aktion mit den Überwachungsvideos hatte er seinen Job verloren, aber er meinte, dass er sowieso gekündigt hätte, wenn sie ihn nicht gefeuert hätten. Damit war er quasi nicht mehr auf dem Radar von KinTwin-Discoveries, aber für wie lange? Auch er hatte Menschen, die er beschützen wollte.

Aber wenn die Informationen über das Heilmittel leicht zugänglich wären … das war etwas anderes.

»Machst du Witze? Wir tun das ernsthaft vor den ganzen Leuten?«, flüsterte Bri und hielt ihre Hand über den Bildschirm.

Aisha zuckte mit den Schultern. »Warum denn nicht? Es gibt kein besseres Versteck als die Öffentlichkeit. Wir sind im Mobilfunknetz und benutzen meinen VPN, mitten in der Stadt. Selbst wenn sie die IP-Adresse zurückverfolgen, wären sie niemals in der Lage herauszufinden, wer die Infos veröffentlicht hat. Zu viel Internetdatenverkehr. Keine Sorge, ich hab das die ganze Zeit so gemacht, als ich diese Essays geschrieben und sie online verkauft habe. Oh, und als ich mich mal in die Schuldatenbank eingehackt habe, um meine Noten zu checken. Hat aber nicht geklappt. Das YouTube-Tutorial war echt verwirrend.«

Ich schüttelte den Kopf. »Manchmal machst du mir Angst, weißt du das?«

»Dafür liebst du mich doch«, erwiderte Aisha lächelnd.

Bri seufzte und nahm ihre Hand weg. Sie wusste genauso gut wie ich, dass man gegen Aisha keine Chance hatte, sobald sie sich etwas in den Kopf gesetzt hatte.

»Okay, los geht's«, sagte Aisha.

Wir sahen ihr dabei zu, wie sie einen Fake-Account erstellte, so einen mit einer Reihe von Zahlen im Namen, wie wir sie gesehen hatten, als wir nach Madame Scissor gesucht hatten.

»Wart mal. Diese auf die Schnelle erstellten Accounts sehen immer verdächtig aus. Wir sollten ihm einen guten Namen geben«, schlug ich vor.

Aisha kaute eine Weile auf ihrer Lippe herum, dann löschte sie das Kauderwelsch und gab einen neuen Usernamen ein: *R4lph_D4vi3s*.

»Der Mann, mit dem Madame Scissor eine Affäre hatte«, sagte Zoe. »Schlau. Verleiht dem Ganzen mehr Glaubwürdigkeit, wenn jemand etwas darüber weiß, ist aber auch nicht zu offensichtlich.«

»Nicht bloß ein hübsches Gesicht«, witzelte Bri und kniff Aisha in die Wange.

Aisha stellte das Profil fertig und eröffnete einen neuen Forumspost:

MADAME SCISSOR ERHEBT SICH AUS DER ASCHE. ES GIBT EIN HEILMITTEL. DIE ENTSCHEIDUNG LIEGT BEI EUCH. #LOVEISACHOICE.

»Super«, sagte ich und deutete auf den Hashtag.

»Es besteht die Möglichkeit, dass es niemand glaubt, Verschwörungstheorien und so«, gab Aisha zu bedenken, »aber hoffentlich sieht es jemand Einflussreiches, der weiß, wie man das Heilmitteldings herstellt. Dann können die Menschen endlich selbst entscheiden, was sie wollen.«

Sie klickte auf den Upload-Button und zog alle Ordner auf

einmal vom USB-Stick rüber. Ein Ladebalken erschien und es dauerte nur ein paar Sekunden, bis alle Dateien, Bilder und Grafiken rüberkopiert waren.

Ein paar Sekunden, um die Welt zu retten.

»Bereit, sie hochzuladen?«, fragte Aisha. Ihr Finger schwebte über der Eingabetaste. »Sobald wir es tun, gibt es kein Zurück mehr. Im Internet ist alles für immer.«

Bri nahm Aishas Hand und nickte. Sie hatte so viel durchgemacht, mit ihrem Dad und so, aber sie schien genauso fest davon überzeugt zu sein wie Aisha. Aisha legte ihre Stirn an Bris und schloss die Augen, nur ganz kurz, dann nickte auch sie. Sie drehten sich zu Zoe und mir. Das hier war eine Gruppenentscheidung. Wir würden hierdurch *für immer* miteinander verbunden sein – nicht wegen einer Chemikalie oder als KinTwins oder durch den Tod. Wir vier waren ein Team, eine Familie.

Ich sah Zoe an. Vor ein paar Wochen lebte sie noch wie eine Einsiedlerin, verließ fast nie das Haus, bloß, um in die Schule und danach sofort wieder heimzugehen. Sie hätte ihr Leben niemals so aufs Spiel gesetzt. Wir waren ganz knapp einem Todesurteil entkommen, und das hier fühlte sich an, als würden wir dem nächsten entgegenspringen. Nicht jeder wäre erfreut über das Heilmittel. Es gab viele Leute, denen die Idee gefiel, dass ihr Seelenverwandter auf sie wartete und bis zum Ende bei ihnen sein würde, im Guten wie im Schlechten.

»Ich finde, Zoe sollte auf den Button drücken. Immerhin hat sie den Stick von Dr. Giles bekommen«, sagte ich.

Zoe lächelte mich an. Dann küsste sie mich und nickte. »Die Leute müssen es selbst entscheiden dürfen. Nehmt das Heilmittel oder lasst es, aber sie müssen wissen, welche Optionen es gibt. Entscheidungsfreiheit bedeutet Macht. Sie müssen wissen, dass Argo Duff sie nicht mehr kontrollieren kann.«

Sie streckte die Hand aus und drückte auf Enter.

Upload abgeschlossen.

DANKSAGUNG

Ich muss mich bei so vielen Menschen bedanken, die geholfen haben, *Soulmates and Other Ways to Die* zum Leben zu erwecken. Bei meiner Agentin Lucy Irvine, die immer meine erste Leserin ist und die besten Ideen hat. Bei Kesia Lupo, der Lektorin, die mein erstes Buch eingekauft und mir beim Brainstorming für dieses geholfen hat. Bei meiner ausgezeichneten Lektorin für dieses Buch, Shalu Vallepur, die das schärfste Auge hat und Science-Fiction liebt. Bei Rachel Leyshon, Barry Cunningham und Chicken House für ihre unendliche Unterstützung. Beim ganzen Team dort, vom Lektorat bis zum Marketing: Laura Myers, Rachel Hickman, Liv Jeggo, Jazz Bartlett Love, Ruth Hoey, Emily Groom-Collis, Megan Farr, Laura Smythe und Elinor Bagenal. Beim besten Sachprüfer Fraser Crichton, der mir den Unterschied zwischen Freiklettern und Free-Solo-Klettern erklären kann. Bei meiner Korrektorin Sara Magness, der jeder noch so kleinste Rechtschreibfehler auffällt. Und bei Micaela Alcaino, dem künstlerischen Genie hinter meinen Buchcovern. Du hast immer eine Vision, selbst wenn ich keine habe!

Und fürs Rückenstärken, natürlich: bei meinen Schreibgruppen, die mir frühes Feedback gegeben und mich vor dem Durchdrehen bewahrt haben. Meine GodShip-Freund:innen, meinen DM- und Discord-Gruppen zum Dampf-Ablassen, meinen alten Schreibfreund:innen, die immer Ja sagen, wenn ich sie bitte, etwas von mir zu lesen, obwohl sie selbst unglaublich tolle Autor:innen sind und so viel mit ihren eigenen Projekten um die Ohren haben. Meinen Arbeitskolleg:innen Stuart, Florianne und Emily, die mich immer zum Lachen bringen.

Danke an meine Familie, vor allem an Mum und Dad und Callum. Ich liebe euch. Und an meine Hunde Zelda und Maude, die mich zu Pausen zwingen, um die Bäuche gekrault zu bekommen – euch liebe ich auch.

Und wie immer gilt natürlich ein großer Dank euch, meinen Leser:innen. Ohne euch könnte ich diesen Job nicht machen.

Content Note

Die sensiblen Themen sind:

Toxische Beziehungen
explizite Gewaltdarstellung
Tod
Blut
toxische Männlichkeit
Mord
Gewalt gegen Frauen
Flugzeugabsturz
Zugunglück
Entführung
Apokalypse
versuchter Suizid
Schusswaffen

Hilfeseiten und Kontaktmöglichkeiten findet ihr unter:

Natürlich magellan®

FSC
www.fsc.org
MIX
Papier | Fördert gute Waldnutzung
FSC® C014496

Wir pflanzen Bäume
Für unsere Umwelt
www.magellanverlag.de

Hergestellt in Deutschland
CO_2-Ersparnis durch kurze Lieferwege
Gedruckt auf FSC®-zertifiziertem Papier
Lösungsmittelfreier Klebstoff
Drucklack auf Wasserbasis
Farben auf Pflanzenölbasis

Weitere Infos gibt es hier:

www.magellanverlag.de/natürlich

Deutschsprachige Originalausgabe

Die englische Originalausgabe erschien 2024 unter dem Titel »Soulmates and Other Ways to Die« bei Chicken House Publishing Ltd., Somerset
Dieses Werk wurde vermittelt durch die Literarische Agentur Thomas Schlück GmbH, 30161 Hannover
Text: Melissa Welliver
Übersetzung: Maria Schmidt
Illustration: Micaela Alcaino
Lektorat: Johanna Steinbrück, Madita Hofmann
Umschlaggestaltung: Anja Trentepohl
unter Verwendung einer Illustration von Micaela Alcaino
Druck: GGP Media GmbH, Pößneck
produktsicherheit@magellanverlag.de
ISBN 978-3-7348-5090-5

www.magellanverlag.de